Oetinger

Andreas Götz, geboren 1965, studierte Germanistik und arbeitet als freier Autor von Hörspielen für mehrere Rundfunkanstalten sowie als Journalist und Übersetzer. Mit »Stirb leise, mein Engel« feierte er sein Debüt im Jugendbuch und legte mit zwei weiteren Thrillern der Extraklasse nach. »Bad Boys and Little Bitches« ist seine erste Serie für junge Erwachsene.

Andreas Götz

BAD BOYS & Little Bitches

Verlag Friedrich Oetinger
Hamburg

Mehr von Andreas Götz bei Oetinger:

Denn morgen sind wir tot
Hörst du den Tod?
Stirb leise, mein Engel

MIX
Papier aus verantwortungsvollen Quellen
FSC® C014496

Poppenbütteler Chaussee 53, 22397 Hamburg

Einband von formlabor
Satz: Dörlemann Satz GmbH, Lemförde
Druck und Bindung: GGP Media GmbH,
Karl-Marx-Straße 24, 07381 Pößneck, Deutschland
Printed 2017
ISBN 978-3-7891-0764-1

www.oetinger.de

Eins

TREFFEN IM ROXY? *In einer halben Stunde?*

Diese WhatsApp-Nachricht poppte gleichzeitig auf drei verschiedenen Handys auf. Absender: Finn. Zwei Antworten folgten nur Sekunden später.

Elif: *Komme.*

Lissy: *Bis gleich.*

Die dritte Antwort blieb aus. Leon war schreibfaul, aber er würde natürlich auch da sein, denn ohne ihn waren sie nicht vollständig. Und er nicht ohne die anderen. Sie waren so was wie seine zweite Familie (vielleicht auch seine erste) und das *Roxy* sein zweites Wohnzimmer. Meistens hockte er vor allen anderen bereits an ihrem Stammplatz, dem Tisch am großen Fenster, und wenn seine Freunde der Reihe nach einliefen, bestellte er sein drittes Getränk.

Finn, Lissy, Elif und Leon kannten sich schon ewig. Erst waren es nur Finn und Lissy gewesen, dann hatte sich Lissy beim Ballettunterricht mit Elif angefreundet und Finn mit Leon in der Schule, obwohl die beiden total verschieden waren. Hätte ein Lehrer sie nicht zwangsweise nebeneinandergesetzt, hätten sie niemals herausgefunden, dass sie sich ziemlich gut ergänzten. Als der Kreis sich schloss, waren sie noch keine zehn Jahre alt. Es hatte sofort

zwischen allen gepasst, sie waren wie vier Räder an einem Wagen. Freunde, die im Ernstfall füreinander durchs Feuer gingen. Auf WhatsApp nannten sie sich: *Bad Boys and Little Bitches.*
Hätte man jeden von ihnen einzeln gefragt, was ihn von den anderen trennen könnte, so hätten die Jungs vermutlich (dramatisch, wie Jungs nun mal sind) geantwortet: Der Tod. Die Mädchen hätten natürlich zugestimmt, aber ihnen wäre vielleicht als Erstes ein anderer Grund eingefallen: Die Liebe.
Doch musste man sich wirklich zwischen der Liebe seines Lebens und den Freunden entscheiden? Und waren sie zum Sterben nicht viel zu jung?

NICHT LEON, SONDERN ELIF war die Erste, die im *Roxy* eintraf. Unter ihrer weinroten Mütze quoll das lange Haar heraus wie schwarzes Wasser. Da die Gläser ihrer Brille innerhalb von Sekunden beschlugen, nahm sie sie ab und brachte so ihre großen dunklen Augen noch besser zur Geltung. Meistens trug sie Kontaktlinsen, doch heute Morgen hatte sie verschlafen und keine Zeit mehr gehabt, sie einzusetzen. Den Tisch am Fenster hätte sie ohnehin blind gefunden, und dass er frei war, erkannte sie auch so. Zielstrebig steuerte sie den Stammplatz an. Sie kam von ihrer Mathe-Nachhilfe, und wer es nicht besser wusste, hätte denken können, sie hätte noch immer nicht genug von Zahlen und Formeln, denn sie packte sofort ihre Sachen aus und tapezierte den Tisch mit Büchern, Aufgaben- und Lösungsblättern. Dabei überkam sie beim Anblick der Kurven und Pfeile, der Funktionen und Umkehrfunktionen die pure Verzweiflung. Wie sollte sie das jemals kapieren?
Als sich zehn Minuten später Lissy – tief eingekuschelt in ihren

Lieblingsschal, denn es war frostig kalt – dem *Roxy* näherte, sah sie Elif schon von der anderen Straßenseite aus. Super, dachte sie, Elif hat den Tisch am Fenster. Elif schaute gedankenverloren durch die Scheibe ins Januargrau auf der Straße, aber nicht in Lissys Richtung, obwohl die heftig winkte. Elif war manchmal so in sich gekehrt, die Welt könnte neben ihr untergehen, und sie würde es nicht mal merken.

Lissy kam von der Theater-AG in der Schule, sie war noch ganz aufgeregt, denn diese Stunden waren für sie der Höhepunkt der Woche. Steffen Wegmann war nicht nur ein toller Lehrer, sondern einfach ein cooler Typ. Anders als die meisten Lehrer redete er mit ihnen nicht wie mit Kindern, die von nichts eine Ahnung hatten, sondern wie mit Erwachsenen. Außerdem sah er mit seinen strahlend blauen Augen aus wie der Held ihrer Lieblingsserie, und allein damit hatte er bei ihr schon gewonnen. Sie wunderte sich, dass nicht alle Schüler (und vor allem alle Schülerinnen) das in ihm erblickten, was sie in ihm sah. Doch was war das eigentlich?

»Ey, du Blindschleiche«, spottete Lissy, als sie vor Elif stehend ihren meterlangen Schal abwickelte. »Du solltest deine Brille mal putzen! Ich hab so gewinkt.« Lissy machte es vor, übertrieb aber gewaltig.

»Ooch«, machte Elif nur und zuckte mit den Schultern.

Sie tauschten Wangenküsschen.

Lissy guckte auf die Hefte und Arbeitsblätter auf dem Tisch. »Mathe ist ein Arschloch, oder?«, sagte sie mitfühlend. Im Gegensatz zu Elif fiel ihr Mathe leicht. Das bedeutete allerdings nicht, dass sie es einem anderen auch erklären konnte. Zumindest an Elif war sie gescheitert.

Elif machte einen Schmollmund. »Verarsch mich nur«, maulte sie. »Für dich ist der Scheiß ein Klacks. Ich lern wie blöd und kapier trotzdem nichts. Und ich brauch unbedingt eine Zwei!«
Lissy kraulte Elifs Handrücken. Wenn sie nur nicht so wahnsinnig ehrgeizig wäre. Alles unter zehn Punkten grenzte für sie an Totalversagen.
»Ist das Mathe?!«, rief hinter ihnen jemand. »Tu das weg, sonst krieg ich Augenkrebs!«
Ein Rucksack landete wuchtig neben einem Stuhl, auf dem sich im nächsten Moment der Hintern eines Jungen niederließ. Das war ein typischer Auftritt für Finn. Oder wie er selbst sich vor einigen Jahren noch genannt hatte: der ultimative, multifunktionale, supergeniale, alles übertreffende, oberwitzige Finn. Ihm fiel zu fast allem, was passierte, sofort eine blöde Bemerkung ein, aber das war noch nicht einmal sein größtes Talent. Das war die Musik. Zumindest seiner Meinung nach, der nicht jeder zugestimmt hätte, denn er hatte seinen eigenen, durchaus gewöhnungsbedürftigen Stil. Einmal hatte er Verkehrsgeräusche mit coolen Beats unterlegt und das Stück *Waiting for the Bus* genannt, ein anderes Mal Satzfetzen, die er in der Schulcafeteria aufgezeichnet hatte, gesampelt und in Musik verwandelt. Dann wieder gab es leise, melodische Nummern, die nur aus seinem Gesang mit Klavier- oder Gitarrenbegleitung bestanden. Seine Freunde waren von seinem Talent überzeugt. Und dennoch hatte auch der eine oder andere von ihnen Zweifel, ob es für die Karriere als Superstar reichen würde, von der er träumte. Lissy etwa dachte mit leisem Bedauern, dass ihm dafür der Biss fehlte. Er hatte eine sehr sensible und schüchterne Seite, die sich immer dann zeigte, wenn es drauf ankam.

»Ihr seid viel zu hübsch für Mathe«, grinste er.
Lissy boxte ihn in die Schulter. »Du bist so ein Sexist!« Dann lächelte sie und klimperte mit den Wimpern. »Aber danke für das Kompliment.«
Er zog einen virtuellen Hut.
Finn war ein Anhänger der Theorie, dass Jungen und Mädchen niemals Freunde sein konnten, weil ihnen stets der S-e-x dazwischenkam. Es war ein Naturgesetz, er hatte einen Song darüber geschrieben, der genau diesen Titel trug: *Sex Reasons Why Boys and Girls Can't be Friends*. Es gab für ihn allerdings eine Ausnahme von der Regel: War man schon befreundet, bevor das Sex-Ding ein Thema wurde, konnte man befreundet bleiben. Solche Freunde waren wie Familie, wie Bruder und Schwester, und nur krass kranke Menschen standen auf ihren Bruder oder ihre Schwester. Vielleicht redete er sich diese Theorie aber auch nur ein, denn wenn er ehrlich war, musste er zugeben: Ihm war keineswegs entgangen, wie Lissy und Elif sich in den letzten Jahren verändert hatten, und manch ein versteckter Blick auf sie war nicht gerade brüderlich.
»Ich hab so was von die Schnauze voll von dem Scheiß«, sagte Elif und packte ihre Mathesachen weg.
»Na endlich«, atmete Finn auf. Als er die Bedienung sah, rief er ihr seine Bestellung quer durch das Café zu: »Einen Erdbeershake, Betty!« Er war verrückt nach den Erdbeershakes im *Roxy*.
»Und für mich einen Milchkaffee«, rief Lissy hinterher.
»Da kommt Leon.« Elif wies mit einer Bewegung ihres spitzen Kinns nach draußen.
Finn und Lissy wandten die Köpfe.
Leon näherte sich gerade der Fußgängerampel. Er verschwand

fast komplett in seinem übergroßen Achtzigerjahre-Bundeswehr-Parka, der anscheinend geradewegs aus der Wäschetrommel kam, so verknittert, wie er war. Mit seinen wirren braunen Haaren sah Leon aus, als wäre er mit in der Maschine gewesen. Lissy konnte sich ein Grinsen nicht verkneifen. Natürlich schlurfte Leon seelenruhig über die Straße, obwohl noch immer rot war. Den brachte nichts aus der Ruhe, schon gar nicht das Auto, das ihn anhupte. Er machte nur eine Geste mit der Hand, die sagen sollte: *Chill mal, Alter.*

»Ey, du Penner!«, rief Finn, als Leon an den Tisch trat, und streckte die Faust hoch. »Alles fit im Schritt?«

Leon stieß mit seiner Faust dagegen und ließ sich auf den einzigen noch freien Stuhl fallen, ohne den Parka auszuziehen. »So ein Stress«, schnaufte er.

»Was?«, fragte Finn. »Aufstehen um halb drei? Anziehen? Atmen?«

»Leben.«

Es klang wie ein Scherz, und das war es auch, aber nur zum Teil. Leon fand das Leben manchmal wirklich unerträglich schwer. Was genau daran so schwer war, wusste er nicht. Er wusste nur, dass er es kaum ertragen hätte ohne die Dinge, die es leichter machten. Gutes Gras zum Beispiel. Oder beste Freunde.

Betty brachte Finns Erdbeershake und Lissys Milchkaffee, Leon bestellte schwarzen Tee. Als er ihn kriegte, holte er verstohlen eines dieser kleinen Rumfläschchen heraus, die es an der Supermarktkasse gab, und füllte die Tasse bis zum Rand auf.

»Du trinkst um die Zeit schon Alkohol?«, fragte Elif empört. Dabei gab es keinen Grund, überrascht zu sein, sie kannte Leon ja.

Der zuckte nur mit den Schultern. »Wieso? Der Alkohol weiß doch nicht, wie spät es ist.«
Lissy lachte auf. Leons trockener Humor war genau ihr Ding. Obwohl Elif recht hatte. Er ging wirklich etwas zu leichtfertig mit seinen Drogen um. Aber das war nicht neu. Neu war, dass Elif es bekrittelte. Vor noch nicht allzu langer Zeit hätte sie ihm ihre Tasse hingeschoben und im selben Tonfall wie er gesagt: »Aufgießen. Bis zum Rand.« Aber das war vor ihrem großen Coming-out als Streberin gewesen.
»Lehreralarm!«, rief Finn plötzlich laut durch das Café, das mindestens zur Hälfte mit Schülern aus der Oberstufe des Frank-Wedekind-Gymnasiums besetzt war.
Gleichzeitig kriegte Lissy unter dem Tisch einen Tritt gegen das Schienbein. Sie drehte sich zur Tür um – und bekam fast eine Herzattacke.
Steffen Wegmann! Er war am Eingang stehen geblieben und hatte Finns Warnruf offenbar vernommen, denn er schaute genau in seine Richtung und zog dabei die Augenbrauen hoch. »Wird hier etwa Alkohol konsumiert?«, rief er mit strenger Miene. »Ich muss wohl eine Lokalrunde ausgeben: an Verweisen!«
Alle lachten nur.
»Ihr habt so ein Glück, dass ich nicht im Dienst bin.«
Sein Blick blieb einen Moment lang auf Lissy haften, und ihr kam es so vor, als würde er lächeln. Sie war viel zu überrascht und angespannt, um zurückzulächeln. Sie ertrug nicht einmal den Blickkontakt, sondern schlug nach ein paar Sekunden die Augen nieder.
»Irgendjemand am Tisch wird gerade feuerrot«, stichelte Finn, »ich sag aber nicht, wer.«

»Pscht«, zischte Elif.
»Wieso? Ich mein doch Leon. Weil der Arsch jede Menge Alk in seinem Tee hat.«
»Nee, Alter, hab ich nicht. Ich hab Tee in meinem Alk.«
Alle lachten. Auch Lissy. Aber sie wusste selbst, dass es bei ihr nicht echt klang. Stumm trank sie in großen Schlucken ihren Milchkaffee leer und vermied dabei jeden Blick in Steffen Wegmanns Richtung. Sie war erleichtert, dass er sich nur einen Kaffee to go holte und gleich wieder weg war. Trotzdem war ihre gute Laune verdorben. Nach einer Weile tat sie so, als fiele ihr ein, dass sie dringend zu Hause erwartet wurde. Sie verabschiedete sich kurz, bezahlte ihr Getränk an der Theke und verschwand.
»Oh-oh«, machte Finn, als sie weg war, und grinste.

FINN WAR MANCHMAL SO EIN ARSCH! Nach seiner blöden Bemerkung hätte Lissy ihn am liebsten erwürgt. Aber Elif mit ihrem unüberhörbaren »Pscht« war auch nicht viel besser. Und was sollte eigentlich der Tritt unter dem Tisch? Lissy war froh, dass sie von ihren Freunden weg war, denn sie wusste genau, was die dachten: dass sie in Steffen Wegmann verliebt war. Der bloße Gedanke an das feine Lächeln, das er ihr zugeworfen hatte, reichte, um ihr Herz schneller schlagen zu lassen. Hatten ihre Freunde also recht?
Lissy trat noch heftiger in die Pedale. Die frostige Winterluft vermochte ihre heißen Wangen kaum zu kühlen. Sie fühlte sich wie auf der Flucht. Doch wovor? Vielleicht vor sich selbst? Oder vor verbotenen Gefühlen? Zu Hause ließ sie ihr Rad gegen die Hauswand fallen, rannte nach drinnen und verschwand in ihr Zimmer, bevor irgendjemand sie ansprechen konnte.

Ihr Handy meldete eine SMS. Von Elif.
Alles okay, Liebes? Du warst vorhin auf einmal so komisch drauf. Wenn es an mir lag, tut es mir leid. Melde dich!
Lissy fand es nett, dass Elif sich entschuldigte. Trotzdem hatte sie keine Lust, mit ihr zu reden.
Alles gut, antwortete sie. *Bis morgen.*
Finn schrieb auch, er wollte wissen, was im *Roxy* mit ihr los war. Als ob er das nicht wüsste.
Hab meine Tage, antwortete Lissy. Das war ein nicht mehr ganz aktueller Running Gag zwischen ihnen vier und bedeutete nicht, dass sie wirklich ihre Tage hatte. Es hieß nur, dass man etwas nicht erklären wollte oder konnte. Auch die Jungs sagten *Sorry, hab meine Tage,* wenn sie über etwas nicht reden wollten.
Okay, kam es zurück, *Finn hat dich trotzdem lieb. Und du ihn hoffentlich auch.*
Lissy zögerte, dann schickte sie ihm ein Smiley.
Leon schrieb nicht. Machte er so gut wie nie. Zu viel Aufwand, wenn sich am Ende sowieso alles von selbst einrenkte. Hatte einer von ihnen jedoch ein echtes, schweres Problem, war er der Fels, an dem man sich festhalten und aufrichten konnte. Als Elif in ihrer wilden Phase total abzurutschen drohte, war ausgerechnet er derjenige gewesen, der sie auffing und wieder auf die richtige Bahn brachte. Wie genau er das angestellt hatte, wusste nicht mal Elif. Leider ließ er selbst sich von niemandem helfen.
Lissy bemerkte, dass sie eine Benachrichtigung von *Finding Friends* erhalten hatte, einer Internetseite, über die man Kontakte zu Menschen in aller Welt knüpfen konnte. Sie hatte sich dort vor einer Weile angemeldet, nachdem ein Mädchen aus der Stufe ihr von den weltweiten Freundschaften vorgeschwärmt hatte, die sie

über diese Seite aufgebaut hatte. Lissy träumte davon, nach dem Abi ein Jahr lang die Welt zu bereisen, und da war es sicher von Vorteil, wenn man in vielen Ländern zumindest online bereits Leute kannte. Das Ergebnis war ernüchternd gewesen, was vielleicht auch daran lag, dass sie selbst kein besonders ausdauernder Mensch war. Neben zig Anfragen von irgendwelchen Perverslingen, die sie sofort blockierte, hatte sie auch ein paar ernst gemeinte Kontaktanfragen bekommen, auf die sie reagierte. Aber die Sache war schnell wieder eingeschlafen, nicht zuletzt deshalb, weil es ihr auf die Dauer zu mühsam war, immer auf Englisch zu antworten.

Sie loggte sich ein und ging zu ihren Nachrichten. Sie hatte genau eine, und die lautete: *Bad_Teacher will mit dir befreundet sein. Er spendiert heute eine Runde Verweise.*

Schlagartig war sie wie elektrisiert. Stand da wirklich *eine Runde Verweise*? Den Gag hatte heute schon mal jemand gebracht. Zufall? Ganz bestimmt nicht! *Bad_Teacher* – war das etwa …?

Sie sprang auf, lief im Zimmer auf und ab, über Klamotten, Bücher und anderen Kram hinweg.

Oh mein Gott, oh mein Gott, oh mein Gott!

Würde Steffen Wegmann wirklich so mit ihr in Kontakt treten?

Sie kehrte zu ihrem Laptop zurück. Las die Nachricht noch mal.

Es kann auch jemand anders sein, der heute im *Roxy* dabei war, fiel ihr ein. Jemand, der sie kannte und verarschen wollte.

Who the fuck are you?, dachte sie.

Als Profilbild hatte *Bad_Teacher* kein Foto von sich eingestellt (das hatte sie auch nicht), sondern das Foto eines Mannes, der eine irre lange Zunge herausstreckte. Auch sonst war nicht viel über ihn zu erfahren: 99 Jahre alt (ha-ha), Hobbys: Literatur, Theater und das Studium von Menschen. Spezialität: *Ich bringe das Beste und das Schlechteste in den Menschen zum Vorschein.*

Wenn *Bad_Teacher* wirklich jemand anders war, der sie kannte, dann gab es einen heißen Kandidaten: Finn. Sie hatte ihm von *Finding Friends* erzählt. (Genau wie vielen anderen Leuten.) Doch irgendwie passte diese Art von Verarsche nicht zu ihm. Er ließ vielleicht mal einen dummen Spruch los, entschuldigte sich aber sofort, wenn er merkte, dass er zu weit gegangen war. Andererseits dachte er, dass sie in Steffen Wegmann verliebt war, und vielleicht passte ihm das aus irgendeinem Grund nicht.

Ich bringe das Beste und das Schlechteste in den Menschen zum Vorschein.

Der Satz kam Lissy bekannt vor. Stammte er nicht aus dem Stück, das sie in der Theater-AG probten? Es ging darin um Mobbing. Steffen Wegmann hatte sie, ganz gegen ihren Typ und zunächst auch gegen ihren eigenen Wunsch, als die fiese Schulhof-Mobberin besetzt. Inzwischen fand sie es toll, auf diese Weise Seiten an sich zum Vorschein bringen zu können, von denen sie davor nicht einmal geahnt hätte, dass es sie gab. Sie selbst nannte dieses andere Ich die *Lissy-Bitch* und hatte daraus sogar ihren Nickname gemacht: *L_Bitch.* Lissy holte das Manuskript aus ihrer Schultasche, blätterte es durch und fand den Satz, der wortwörtlich vorkam. Ihre Figur sagte ihn zu einem ihrer Opfer.

Eine Gänsehaut lief ihren Rücken rauf und runter. *Bad_Teacher* war also ganz sicher jemand aus der Theater-AG. Ihr fiel ein, dass sie, als es bei der Vorbesprechung um Internet-Erfahrungen gegangen war, von ihrer Aktivität auf *Finding Friends* erzählt hatte. Ja, hatte sie nicht sogar in bester Laune ihren Nickname preisgegeben? Sie war sich nicht mehr sicher, aber es konnte gut sein.

Ihr fiel wieder der Blick ein, den Steffen Wegmann ihr im *Roxy* zugeworfen hatte. Schlagartig fing ihr Herz an zu rasen. Wer, wenn nicht er, sollte *Bad_Teacher* sein?

IRGENDWANN VERLIESS AUCH LEON das *Roxy* und kehrte zurück in die Kälte des sich neigenden Wintertages. Wie eine Schildkröte in ihrem Panzer versteckte er sich noch tiefer in seinem dicken Parka. Finn war am längsten bei ihm geblieben, sie hatten über dies und das gequatscht, sich witzige Clips auf dem Handy angesehen und rumgealbert, bis Finn zu irgendeiner Verabredung oder einem Termin musste und Leon alleine zurückgelassen hatte. Wo sollte er jetzt hin? Zu Hause warteten auf ihn nur eine unaufgeräumte Wohnung, schmutziges Geschirr, ein leerer Kühlschrank und ein Mann, der sich die Lunge aus dem Leib hustete.

Da ihm nichts Besseres einfiel, rief er seinen Kumpel Rico an. Seit Rico aus der Behindertenwerkstatt geflogen war, weil er einen Werkzeugkasten mit einem China-Böller gesprengt hatte, hatte er Zeit im Überfluss. Zum Glück besaß er gut betuchte Eltern, die ihn finanzierten, solange sie ihn nicht besuchen mussten. Jackpot, nannte er selbst das, und es stimmte: Er hatte totale Narrenfreiheit und war trotzdem immer flüssig. Aber Leon fand Ricos Situation irgendwie auch ziemlich traurig. Geld war nicht alles. Es war nicht mal wichtig, fand er.

»Was geht, Alter?«, fragte er.

»Ich genieße die Freuden des Lebens.«

»Geil. Kann ich mitmachen?«

»Klaro. Komm einfach vorbei.«

Rico war einundzwanzig Jahre alt und saß im Rollstuhl. Kein Unfall, irgendeine Krankheit. So genau wusste Leon nicht, was ihm fehlte, irgendwas mit den Muskeln musste es wohl sein, denn seine Beine waren nur mit Haut überzogene Knochen. Er wohnte zusammen mit ein paar anderen Behinderten in einer WG. So weit wie möglich regelten die Bewohner ihr Leben selbst, für alles andere hatten sie einen Betreuer. Leon hatte dort Sozialstunden abgeleistet, die er vom Jugendgericht aufgebrummt bekam, weil er bei einer Polizeikontrolle ein paar Gramm Gras zu viel dabeigehabt hatte. Das war schon über ein Jahr her, aber der Kontakt zu Rico war geblieben. Er war ein Freund. Nicht so wie Finn, Lissy und Elif. Aber doch ein Freund. Und zwar einer, den er mit Gras versorgte. Geschenkt oder zum Selbstkostenpreis, verstand sich, denn Leon war schließlich kein Dealer.

Rico saß, den Laptop auf dem Schoß, im Wohnzimmer. Leon griff in die Schüssel auf dem Couchtisch, holte eine Handvoll Erdnussflips heraus und schob sie sich in den Mund.

»Was machst du?«, fragte er mampfend.

»Pornos gucken«, grinste Rico. »Gibt echt krasses Zeug, Alter. Willst du sehen?«

Leon hob abwehrend die Hand. »Nein, danke.«

»Alter Romantiker, du.« Rico lachte. »Hast du was zu rauchen mit?«

»Klar.«

Ricos eh schon blendende Laune hellte sich gleich noch mehr auf. »Weißt du, dass du mein allerbester Freund bist?« Er klappte den Laptop zu und legte ihn weg.

Leon ließ sich auf die durchgesessene Ledercouch fallen, packte Tabak, Paper und ein Tütchen Gras aus. Rico rieb sich die Hände und sagte: »Endlich kriegt mein behindertes Leben wieder Sinn.«

Routiniert baute Leon den Joint und überließ Rico den ersten Zug. Der war mit dem Ergebnis höchst zufrieden. »Mann, du baust echt die besten«, lobte er. »Das Zeug zieht rein. Wo kriegst du das nur immer her?«

Leon nahm den Joint, zog und behielt den Rauch lange in den Lungen, ehe er ihn langsam ausatmete. Es dauerte eine kleine Weile, bis die Wirkung im Kopf ankam, dann aber heftig. Er ließ sich gegen die Lehne sinken und gab sich ganz dem Gefühl hin, das wohlig warm durch ihn hindurchströmte.

»Es kommt auf mich zu«, sagte er, »ganz von selbst. So wie alles andere auch.«

Zwei

»SO EIN MIST!«, schimpfte Elif. Sie war gerannt wie eine Verrückte, aber sie hatte trotzdem nur noch die Rücklichter des Busses zu sehen gekriegt. Wie sollte sie jetzt in die Schule kommen? Ihr Rad hatte einen Platten, und ihren Bruder Mehmet um die Zeit aus dem Bett zu kriegen, damit er sie in die Schule fuhr, war praktisch unmöglich.

Ehe sie sich eine Lösung für ihr Problem überlegen konnte, hielt neben ihr ein dunkler Golf. Das Seitenfenster fuhr herunter, der junge Fahrer lächelte sie an und fragte: »Hat hier jemand ein Taxi bestellt?«

»Ich ganz bestimmt nicht«, gab sie zurück.

»Du siehst aber so aus, als würdest du dringend eines brauchen«, antwortete er unerschrocken.

Sie kannte den Typen, wenn auch nur vom Sehen. Er arbeitete in der Sparkasse schräg gegenüber von der Bushaltstelle. Jeden Morgen stieg er genau dann aus dem Auto, wenn sie auf ihrem Rad vorbeifuhr. Jeden Morgen sah er sie an und lächelte ihr zu. Und sie lächelte zurück. Jeden Morgen.

Elif konnte nicht wissen, dass der Golf-Fahrer seit ihrer ersten zufälligen Begegnung vor mehreren Wochen seinen Ablauf ganz darauf abgestellt hatte, diesen Moment zu wiederholen.

Er war damals früher dran gewesen und fuhr seitdem jeden Tag um diese Zeit zur Arbeit. Er stellte sein Auto auf dem Angestelltenparkplatz immer so ab, dass er Elif im Rückspiegel kommen sah. Erst wenn sie nahe genug war, stieg er aus. Seit einer Weile erlaubte er sich einen zusätzlichen Nervenkitzel: Er stieg erst aus, wenn er bemerkte, dass sie von sich aus zu seinem Auto herüberschaute.

Sie musste all das aber gar nicht wissen, um zu verstehen, dass die tägliche Begegnung kein Zufall war. Und die Vorstellung gefiel ihr. Auch wenn er nicht zu hundert Prozent in ihr übliches Beuteschema passte, fand sie ihn irgendwie süß.

»Nun steig schon ein«, drängte er.

Eigentlich sah er harmlos aus in seinem Anzug und mit den gescheitelten, dezent gegelten Haaren. Aber hatten nicht immer die harmlos wirkenden Typen die meisten Leichen im Keller?

Ach, was soll's, dachte sie schließlich. Er wird mich schon nicht auffressen.

»Ich bin übrigens Benedict«, sagte er, als sie eingestiegen war. »Und wie heißt du?«

DEN GANZEN GESTRIGEN TAG über hatte sich Lissy dem Gedanken hingegeben, der Typ, der sich hinter *Bad_Teacher* verbarg, sei Steffen Wegmann. Doch an diesem Morgen erwachte sie mit dem schalen Gefühl, dass sie ziemlich naiv war, wenn sie das ernsthaft glaubte. Elif hatte schon recht, wenn sie ihr vorhielt, sie habe eine allzu blühende Phantasie. Lehrer stellten ihren Schülerinnen nicht nach, auch nicht im Internet, und wenn doch, dann waren das eher Mädchen von Elifs Sorte. Also solche mit beneidenswert weiblichen Formen und hohem Vamp-Faktor. Wo blieb

Elif eigentlich? Hatte sie vorhin nicht geschrieben, dass sie den Bus nehmen würde, weil ihr Rad einen Platten hatte? Der Bus war doch längst hier gewesen.

Lissy wollte gerade ihr Handy nehmen, um Elif eine Nachricht zu schreiben, als Finn in der Schulcafeteria auftauchte. Sie winkte ihn zu sich. Cool, wie er nun mal war (oder zumindest sein wollte), winkte er nur zurück und schlurfte weiter zum Getränkeautomaten. Also ging sie zu ihm.

»Einen schönen guten Morgen, meine Süße«, sagte er, während seine Münzen durch die Innereien des Automaten klackerten. »Womit kann ich dienen?«

»Fällt dir zu *Bad_Teacher* was ein?« Lissy blieb absichtlich vage. Sie hatte sich so hingestellt, dass ihr keine Regung in seinem Gesicht entging.

»Wen meinst du konkret?«, fragte er, ohne sie anzusehen. »Hier rennen so viele schlechte Lehrer rum.«

»So als Nickname zum Beispiel?«

»Nickname?« Er streifte sie mit einem Seitenblick. »Du musst schon mehr verraten. So sagt mir das gar nichts. Echt nicht.«

Die Colaflasche rollte polternd in den Ausgabeschacht.

Hm, dachte Lissy. Sie bemerkte keine Verstellung. Anscheinend hatte er mit *Bad_Teacher* wirklich nichts zu tun. »Schon gut. Nicht so wichtig.«

»Jetzt sag schon.«

»Ich hab gestern eine komische Nachricht in so einem Forum gekriegt.«

»Bloß nicht darauf reagieren«, warnte er, nun ganz ernst. »Du kannst dir alles Mögliche einfangen, von einem irren Stalker bis hin zu einem Computervirus.«

»Hab nicht vor zu antworten. Ich dachte nur … vielleicht ist das ja wieder so ein Witz von dir.«

»Echt nicht. Ich schwör!« Finn sah sie aus seinen strahlend blauen Augen an. »Noch sauer wegen gestern? He, es tut mir wirklich leid. Ich und meine Klappe – du kennst uns ja. Aber es war nicht okay. Über Verliebtsein macht man keine Witze. Also tausendmal sorry. Ich mein's ernst.«

»Ich bin nicht verliebt!«, protestierte sie sofort.

»Okay, okay! Wie auch immer, alles wieder gut?«

Sie nickte. Er drückte sie an sich, und da wusste Lissy endgültig, dass Finn nicht der Typ für so eine miese Stalking-Nummer war. Schon gar nicht bei einer so engen Freundin wie ihr. Und er hatte recht: Am besten, sie vergaß *Bad_Teacher* einfach. Und Steffen Wegmann gleich mit.

WO STECKST DU?! Alles gut bei dir? Ich mach mir Sorgen! Lissy.

Elifs Handy war ungefähr zwei Kilometer von der Schule entfernt, als es den Eingang dieser SMS meldete. Es steckte in ihrem Rucksack, der auf dem Rücksitz des schwarzen Golfs lag. Der Wagen stand am hintersten Ende eines verwaisten, von Gestrüpp begrenzten Parkplatzes. Niemand saß drin.

Ein schmaler Weg führte zwischen den Büschen hindurch runter zu einem Bach. Elif war hier als Kind oft gewesen, allein oder mit Freundinnen, sie hatten sich wilde Abenteuer mit Einhörnern und Elfen und natürlich schönen Prinzen ausgedacht. Sie hatte sich so sehr in diese Abenteuer hineinphantasiert, dass sie regelrecht in ihnen gelebt hatte. Und nun schien es, als sollte hier tatsächlich ein Abenteuer für sie beginnen. Zumindest wenn es nach Benedict ging.

»Ich war sofort von dir verzaubert«, sagte er.
Elif wollte diese Worte nicht hören. Benedict war sicher ein netter Typ, und die kleinen Begegnungen jeden Morgen bedeuteten ihm anscheinend viel. Was sollte sie dazu sagen? Ein freundliches, offenherziges Mädchen wie sie lächelte im Lauf eines Tages vielen Menschen zu.
»Als ich dich vorhin an der Haltestelle stehen sah, war mir klar: Das ist ein Wink des Schicksals.«
Schicksal war ein verdammt großes Wort für ein paar belanglose Zufälle, fand sie.
»Du musst jetzt nichts sagen«, brach Benedict das Schweigen, das entstanden war, weil sie einfach kein Wort hervorbrachte. »Es tut mir leid, dass ich dich so mit meinen Gefühlen überfalle. Ich bin nicht geschickt in diesen Dingen. Aber ich meine es ehrlich. Gib mir eine Chance. Einfach nur reden, ohne jeden Druck. Wir gehen es langsam an. Lernen uns erst mal kennen. Sehen, was passiert. Okay?«
Elif räusperte sich. Was sollte sie sagen? Sie wusste es nicht. Deshalb sagte sie nur: »Ich muss zur Schule.«

KAUM HATTE ES ZUR PAUSE GEKLINGELT, sprangen die Klassentüren auf, und Schüler jeden Alters fluteten die Gänge. Wegen der Kälte trieb es die meisten in die Cafeteria, doch einige gingen auch nach draußen auf den Hof. Zwei von ihnen waren Leon und Finn. Leon hatte einen Tennisball mit in die Schule gebracht, den er am Morgen am Straßenrand aufgelesen hatte, und den warfen er und Finn sich die ganze Zeit schon zu. Morgens vor dem Unterricht in den Gängen, einmal sogar im Klassenzimmer während der Stunde, als Bio-Hempel den Schülern den Rücken zuwandte.

Finn war ein klasse Fänger, aber Leon auch ein guter Werfer. Umgekehrt funktionierte es so lala. Abgesehen von seinen Werferqualitäten war Leon nicht unbedingt der sportliche Typ. Finn zog ihn immer damit auf, dass er die Kondition einer alten Oma habe. Schon möglich, dass er es lieber bequem hatte. Andererseits hatte er in seinem Leben schon genug Stress gehabt, und es hörte ja nicht auf. Mutter gestorben vor drei Jahren, Vater mit Staublunge frühpensioniert, ein Wrack, das bloß noch auf den Tod wartete. Manchmal kam es Leon so vor, als sei das ganze Leben nur ein Warten auf den Tod, aber dann sah er Finn, der so viele Pläne hatte, und Elif und Lissy, die jedes Jahr hübscher wurden, und das tröstete ihn und machte ihm Mut. Außerdem: So schlecht war sein Leben auch wieder nicht, er kam alles in allem gut durch, und solange er seine Freunde hatte und hin und wieder auf einer Party ein süßes Mädchen zum Knutschen und Fummeln fand, wollte er sich nicht beklagen.

»Hierher!«, rief Finn. »Kommst du so weit?«

»Das ist doch gar nichts!«, lachte Leon.

Finn stand am anderen Ende des Schulhofs, vor der Terrasse der Cafeteria, auf der ein paar Leute in dicken Jacken vor dampfenden Tassen saßen. Leon ging einige Schritte zurück, lief los, holte dabei aus und warf den Ball mit voller Wucht. Er stieg hoch in die Luft, war nur noch ein schmutzig gelber Tupfen im Grau des Himmels, ehe er sich herabsenkte.

»Der kommt gut!«, rief Finn und machte, den Ball immer fest im Auge behaltend, ein paar Schritte nach hinten. Dabei stieß seine Ferse gegen irgendwas, er geriet ins Straucheln und fiel. »Scheiße!«, rief er. Er hörte noch, wie der Ball gegen die große Scheibe der Cafeteria knallte, und befürchtete schon das Schlimmste, aber zum

Glück hielt das Glas. Ein Riesenauftritt war es trotzdem, denn aufgeschreckt wie Schafe, wenn es donnert, schauten alle zu ihnen. Was schon wieder cool war. Er sprang auf und machte eine tiefe Verbeugung.

Überhaupt nicht cool fand Finn, dass sich jemand, während er seine kleine Show abzog, den abgeprallten Ball schnappte. Scheiße, dachte er, ausgerechnet Konni, der Freak. Irgendwie war der Typ überall, er tauchte praktisch aus dem Nichts auf. Wie ein Gespenst.

Konni war der Sohn des Hausmeisters und bewohnte mit seinem Vater die kleine Wohnung in der hintersten Ecke des Schulgebäudes. Mutter gab es keine. Vielleicht abgehauen, vielleicht hinter der Schule verscharrt. Wer wusste das schon? Konni war hier auch Schüler, aber er hielt sich so weit wie möglich von allem fern. Dabei war er keiner von den Außenseitern, denen man ansah, dass sie nur zu gerne dazugehören würden. Es schien eher so, als blicke er mit Verachtung auf den Rest der Welt, weil einfach niemand gut genug für ihn war. Für jemanden, der Klamotten trug, die vermutlich niemals in Mode gewesen waren, und das mit einem Haarschnitt kombinierte, der wie das Ergebnis einer langen, schweren Krankheit aussah, war das ein ziemlich großes Maß an Selbstüberschätzung, fand Finn. Aber vielleicht gab er sich auch nur so unnahbar, um sich nicht eingestehen zu müssen, dass er ein total verklemmter Soziopath war. Jedenfalls führte er Finns und Leons inoffizielle Liste möglicher Amokläufer an der Schule mit großem Abstand an.

Inzwischen war auch Leon herangeschlurft.

»Kriegen wir den Ball zurück?«, fragte Finn.

Konni blieb auf Abstand, grinste und warf den Ball mehrmals

hoch, um ihn sicher wieder zu fangen. »Klar«, sagte er, »du musst ihn dir nur holen.«
So, wie Konni guckte, konnte Finn sich schon denken, dass gleich irgendwas Fieses kam. Konni holte aus und schleuderte den Ball hoch in die Luft. Wow, dachte Finn. Ob der Ball über den Seitentrakt flog oder ganz hinten auf dem Flachdach landete, war nicht zu sehen. Es war auch egal, denn weg war der Ball auf jeden Fall.
Arsch, dachte Finn, während Leon in seinem Rücken anerkennend meinte: »Klasse Wurf, Alter.«

VON ALLEN SCHÜLERN in der Cafeteria waren Lissy und Elif vermutlich die einzigen, die auf den Knall, den Leons Wurf gegen die Scheibe verursacht hatte, kaum reagierten. Sie waren zu sehr in ihr Gespräch vertieft. Lissy konnte einfach nicht glauben, was Elif ihr eben erzählt hatte. Erst stieg sie zu einem fremden Typen ins Auto, und dann gestand ihr der praktisch aus dem Nichts seine Liebe. Am frühen Morgen, noch vor Beginn der Schule! Das sollte mir mal passieren, dachte Lissy neidisch, obwohl sie keine Ahnung hatte, was sie dann machen würde. Zu Elif passten solche verrückten Storys ja. Die erlebte dauernd die krassesten Sachen. Spontane Aktionen und sprunghafte Wechsel waren so was wie ihr Markenzeichen, genau wie ihr Hang zu Extremen. Mit vierzehn hatte sie, ohne dass ihre strengen Eltern davon wussten und gedeckt von ihrem Bruder Mehmet, im *Club* die Nächte durchgetanzt, jetzt, mit sechzehn, war sie die größte Streberin der Schule und hockte sogar an den Wochenenden über den Schulbüchern. »Ich bin nicht so klug wie du«, sagte sie immer, wenn Lissy sie daran erinnerte, dass es auch noch was anderes gab als Lernen, »ich muss mir alles hart erarbeiten.« Dem Feiern hatte sie völlig abgeschworen, nur mit ihren Freunden machte sie hin und wieder eine Ausnahme.

»Und was ist der Typ noch mal von Beruf?«, fragte Lissy.

»Der *Typ* heiß Benedict«, gab Elif spitz zurück, um, wieder entspannt, fortzufahren: »Er arbeitet in der Sparkasse schräg gegenüber von der Bushaltestelle bei uns.«

»Dann ist er bestimmt total alt, oder? Ich meine, wenn er schon einen Job hat und ein Auto.«

»Nee, gar nicht. Also … ich hab ihn nicht gefragt. Aber er ist … schätze … keine Ahnung, neunzehn, höchstens zwanzig.«

Das wäre noch im Rahmen, fand Lissy. Obwohl es ja auf das Alter nicht ankam, wenn man jemanden wirklich liebte. (Wie alt war eigentlich Steffen Wegmann?)

»Und wie geht's jetzt weiter?«

Elif zuckte mit den Schultern. »Wir haben Handynummern ausgetauscht. Vielleicht gehen wir irgendwann ins Kino oder so. Mal sehen.«

»Verliebt kommst du mir nicht gerade vor.«

»Bin ich auch nicht. Man kann ja auch einfach mal weggehen, ohne dass gleich irgendwas läuft.«

Lissy hatte ein seltsames Gefühl bei der Sache. Auch wenn Elif natürlich recht hatte. Aber mit Jungs auszugehen, mit denen nichts lief, war eigentlich nicht Elifs Ding.

Drei

LISSY FAND, DASS ES AN DER ZEIT WAR, auch einmal etwas zu wagen. Elif war nur ein paar Monate älter als sie und hatte im Gegensatz zu ihr schon so viel erlebt. Jetzt hatte sie mit diesem Benedict schon wieder was Neues am Start. Und was hatte sie, außer einer hoffnungslosen Schwärmerei für ihren Lehrer? Allzu lange musste sie nicht nachdenken, um auf etwas zu kommen: Sie hatte *Bad_Teacher*. Obwohl sie ihn eigentlich abgehakt hatte, spukte er noch immer in ihren Gedanken herum. Vielleicht lag hier ja das Abenteuer bereit, das sie suchte. Doch was sollte sie jetzt, Wochen nach seiner Anfrage, schreiben? Bestimmt rechnete er gar nicht mehr mit einer Antwort. Wäre doch nur Elif bei ihr. Was hätten sie für einen Spaß gehabt, sich freche Sprüche auszudenken! Aber Elif hatte keine Zeit mehr für so was, und so bieder, wie sie inzwischen geworden war, hätte sie ihr vermutlich bloß davon abgeraten.

Weil ihr nichts Besseres und schon gar nichts Witziges einfiel, schrieb Lissy *Bad_Teacher* schließlich: *Kennen wir uns? Von der Schule vielleicht?* Die Antwort kam prompt: *Wer kann schon behaupten, dass er einen anderen kennt?* Lissy rollte mit den Augen. Auf noch mehr Geheimnistuerei hatte sie absolut keine Lust. Sie wollte sich schon ausloggen, als *Bad_Teacher* nachschob: *Wir kennen uns, aber ich kann dir nicht sagen, wer ich bin. Für mich steht zu viel auf dem Spiel.* Was sollte das bedeuten? Was stand für ihn auf dem Spiel? Als sie ihn genau das fragte, antwortete er: *Ich hab eigentlich schon zu viel gesagt. Vielleicht sollten wir es lassen.* Das Online-Symbol neben seinem Namen verschwand. Er hatte sich ausgeloggt.

Was stand für *Bad_Teacher* auf dem Spiel? Lissys Herz raste. Vielleicht eine Familie? Vielleicht eine Karriere als Lehrer? Vielleicht weil *Bad_Teacher* eben doch, wie sie insgeheim hoffte, niemand anders war als Steffen Wegmann?

AN JENEM MORGEN, der seinem Teenagerleben eine neue Richtung geben sollte, fühlte Finn sich schon auf dem Schulweg von einer beinahe frühlingshaften Leichtigkeit erfüllt. Er war ein wenig früher dran als sonst, weil Lissy ihm gesimst hatte, dass sie dringend mit ihm reden müsse. Hoffentlich hat sie keine Dummheiten gemacht, dachte er. Sie war in letzter Zeit komisch drauf. Dass Elif kaum noch was mit ihr unternahm, schlug ihr unübersehbar aufs Gemüt. Aber war das wirklich alles? »Die arme Lissy müsste mal jemand entkorken«, hatte Leon vor Kurzem erst in seiner gewohnt trockenen und oft unüberlegten Art gemeint und Finn dann aufmunternd auf die Schulter geklopft. »Wäre das nicht ein Job für dich, Alter? Ihr versteht euch doch sonst auch so gut.«

Arsch, hatte Finn nur gedacht und die Bemerkung ignoriert.

Als er in die Aula kam, fiel ihm sofort dieses Mädchen auf, das er noch nie zuvor an der Schule gesehen hatte. Lange blonde Haare, mit einem leichten Stich ins Rötliche, tolle Figur, große Augen in einem bezaubernden Gesicht (erst als er dieses Gesicht sah, wurde ihm die Bedeutung des Wortes »bezaubernd« klar). Über ihrem Mundwinkel ein punktförmiges kleines Muttermal. Fein geschwungene Lippen. Wow, dachte er bei dem Anblick, endlich kommt Glanz in diese Hütte. Erst dann fiel ihm auf, dass sie offenbar mit Konni unterwegs war. Konni?! Er musste zweimal hingucken. Was hatte der denn mit einer Klassefrau wie ihr zu tun? Wo gingen sie hin?

»Da bist du ja!«, rief Lissy in diesem Moment.

Finn schaute auf den Rücken des fremden Mädchens, das sich rasch von ihm entfernte. Wiegender Gang. Faszinierend. Hypnotisierend. Erst als sie mit Konni um die Ecke verschwunden war, fragte er: »Was gibt's denn?«

»Nicht hier.«

Sie gingen in die Cafeteria und setzten sich an einen der hintersten Tische. Dort zeigte Lissy Finn auf ihrem Smartphone einen Chat. Finn erinnerte sich dunkel, dass sie ihn vor einiger Zeit schon mal wegen einer Chat-Anfrage angesprochen hatte. Was der Typ schrieb, machte ihn in seinen Augen nicht unbedingt vertrauenswürdig.

»Ist das wieder dieser Kerl?«, wollte er wissen.

Sie nickte. »Was denkst du?«

»Keine Ahnung. Was denkst *du*?«

Lissy zwirbelte an einem losen Faden herum, der sich aus ihrem Schal gelöst hatte. Sie räusperte sich und sagte dann mit kaum hörbarer Stimme: »Ich dachte … es ist vielleicht …«

»Wer?«

»Steffen Wegmann.«

Sie sagte es so leise, dass es kaum mehr als ein Lufthauch war.

Finn schnaufte. So war das also. Arme Lissy. Es war bestimmt ein Scheißgefühl, in einen Lehrer verknallt zu sein. Andererseits hätte

es auch schlimmer sein können. Zum Beispiel der Vater eines ihrer besten Freunde. Zum Beispiel sein eigener. Bloß nicht!
»Ich glaube, es ist nur jemand, der dich verarschen will«, sagte er. »Aber selbst wenn nicht: Mal angenommen, es ist Wegmann – was dann? Macht er sich bloß einen Spaß? Oder geilt er sich damit auf? Und wenn er doch mehr will … von einer Schülerin … was würde das über ihn aussagen? Als Mensch? Ich meine, hat er nicht eine Frau und zwei kleine Kinder?«
Finn fand, dass er das ziemlich gut auf den Punkt gebracht hatte. Außerdem kannte er Steffen Wegmann als einen Lehrer, der zwar cool war, sich aber nirgendwo anbiederte. Eine Respektsperson ohne nerviges Autoritätsgehabe. Dass die Mädchen auf ihn flogen, so, wie er aussah, war kein Wunder. Aber er hielt Abstand und zog sein Lehrerding durch, auch wenn eine ihn noch so heftig anflirtete. Es gab bei ihm keine Sonderpunkte für tiefe Ausschnitte und knappe Röcke.
Nach kurzem Überlegen nickte Lissy. »Du hast wahrscheinlich recht.«
»Ganz bestimmt sogar.«
Finns Blick wanderte zur Eingangstür. Da war Konni wieder mit diesem Mädchen. Anscheinend zeigte der Freak ihr die Schule. Der zweite Eindruck von ihr war noch heftiger als der erste. Einfach nur WOW.
Finn stieß Lissy an. »Wer ist das Mädchen bei Konni? Kennst du die?«
Lissy schaute auf. »Nie gesehen. Anscheinend neu.«
Dann hat sie hier noch keine Freunde, dachte Finn. Super! Leichtes Spiel für den bereits halb (oder doch schon drei viertel?) verliebten Finn.

Finn und leichtes Spiel bei einem Mädchen? Eher nicht. Er neigte zum Nervenflattern, wenn es drauf ankam. Und hier musste er sich auch noch beeilen, wenn er punkten wollte, denn eines war sicher: Mädchen wie diese Fremde blieben in der Regel nicht lange allein.

DER NAME DES MÄDCHENS, das Finn auf Anhieb den Kopf verdreht hatte, war Vanessa. Sie war mit ihrer Mutter erst eine Woche zuvor in die Stadt gezogen. Nicht der erste Umzug, den sie in den letzten Jahren mitgemacht hatte. Für ihre Mutter gab es viele gute Gründe, die Zelte an einem Ort abzubrechen, um sie woanders wieder neu aufzustellen. Manchmal waren es die fiesen Kollegen im Job, manchmal war es ein zu aufdringlicher Verehrer, den sie nicht anders loswurde, manchmal war sie auch einfach nur von allem genervt. Sie erklärte, es sei ihre Kompromisslosigkeit, die sie zwang, sich aus unerträglichen Verhältnissen zu lösen, statt sich einfach zu fügen. Doch je älter Vanessa wurde, desto mehr begriff sie, dass das nur die halbe Wahrheit und Weglaufen keine Lösung war. Zumindest nicht auf Dauer. Egal, wohin man kam, die Probleme waren meistens schon da und warteten nur auf eine Gelegenheit, um sich einem erneut in den Weg zu stellen.

»Was machst du?«, brach die Stimme ihrer Mutter in Vanessas Samstagnachmittagsmeditation ein, die so aussah: Sie lag aufs Sofa hingefläzt da und hypnotisierte sich, indem sie durch die neue Ausgabe der *InTouch* blätterte.

»Wonach sieht's denn aus?«, fragte Vanessa zurück, ohne aufzublicken.

Sie konnte gar nicht genug kriegen von all dem Klatsch und

Tratsch. Affären, Verleumdungen, Intrigen – waren sie nicht das Salz in der Suppe des Lebens? Und natürlich Geheimnisse. Je schmutziger, desto besser. Sie hatte eine ganz besondere Schwäche für böse Jungs. Aber welches Mädchen hatte die nicht? Zumindest wenn die bösen Jungs auch noch teuflisch gut aussahen. Leider waren die Typen, die man im wahren Leben traf – egal ob Mädchen oder Jungs –, alle so normal! So langweilig!
Vanessa schaute nun doch kurz von der Zeitschrift auf. Seit dem frühen Morgen kramte ihre Mutter schon in der Wohnung herum. Es gab noch eine Menge Umzugskisten, die darauf warteten, ausgeräumt zu werden. Sie hätte ihr helfen können. Hatte sie Lust dazu? Nein. Sie betrachtete lieber ein Foto von Lady Gaga, auf dem sie etwas auf dem Kopf trug, das wohl eine Hutkreation sein sollte, obwohl es eher aussah wie ein verunglückter Kuchen. Echt schräg, dachte sie. Was die sich traute.
Ihre Mutter ließ sich neben ihr auf der Couch nieder. »Wir sind noch gar nicht richtig zum Reden gekommen, mit all dem Umzugskram. Wie findest du es hier? Gefällt dir die neue Schule?«
»Ganz okay.«
Vanessa blätterte. Was hatten die Kardashians schon wieder angestellt?
»Hast du schon eine Freundin gefunden?«
Vanessa schaute auf. »Das Finden ist nicht das Problem, Mama. Das Behalten, das ist es. In einem halben oder spätestens einem Jahr ziehen wir sowieso wieder um.«
»Diesmal nicht, Liebes. Diesmal habe ich ein gutes Gefühl. Die Leute in der neuen Arbeit sind nett.«
Vanessa seufzte. »Sagst du das nicht jedes Mal?«
»Ich hatte immer gute Gründe, einen Ort zu verlassen.« Ihre

Stimme klang plötzlich schärfer. Dann setzte sie ruhig hinzu: »Ich weiß, welche Opfer es dich jedes Mal kostet. Glaub mir, ich wäge alles sehr genau ab.«

Vanessa legte die Zeitschrift weg und setzte sich auf. Es tat ihr leid, dass das eben aus ihr herausgeplatzt war. Sie wollte ihrer Mutter kein schlechtes Gewissen machen. »Natürlich, Mama«, beschwichtigte sie. »Und die Leute können wirklich fies sein. Keiner weiß das so gut wie ich.«

Ihre Mutter nickte. »Man darf sich nichts gefallen lassen. Du auch nicht, Vanessa, hörst du? Ordne dich bloß nie unter, nur damit irgendjemand eine bessere Meinung von dir hat oder dich bei irgendwas mitmachen lässt.«

»Tu ich nicht, Mama. Ich hab's eh lieber, wenn die anderen sich mir unterordnen. Und wenn es sein muss, kann ich auch ganz schön fies sein.«

Lächelnd wandte Vanessa sich wieder ihrer Zeitschrift zu.

Du ahnst ja nicht, *wie* fies ich sein kann, dachte sie vergnügt. Menschen, die sie enttäuschten oder gar hintergingen, durften bei ihr auf keine Gnade hoffen. Besser, ihre Mutter wusste das alles nicht so genau.

UNRUHIG TRAT ELIF von einem Bein aufs andere. Sie war zehn Minuten zu früh da, also kein Grund zur Ungeduld. Sie hatte keinen Zweifel, dass Benedict pünktlich sein würde. Wahrscheinlich dachte er, dass sie den Actionfilm ausgesucht hatte, um keine romantische Stimmung aufkommen zu lassen, aber sie stand wirklich nicht auf romantische Komödien. Explodierende Autos, Feuerbälle und der Sound von Schnellfeuerwaffen – das war mehr nach ihrem Geschmack.

Sie hatte in letzter Zeit viel an Benedict gedacht. Und jetzt kribbelte es erwartungsvoll unter ihrer Bauchdecke. War sie doch verliebt? Zumindest ein bisschen?
Sie stellte sich in die Popcorn-und-Cola-Schlange. Bevor sie dran war, entdeckte sie Benedict am Eingang. Sein Blick suchte sie. Er trug eine Jeans und ein Sweatshirt unter der Jacke. Ohne Anzug gefiel er ihr gleich viel besser. Sie winkte ihm, er bemerkte sie, und sofort trat ein Lächeln auf seine Lippen. Sie spürte ein Ziehen im Bauch.
»Hey«, sagte sie, als er bei ihr war.
Er berührte ihre Hand. »Hallo.« Dann sagte er: »Popcorn? Eigentlich finde ich das Gemampfe im Kino total nervig.«
»Äh … ich eigentlich auch. Ich dachte nur …«
»Schon okay. Wenn du willst, nimm ruhig welches.«
Sie trat aus der Schlange. »Muss echt nicht sein.«
Gemeinsam gingen sie zum Kinosaal. Benedict hatte die Karten online gekauft.
Plötzlich blieb Elif stehen und hielt ihn am Arm zurück. »Mal ehrlich: Du willst diesen Film eigentlich gar nicht sehen, oder?«
Er schüttelte den Kopf. »Ich hab's nicht so mit Ballerfilmen. Aber wenn du …«
»Nee, schon okay.«
Elif fing plötzlich an zu lachen. Was war das denn für ein Date? Von Anfang an so voller Missverständnisse, dass es schon wieder lustig war.
Benedict lachte nicht, doch er entspannte sich zumindest. »Ich will dir nichts vormachen, Elif«, sagte er. »Und du sollst mir auch nichts vormachen. Deshalb vielleicht ein paar Dinge über mich: Ich bin keiner von den coolen Jungs. Keiner, der nur rumspielt.

Mir ist es ernst. Ich habe Ziele, die ich erreichen will, und zwar möglichst ohne Umwege.«

»Die hab ich auch«, sagte Elif stolz.

»Normale, langweilige Ziele, meine ich. Nicht: Wie viele Nächte kann ich durchfeiern? Wie viel Bier oder wie viele Cocktails kann ich in mich reinschütten, ohne mit einer Alkoholvergiftung im Krankenhaus zu landen?«

Elif erschrak. Wieso sagte er das? Wusste er von ihrer wilden Vergangenheit? Sie widerstand dem Impuls, die Augen niederzuschlagen, denn es hätte wie das Eingeständnis einer Schuld gewirkt. Nein, dachte sie dann, er kann nicht davon wissen. Sonst hätte er mich nie angesprochen. Sonst wäre er nicht hier.

»Vielleicht bin ich auch nicht so romantisch wie andere«, fuhr Benedict fort. »Aber man kann sich auf mich verlassen. *Du* kannst dich auf mich verlassen. Das heißt, wenn du mir eine Chance gibst.«

Deine Chancen sind eben gestiegen, dachte Elif, sagte jedoch: »Lass uns einfach eine Pizza essen gehen, okay? Und was dann passiert, werden wir ja sehen.«

ES WAR VANESSAS ZWEITE WOCHE an der neuen Schule. Außer mit dem Sohn des Hausmeisters, der ihr im Auftrag eines Lehrers alles gezeigt hatte, hatte sie mit noch niemandem länger gesprochen. Sie hielt sich lieber zurück. Wartete ab. Bloß nicht zu früh auf jemanden festlegen und es später bereuen. Wenn sie mittags in die Cafeteria kam, blieb sie jedes Mal an der Tür stehen und beobachtete, wer mit wem die Köpfe zusammensteckte. Wer war sympathisch, wer nicht? Den richtigen Platz am richtigen

Tisch zu finden, war eine Entscheidung mit weitreichenden Folgen. Deshalb musste sie wohlbedacht werden.
Als Erstes registrierte sie, dass in der Regel Mädchen bei Mädchen und Jungs bei Jungs saßen. Das war keine große Entdeckung und auch nicht weiter ungewöhnlich. Doch für sie war klar: Sie wollte auf keinen Fall in eine reine Mädchenclique. Aus irgendeinem Grund kamen andere Mädchen mit ihr nicht gut aus. Zumindest nicht auf Dauer.
Nicht zum ersten Mal fiel ihr eine Gruppe ins Auge, die aus zwei Jungs und zwei Mädchen bestand. Die beiden Mädchen kannte sie vom Sehen aus ihren Deutschstunden. Die wirkten nett. Genau wie die beiden Jungs, zumindest dem Aussehen nach. Wer so wenig auf sein Äußeres gab, dass er in einem alten Parka rumlief, wie der eine der beiden, war mit Sicherheit kein Angeber oder Poser und hatte auch keine Angeber oder Poser als Freunde. Deshalb war wohl auch der andere Junge am Tisch in Ordnung. Die vier wirkten wie ein eingespieltes Team, sehr vertraut, aber nicht wie eine geschlossene Gesellschaft mit einem fetten Zutritt-verboten-Schild vor der Tür. Bei ihnen am Tisch waren auch noch Plätze frei. Sie sah, dass die Mädchen beide nur Gemüse auf den Tellern hatten. Deshalb holte sie sich an der Essensausgabe das Ungesündeste, was es gab: Currywurst mit Pommes und einen Pudding zum Dessert, dazu eine Cola, und zwar nicht dieses Diätzeugs, sondern eine richtige. Damit ging sie an den Tisch der vier.
»Hi«, sagte sie, »darf ich mich zu euch setzen?«
Vier Augenpaare sahen sie an. Diesen Test bestand sie immer, denn ihr Türöffner-Lächeln war unvergleichlich: nicht arrogant, nicht bettelnd, einfach nur: Ich bin lieb und total harmlos.

»Klar«, sagte die dünne Blonde, und auch die Dunkelhaarige nickte. Die Jungs murmelten etwas, das ebenfalls nach Zustimmung klang. Ihre verstohlenen Blicke zeigten, dass ihnen gefiel, was sie sahen.

»Ich bin Vanessa«, sagte sie zu den Mädchen, nachdem sie sich niedergelassen hatte. »Wir sind im selben Deutschkurs bei diesem supersüßen Lehrer. Herr Wegmann. So heißt er doch?«

»Äh … ja. Ich bin Alissa, aber alle sagen nur Lissy. Elif, Leon, Finn.« Sie hatte bei jedem Namen auf einen ihrer Freunde gedeutet. »Alle zusammen sind wir die *Bad Boys and Little Bitches.*«

»Versteh ich nicht. Spielt ihr in einer Band oder so?«

Das Mädchen, das Lissy hieß, lachte. »Nee. So heißt unsere WhatsApp-Gruppe.«

»Das da auf deinem Tablett, ist das wirklich dein Ernst?«, fragte Elif. Sie sah die fettig glänzende Currywurst in ihrem Ketchup-Bad mit einer Mischung aus Abscheu und Begierde an.

»Nee, das ist mein Essen«, konterte Vanessa. »Wieso?«

»Krass. Und trotzdem so eine tolle Figur. Wie machst du das?«

»Ich mach gar nichts. Das tun alles meine Gene.« Vanessa hob theatralisch die Hände zum Himmel. »Mama, ich danke dir!«

Alle lachten. Das Eis war gebrochen. Der Gag mit dem Essen funktionierte immer. Und wenn er nicht funktionierte, konnte man die Leute eh vergessen.

Ja, Vanessa fühlte sich auf Anhieb wohl mit diesen vieren. Keine Dummköpfe, aber auch keine Klugscheißer. Witzig, aber nicht kindisch albern. Das mit ihnen hatte Zukunft. Hoffentlich eine längere als bei ihrem letzten Anlauf. Wenn sie auf etwas verzichten konnte, dann waren das noch mehr Idioten, die sie auf den Tod hassten.

BESCHWINGT DURCHSCHRITT VANESSA einige Stunden später die Aula. Laut hallte das Klackern ihrer Absätze durch den Raum. Die letzte Schulstunde ihres längsten Schultages lag hinter ihr. Sie war erschöpft, aber dennoch bester Dinge. Noch beim Mittagessen hatte sie mit ihren neuen Freunden Handynummern ausgetauscht, und Lissy hatte sie sogar gefragt, ob sie Lust habe, in der Theater-AG mitzumachen. Ein Mädchen sei vor Kurzem abgesprungen, und Steffen Wegmann suche dringend Ersatz. Und ob sie wollte! Schon an ihrer letzten Schule hatte sie in der Theater-AG geglänzt. Sie hatte sofort ihren Stundenplan gecheckt, und da sie an den Probennachmittagen keinen Unterricht hatte, hatte sie mit Freuden Ja gesagt. Sie liebte Neuanfänge – da war sie wie ihre Mutter –, weil sie wie ein Versprechen waren.

Mit einem Mal war ihr jedoch, als sei noch jemand da. Jemand, der sie beobachtete. Sie blieb stehen und sah sich um. Hinter einer der Säulen trat ein Junge hervor, den sie sofort wiedererkannte. Es war dieser Konni, der sie an ihrem ersten Tag herumgeführt und ihr alles gezeigt hatte. Jetzt stand er nur da, die Hände in den Taschen seiner weiten Bundfaltenhose, und sah sie an. Ohne ein Wort zu sagen.

»Ist was?«, fragte sie ihn.

Er schüttelte stumm den Kopf.

Komischer Typ, dachte sie und ging weiter.

Ein paar Minuten später hatte sie ihn schon wieder vergessen.

Vier

THEATERPROBE SCHON ZU ENDE? Sehen wir uns gleich? Muss mit dir reden. Finn. PS: Vanessa bei dir?

Lissy antwortete: *Ich geh nachher ins Roxy. Mit oder ohne Vanessa.* Dann schob sie ihr Handy zurück in ihre Jacke, die schief über dem Stuhl hing. Eigentlich konnte Steffen Wegmann es nicht leiden, wenn jemand während der Theaterprobe mit dem Handy hantierte, aber das Risiko, dabei erwischt zu werden, war heute gering, denn er hatte nur Augen für Vanessa. Genau wie Finn. Diese Frau war wie eine ansteckende Krankheit, die offenbar alles befiel, was ein Y-Chromosom in den Genen trug. Bis jetzt schien nur Leon gegen sie immun zu sein, aber das war vermutlich auch nur eine Frage der Zeit. Wieso hatte sie ihr bloß von der Theater-AG und der unbesetzten Rolle erzählt? Hätte sie sich nicht denken können, dass es so laufen würde?

»Lissy?«

Lissy schaute auf. Steffen Wegmanns Blick traf sie völlig unvorbereitet. »Hä?«, machte sie und kam sich dabei unendlich dumm vor. Was war los? Was hatte sie verpasst? Wieso streckte Steffen Wegmann die Hand nach ihr aus, so als wollte er sie zum Tanzen auffordern? Vanessa stand neben ihm, mit verschränkten Armen, und Donni, ihr Partner, mit dem sie gerade eine Szene probte,

hatte die Daumen in seine Gürtelschlaufen gesteckt und wartete auch auf irgendwas.
»Sorry, ich hab grad nicht ...« Lissy räusperte sich.
»Vanessa und Donni wissen anscheinend nicht, wie eine innige Umarmung geht«, erklärte Steffen lächelnd. »Zeigen wir es ihnen?«
»Äh ... klar ...«, sagte Lissy, obwohl ihr überhaupt nichts klar war.
Während sie mit steifen Knien in die Spielfläche zwischen den beiseitegeschobenen Tischen und Stühlen stakste, schaute Lissy zu Vanessa, die so zurückguckte, als wäre sie die ahnungsloseste Person der Welt.
Dabei war ihr keineswegs entgangen, dass Lissys Laune von Probe zu Probe mieser wurde. Sie war zu schlau, um nicht sofort eins und eins zusammenzuzählen. Lissy stand offenbar auf ihren Lehrer und war sauer, weil der nur Augen für die bildhübsche neue Schülerin hatte: also für sie. Irgendwie fand Vanessa Steffen Wegmann ja ganz süß mit seinen babyblauen Augen und den dunkelblonden, jungenhaften Locken. Trotzdem war er nicht ihr Fall, sie hatte nicht viel übrig für coole Lehrer, die wie Freunde für ihre Schüler sein wollten.
Auf keinen Fall wollte Vanessa ihre zarte Freundschaft zu Lissy aufs Spiel setzen für einen harmlosen Lehrer-Schülerinnen-Flirt, an dem ihr ohnehin nichts lag. Und sie wäre nicht das Mädchen gewesen, das sie war, wenn sie nicht sofort eine Idee gehabt hätte, wie sie Lissy ins Spiel bringen konnte. Während die mit ihrem Handy zugange war, stellte Vanessa sich bei einer Umarmungsszene mit Donni absichtlich ungeschickt an, und bevor Steffen auf falsche Gedanken kam, rief sie ihm schon zu: »Ich muss das

mal von außen sehen. Vielleicht können Sie mir mit Lissy zeigen, wie Sie sich das vorstellen.«
Überraschung geglückt!
Obwohl Lissy nicht glücklich aussah. Eher so, als hätte jemand sie zu ihrer eigenen Hinrichtung eingeladen. Vanessa fand das witzig, aber sie verkniff sich jeden Anflug eines Lachens, erlaubte sich nur ein aufmunterndes Lächeln und ein verstohlenes Zwinkern, auf das Lissy nicht reagierte. Als sie vor Steffen stand und sich zweimal die langen blonden Haare hinter die Ohren gestrichen hatte, wandte Steffen sich Vanessa und Donni zu und meinte: »Jetzt gut aufpassen, ihr beiden. Hier lernt ihr was fürs Leben.«
Dann nahm er Lissy in den Arm. Vielleicht für fünf oder zehn Sekunden, aber Vanessa sah genau, wie Lissy einen Moment lang in der Umarmung versank wie in einer viel zu weichen Matratze, sie schloss sogar verträumt ihre Augen. Und als sie sie wieder öffnete, hatten sie diesen feuchten Glanz, der alles sagte.
Na also, dachte Vanessa, zufrieden lächelnd, da habe ich heute jemanden glücklich gemacht.

MIT ZITTERNDEN FINGERN DRÜCKTE ELIF den Klingelknopf. Sie hatte ein schlechtes Gewissen, weil sie ihre Mathe-Nachhilfestunde schwänzte. Schließlich brauchte sie jede Minute Übung, die sie kriegen konnte, wenn sie in der nächsten Klausur bestehen wollte. Aber Mathe war nicht alles, und etwas anderes brauchte sie gerade noch dringender.
Der Türöffner surrte, sie schob die Tür auf und lief die Treppe hoch. Oben erwartete sie Benedict mit offenen Armen und einem zufriedenen Lächeln auf dem Gesicht. Sie warf sich an seine Brust

und an seine Lippen, und es sollte nur ein Vorgeschmack sein auf das, was noch kam.

Es war einer jener trüben Wintertage, an denen die Morgendämmerung und die Abenddämmerung ineinander überzugehen schienen und das Dazwischen zu einem farblosen Stück Zeit verschwamm. Elif hätte die Stunden zwischen beidem nicht vermisst, sie waren ohnehin nur angefüllt von Schule, oberflächlichen Gesprächen und der schmerzhaft-süßen Sehnsucht nach Benedict. Wie von selbst kehrten ihre Gedanken immer wieder zu dem Abend zurück, an dem sie eigentlich ins Kino hatten gehen wollen, um dann einfach nur zu reden, über Gott und die Welt und das eigene Leben. Erst bei einer Pizza und dann bei einem langen nächtlichen Winterspaziergang, der an seiner Wohnungstür endete. Da standen sie also und sahen sich wortlos an, bis Benedict Elifs Gesicht vorsichtig zwischen seine Hände nahm und sie küsste, zuerst ganz sanft, so als wollte er die Frucht probieren, bevor er sie danach ganz verschlang. Und das tat er dann auch: sie verschlingen. Elif hatte nicht erwartet, dass er so gut küssen konnte. Er wirkte so kontrolliert, und normalerweise war er das auch. Aber es gab offenbar einen anderen Benedict, den sie zu gerne näher kennenlernen wollte. Nach dem Kuss wirkte er wieder unschlüssig, als wisse er nicht, was diese Nacht noch für ihn bereithielt. Er wusste es wirklich nicht. Aber sie, Elif, sie wusste es.

Und sie wusste auch, was sie tun musste: Noch im Flur schrieb sie auf Türkisch eine SMS an ihre Mutter: *Penne bei Vanessa. Okay?* Eine zweite ging an Vanessa: *Wenn jemand fragt: Ich penne bei dir. Später mehr.* Eigentlich hatte Elif in solchen Fällen immer Lissy als Alibi benutzt, doch sie hatte ihr noch nicht erzählt, was mit Benedict lief. Etwas in ihr sträubte sich dagegen. Sie redete sich ein,

dass sie Lissy nicht von ihrer Liebe vorschwärmen wollte, während die sich in einer unerfüllten und unerfüllbaren Leidenschaft verlor, auf die man sie nicht einmal ansprechen durfte. Aber war das wirklich der einzige Grund? Oder lag es nicht vielmehr daran, dass sie fürchtete, nein, dass sie wusste, dass Lissy Benedict ablehnen würde? Wie auch immer, eine Lücke war zwischen ihnen entstanden, und in diese Lücke war Vanessa getreten. Gekommen, um zu bleiben, wie es schien.
Elifs Mutter antwortete auf Türkisch: *Macht nicht so lange. Und stell mir diese Vanessa bald mal vor!*
Vanessa schrieb bloß: *Sau, du!* ☺☺☺
Heute hatte Elif kein Alibi nötig.
Benedict hatte sich generalstabsmäßig vorbereitet. Wohn- und Schlafzimmer waren verdunkelt, überall brannten Kerzen und Räucherstäbchen, Musik erfüllte die Räume. Elif brauchte zwar weder Kerzen noch ein winselndes Saxofon und auch keine exotischen Düfte, um in die richtige Stimmung zu kommen, aber schön war es doch. Schön waren auch die Küsse, mit denen er ihren ganzen Körper bedeckte, und die feuchten Spuren, die sie auf der Haut hinterließen, wie zarte kleine Fußabdrücke. Schön war es, wie seine feingliedrigen Finger in ihren Haaren spielten und ihren Körper berührten. Schön war seine spielerische Geduld, mit der er sie liebkoste und die so viel größer war als ihre, denn sie musste immer alles sofort haben. Schön war, dass er nicht nur diese wilden, zärtlichen, ekstatischen Stunden von ihr wollte, sondern alle anderen auch. Er wollte sie ganz. Für immer. Und sie? Wollte sie ihn?
Vielleicht.
Für Elifs Verhältnisse war ein Vielleicht schon eine ganze Menge.

UNGEDULDIG WARTETE FINN im *Roxy*. Er versuchte, sich mit dem Handy abzulenken, aber es gelang ihm kaum. Alle zehn Sekunden schaute er zur anderen Straßenseite hinüber. Wo Lissy nur blieb? Die Probe sollte doch längst rum sein. Ob sie alleine kam? Oder mit Vanessa? Eigentlich hatte er Lissy die SMS geschrieben, um sie zu fragen, wie sie seine Chancen bei Vanessa einschätzte. Ob sie vielleicht mal was über ihn gesagt hatte. Aber er würde es nicht tun. Zu groß war seine Angst vor der Antwort.

Seit ein paar Wochen war Vanessa nun ein Teil seines Lebens – oder besser gesagt, seiner Gedanken und Träume –, und er hatte es noch immer nicht geschafft, ein Date mit ihr zu verabreden. Natürlich hatte er das eine oder andere Mal schon gefragt, ob sie Lust hätte, mal was zusammen zu unternehmen, aber es hatte bei ihr nie gepasst. Wie oft durfte das noch passieren, bis er ein »Ich kann nicht« als ein »Ich will nicht« verstehen musste?

Finn blickte auf. Da kam Lissy ja. Mit Vanessa. Sie schienen sich intensiv über etwas zu unterhalten, während sie an der Fußgängerampel warteten. Worum es wohl ging? Vielleicht um ihn? Hinter seiner Schläfe begann es heftig zu pulsieren. Er aktivierte seine Handykamera. Nicht zum ersten Mal filmte oder fotografierte er Vanessa ohne ihr Wissen. Er fühlte sich schrecklich dabei. Schämte sich. Und konnte es trotzdem nicht lassen. Weil es sich hinterher gut anfühlte, etwas von ihr zu besitzen. Wie ein kleiner Sieg. Die Ampel schaltete auf Grün, die beiden gingen los. Als sie aus dem Blickfeld waren, stoppte er die Aufnahme und steckte das Handy in die Hosentasche. Scheiße, dachte er bloß. Wie konnte es sein, dass einen ausgerechnet das Schönste – die Liebe – dazu trieb, total kranke Dinge zu tun?

Die Glastür ging auf, doch Lissy kam ohne Vanessa herein. Was

sollte er daraus schließen? Ging Vanessa ihm aus dem Weg? Warum? Was hatte er falsch gemacht?
Lissy winkte ihm von Weitem zu und lächelte breit. Sie schien gut drauf zu sein. Er hob nur kurz die Hand und lächelte müde zurück.
Schon auf dem Weg zum Tisch wickelte Lissy ihren ellenlangen Schal ab und knöpfte die Jacke auf, um sich schließlich auf den Stuhl ihm gegenüber fallen zu lassen. »Ich bin total erledigt«, schnaufte sie. Dabei wirkte sie überhaupt nicht erschöpft. Eher aufgekratzt. Wie auch immer, er ging nicht darauf ein, fragte nur, um einen scherzhaften Ton bemüht: »Ist Vanessa vor der Tür in einen Gully gefallen, oder wieso kommt sie nicht rein?«
»Sie musste gleich weiter. Hat irgendwas vor. Keine Ahnung, was. Hat sie nicht gesagt.«
Finns Herz sank. Also richtig vermutet, dachte er. Sie geht mir aus dem Weg.
»Ich soll dich aber ganz lieb grüßen«, fuhr Lissy fort, »und dir den hier geben.« Sie beugte sich zu ihm und drückte ihm einen Schmatz auf die Wange.
Lissy entging nicht, dass Finn rot wurde. Sie wusste genau, dass es nicht ihretwegen war, sondern wegen Vanessa. Es wäre die perfekte Gelegenheit gewesen, Finn ein paar seiner Sticheleien wegen Steffen Wegmann heimzuzahlen. Aber sie brachte es nicht übers Herz.
»Was wolltest du bereden?«, fragte sie stattdessen.
»Oh, nichts«, winkte er ab. »Hat sich schon erledigt.«
Armer Finn, dachte Lissy, während Finn dachte: Ich mach mich nur lächerlich, wenn ich jetzt von Vanessa anfange und meinen bescheuerten Gefühlen für sie. Das ist doch alles nur ein Witz.

»Schau mal da«, sagte er plötzlich und deutete auf die Straße.
Lissys Blick folgte seinem Fingerzeig, und sie glaubte erst nicht, was sie sah: War das Mädchen auf der anderen Straßenseite wirklich Elif? Und der Typ, mit dem sie Hand in Hand an den Geschäften vorüberspazierte – war das etwa dieser Sparkassenheini? Als sie vor einem der Schaufenster stehen blieben, legte er den Arm um sie, sie redeten, und schließlich küssten sie sich sogar!
»Seit wann hat Elif einen Freund?«, fragte Finn. »Weiß sie nicht, dass sie dafür unsere Erlaubnis braucht?«
Ha-ha, dachte Lissy, sagte aber nichts. Es enttäuschte sie, dass Elif, die immerhin ihre beste Freundin war, ihr kein Wort gesagt hatte.
Finn holte sein Handy heraus und schrieb Elif eine SMS.
Big Brother and Little Sister are watching you! Dreh dich mal um! ☺
Sie sahen zu, wie Elif ihr Handy aus der Jackentasche holte und die Nachricht las. Sie drehte sich um und winkte. Dann redete sie mit ihrem Neuen, es schien eine kleine Diskussion zu geben, ob sie herüberkommen sollten. Offenbar verlor Elif, denn der Sparkassenheini nahm sie an der Hand, sie winkte noch einmal kurz, dann waren sie weg.

AUS DEM WOHNZIMMER DRANG anhaltendes heftiges Husten. Leon stellte die Musik an und drehte die Lautstärke auf. Dann holte er aus der untersten Schublade seines Schreibtisches einen Joint, den er am Morgen schon gebaut hatte. Angeblich sollte das neue Gras richtig reinhauen. Es kostete auch mehr. Na, mal sehen, dachte er. Doch bevor er den Joint anzünden konnte, hämmerte es gegen seine Tür.
»Was ist denn?«

Er machte die Musik leiser.
»Es hat geläutet«, brüllte sein Vater heiser.
»Na und? Keiner zu Hause.«
Nervtötend schrillte die Klingel erneut durch die Wohnung. Leon schnaubte. Wer war das bloß? Sie bekamen schon seit Ewigkeiten keinen Besuch mehr. Zornig riss er ein Fenster auf und schaute runter auf die Straße. Er glaubte nicht, was er sah. Oder besser: wen.
Vanessa stand am Bordstein und schaute zu ihm hoch. Was wollte die denn hier? Woher kannte sie überhaupt seine Adresse?
»Kann ich rauf?«
Was dachte die sich! Seine Wohnung war tabu. Selbst Finn war erst ein paarmal hier gewesen, aber nicht mehr, seit Leons Vater frühpensioniert war.
»Ich komm runter.«
Sein Vater stand im Flur und sah ihn irritiert an.
»Wer ist das?«, fragte er. »Hast du eine Freundin?«
»Geh wieder fernsehen.«
Leon ließ die Wohnungstür hinter sich ins Schloss fallen. Die hölzernen Treppenstufen knarrten mürrisch unter seinen Schritten. Er hatte noch immer den Joint in der Hand, die tief in der Tasche seines Parkas steckte.
»Wieso rufst du nicht an, wenn du was willst?«, fragte er Vanessa absichtlich unfreundlich. Natürlich kannte er den Grund. Sie wusste, dass er sie abgewimmelt hätte.
»Ich wollte mit dir reden«, sagte sie.
Reden wollte sie also. Er hatte keine Ahnung, worüber.

AUF DEM ALTEN SPIELPLATZ WAR niemand außer zwei Zehnjährigen, die um das Schaukelgestell rasten und sich mit Brocken aus Dreck und Eis bewarfen. »Verpisst euch«, schnauzte Leon sie an, und sie machten sich sofort davon. Er und Vanessa ließen sich auf den Schaukeln nieder. Ein Stück entfernt landete eine Elster auf dem verrosteten Klettergerüst und schaute interessiert herüber. Wenig später flog sie wieder davon.

»Also?«, fragte er.

»Ich hab das Gefühl, dass du sauer auf mich bist, aber ich weiß nicht, warum.«

Leon schnaufte. Er war nicht sauer. Er konnte sie nicht leiden. Das war was anderes. Außerdem verstand er nicht, was sie von ihm und seinen Freunden wollte. Wieso konnte sie sich nicht andere Leute suchen, die sie mit ihrem Charme beglückte? Er wünschte, er hätte den Mut gehabt, ihr das zu sagen. Doch stattdessen sagte er: »Du liegst falsch. Ich hab nichts gegen dich. Wirklich nicht.«

»Echt nicht? Da bin ich aber erleichtert. Weil … manchmal fühlen Leute sich von mir bedroht. Das will ich nicht. Ich will nur, dass alle sich wohlfühlen. Ich bin voll der Harmonietyp.«

Leon spürte ein Kratzen im Rachen. Und ein Verlangen. Er kiffte tagsüber nur ungern vor seinen Freunden, aber er brauchte jetzt einfach was, und Vanessa war sowieso keine richtige Freundin. Er zog den Joint aus der Tasche.

»Was dagegen, wenn ich rauche?«, fragte er und zündete ihn an.

»Nur, wenn du mich mal ziehen lässt«, sagte Vanessa.

»Du kiffst auch?«

»Ich fang gerade damit an.«

WÄHREND VANESSA ERSTE DROGENERFAHRUNGEN machte, begann Elif, ein paar unangenehme Dinge über Benedict zu begreifen. Nach der peinlichen Situation vor dem *Roxy* hatten sie im Auto ein ausführliches Gespräch geführt. Die traurige Wahrheit, die dabei herauskam, lautete: Benedict hatte keine Freunde. Er verstand überhaupt nicht, wozu man welche brauchte. Deshalb kapierte er auch nicht, wieso Elif an ihren Freunden festhalten wollte, obwohl sie doch jetzt ihn hatte. »Du musst dich mit meinen Freunden arrangieren«, stellte sie klar, »sonst haben wir ein Problem.« Ohne Kuss stieg sie aus. Von Wolke sieben voll auf die Schnauze gefallen. Autsch!

Zu Hause angekommen, rief sie sofort Lissy an. Schuldbewusst, denn sie hätte ihr ihre neue Liebe nicht verschweigen dürfen. Solche Dinge erzählten Freundinnen sich, das war ein uraltes Gesetz. Obwohl Lissy selbst nicht viel besser war. Wann erfuhr man endlich mal was über ihren Lehrer?

Lissy spielte zuerst die Beleidigte, aber es war von Anfang an klar, dass es nicht echt war. »Manchmal ist eine Sache eben nicht gleich spruchreif«, meinte sie am Ende versöhnlich, was in Elif den Verdacht weckte, dass sie vielleicht auch so eine Sache mit sich herumtrug.

»Irgendwelche Neuigkeiten an der Lehrerfront?«, fragte sie vorsichtig.

»Nicht wirklich«, kam es zurück.

Es war schon viel, dass Lissy indirekt eingestand, dass es überhaupt eine Lehrerfront gab. Normalerweise stritt sie alles ab, selbst vor ihrer besten Freundin. (Aber anderen Vorwürfe machen!) Dabei verstand Elif nur zu gut, warum sie in Wegmann verknallt war. Er sah gut aus, war nett und charmant, ohne sich ranzuschmeißen.

Wäre er nicht ihr Lehrer, sondern irgendein Typ auf freier Wildbahn gewesen, hätte sie auch zweimal hingeguckt. Aber Lissy hielt sich, was ihre Gefühle für ihn anging, extrem bedeckt, wahrscheinlich aus Angst, sich eine Blöße zu geben. Auch jetzt spielte sie den Ball sofort wieder zurück.

»Erzähl lieber, wie dieser Sparkassenmitarbeiter des Monats ausgerechnet dich rumgekriegt hat. Du stehst doch eher auf ... na ja, einen etwas anderen Typ.«

Genau deswegen, hätte Elif antworten können. Die Zeit der Verlierer mit Knackarsch war vorbei. Jungs mit Knackarsch und Perspektive waren angesagt.

Sie erzählte, wie sie und Benedict zusammengekommen waren, verschwieg jedoch, dass Vanessa schon eine Weile von ihrer Liebe wusste. Dabei dachte sie: Notiz an mich selbst: Vanessa anrufen! Sie darf nicht sagen, dass sie schon länger von Benedict und mir weiß.

»Du Glückliche«, sagte Lissy, nachdem Elif ihr lange genug von den Vorzügen ihrer neuen Beziehung vorgeschwärmt hatte. »Wann lerne ich deinen Benedict endlich kennen?«

»Bald«, versprach Elif, obwohl sie sich fragte, wie sie Benedict dazu kriegen sollte. Schließlich hatte er vorhin noch ernsthaft gefragt, wieso er sich mit Leuten beschäftigen sollte, die ihn nicht interessierten.

Doch zu Elifs Überraschung sollte Benedict sie noch am Abend anrufen, sich für sein egoistisches Verhalten entschuldigen und ihr versichern, dass er natürlich die Menschen kennenlernen wollte, die ihr so viel bedeuteten. Sie wusste, dass er das nicht wirklich meinte, sondern nur ihr zuliebe einlenkte. Aber das war immer noch mehr, als manch anderer getan hätte.

LEON HING AUF DER SCHAUKEL und sah zum Klettergerüst, wo sich die Elster wieder niedergelassen hatte. Dann sah er sie nicht mehr, aber er konnte sich nicht erinnern, wann sie weggeflogen war. Im nächsten Moment fragte er sich, ob es sie wirklich gab. Mann, dieses neue Zeug ist der Hammer, dachte er.

Er schaute neben sich. Es hatte nur zwei Züge gebraucht, und Vanessa war breit wie ein Scheunentor. Sie lag mit dem Rücken auf der Erde, hatte ihre Beine auf der Schaukel abgelegt. Er hoffte nur, dass sie nicht kotzen musste. Was sollte er mit ihr machen? Egal, sie würde schon wieder auf die Füße kommen.

Aber als die Wirkung bei ihm bereits wieder verflog, lag sie immer noch regungslos da. Langsam machte er sich Sorgen. Er stand von der Schaukel auf und ging vor ihr in die Hocke.

»Vanessa? Alles okay mit dir?«

Sie brummte nur etwas. Anscheinend war sie ganz schön fertig. Vielleicht ihr Kreislauf. Sie konnte hier nicht länger liegen, fiel Leon ein. Bei der Kälte. Scheiße, dachte er, und was jetzt?

Er half ihr, sich aufzusetzen. Sie war total benebelt. Zum Glück reagierte sie auf das, was er sagte, wenn auch mit einiger Verzögerung. Er legte sich ihren Arm um die Schultern und wuchtete sie auf die Beine. Sie sackte nicht gleich wieder weg, sondern blieb stehen. Doch wohin mit ihr? So konnte er sie in keinen Bus setzen und auch in kein Taxi. Er wusste ja nicht mal, wo sie wohnte. Ganz abgesehen davon, was ihre Mutter sagen würde, wenn Vanessa in dem Zustand nach Hause kam. Andererseits: Was scherte es ihn? Er hatte sie weder eingeladen, noch hatte er sie gezwungen, so gierig an dem Joint zu ziehen.

Eigentlich gab es nur eine Möglichkeit, aber das war genau die, die ihm von allen am wenigsten gefiel. Er musste Vanessa zu sich

nach Hause mitnehmen. Er hasste sie schon jetzt dafür, dass sie ihn dazu zwang.
Es dauerte eine Ewigkeit, bis sie das Haus erreichten, und noch eine weitere, bis sie oben in der Wohnung waren. Leons Vater stand mit offenem Mund in der Wohnzimmertür und schaute sie beide an, als hätte er zwei Geister vor sich.
»Geh fernsehen«, sagte Leon.
Er brachte Vanessa in sein Zimmer, legte sie aufs Bett. Sie brabbelte irgendwas. Dann verschwand er in die Küche und machte Kaffee. Hatte er Saft? Nein. Mineralwasser? Leitungswasser musste reichen. Er spülte schnell ein Glas aus. Als er mit Wasser und Kaffee in sein Zimmer kam, saß Vanessa auf dem Bett. Ihr Gesicht war grau wie ein Blatt kariertes Papier.
»Wo bin ich?«, fragte sie.
»Da, wo du nicht sein solltest. Hier, trink!« Er gab ihr das Wasser. »Das hier ist Kaffee. Nur so Instantzeug, aber stark.«
Leon sah zu, wie sie von beidem einen Schluck nahm. Ihr Haar hing ihr ins Gesicht, er wischte es nach hinten und fragte sich erst danach, wieso er das getan hatte. Sie fragte sich das anscheinend nicht, sie hatte es vielleicht nicht einmal registriert. Sie saß nur da und nahm abwechselnd einen Schluck Wasser und einen Schluck Kaffee.
Als sie anfing, sich im Zimmer umzuschauen, sagte er: »Du solltest jetzt gehen. Wirklich. Ich kann dich begleiten. Aber hier … ist es nicht gut.«
Leon brachte sie zur nächsten Bushaltestelle. Sie redeten kein Wort, aber das Schweigen zwischen ihnen wog schwer. Er wartete sogar, bis der Bus kam. Würde sie ihn zum Abschied umarmen? Ihn vielleicht sogar küssen? Irgendwie hing so was in der

Luft. Irgendwie wollte er es. Und irgendwie nicht. Er stand da wie ein Eisblock. Die Hände in die Taschen des Parkas gerammt. Zischend gingen die Türen des Busses auf. Ehe noch etwas passieren konnte, war Vanessa schon eingestiegen. Sie winkte, die Türen schlossen sich, der Bus fuhr schnaufend ab.
Auf dem Rückweg überkamen ihn widersprüchliche Gefühle. Er hasste Vanessa dafür, dass er sie mit in seine Wohnung hatte nehmen müssen. Dass sie gesehen hatte, was sie gesehen hatte. Dass er sich für all das schämte. Fast schien es ihm, als sei genau das ihr Plan gewesen: ihn in diese Situation zu bringen. Aber wie hätte sie das planen können? Und da war noch etwas anderes in ihm. Er musste an den Moment eben an der Bushaltestelle denken, als eine Umarmung oder sogar ein Kuss in der Luft lag. Das, und nicht nur das, so wurde ihm klar, hatte etwas mit ihm gemacht. Er wusste nicht, was, er wusste nur, dass es ihm nicht gefiel. Oder vielleicht gefiel es ihm sogar, und es war genau das, was ihm nicht gefiel.

»HI, VANESSA. Das ist jetzt ungefähr die hundertste Nachricht, die ich dir auf die Mailbox quatsche. Bitte ruf mich zurück. Es ist echt wichtig.«
Lissy legte auf. Wo steckte Vanessa bloß? Was war das für eine geheime Erledigung, die so lange dauerte und bei der man nicht mal kurz ans Telefon gehen konnte?
Lissy überlegte, ob sie nicht vielleicht doch Elif anrufen und ihr alles erzählen sollte: von der Umarmung bei der Theaterprobe und von dem, was Vanessa ihr auf dem Weg zum *Roxy* gesagt hatte: dass sich Lehrer sehr oft in Schülerinnen verliebten, und nicht bloß in die auffälligen, sondern gerade in die mit den verborgenen Reizen. Bei denen sie der Erste waren. Also in Mädchen

wie sie. Aber nein, Elif war raus, nachdem sie ihr ihre neue Liebe so lange verschwiegen und auch jetzt nur davon erzählt hatte, weil sie und Finn sie zufällig mit ihm gesehen hatten.
Lissy schaute auf das Display ihres Laptops, wo die Seite von *Finding Friends* geöffnet war. Wenn es stimmte, was Vanessa sagte, und Steffen Wegmann wirklich ein Auge auf sie geworfen hatte, passte alles zusammen. Nach dem letzten kurzen Chat mit *Bad_Teacher* hatte er sich nicht mehr gemeldet. Wahrscheinlich würde er das auch nicht mehr tun, wenn sie die Sache nicht wieder ins Rollen brachte. Sollte sie?
Immer wieder las sie seine letzten Sätze: *Wir kennen uns, aber ich kann dir nicht sagen, wer ich bin. Für mich steht zu viel auf dem Spiel.* Und: *Ich hab eigentlich schon zu viel gesagt. Vielleicht sollten wir es lassen.*
Im Antwortfeld blinkte fordernd der Cursor hinter ihrem Nickname *L_Bitch*.
Nervös kaute Lissy an ihrem Daumennagel. Eine innere Stimme raunte ihr zu: Trau dich! Denk nicht so viel nach! Was kann schon passieren? Es ist nur ein Chat. Du kannst jederzeit aufhören. Und er ist im Moment sowieso nicht eingeloggt.
Okay, dachte sie, stimmt.
Sie schrieb: *Vielleicht sollten wir es auch einfach tun.*
Hielt den Atem an … und drückte die Enter-Taste.
Ihr Herz schlug wie verrückt.
Sie loggte sich aus, bevor *Bad_Teacher*/Steffen Wegmann sich einloggen konnte. Undenkbar, jetzt sofort mit ihm zu chatten. Sie würde sterben vor Aufregung. Sie musste sich ablenken. Irgendwie. Rausgehen. Sich bewegen. Sie warf sich in Jacke und Schal und verließ fluchtartig das Haus.

BLING, MACHTE KONNIS HANDY in seiner Hosentasche. Eine SMS. Was ziemlich ungewöhnlich war, denn er bekam so gut wie nie SMS. Von wem auch? Er legte das Buch, in dem er gerade las – Albert Camus: *Der Fremde* –, zur Seite und öffnete das Postfach. Es war die Benachrichtigungsmail eines Freundschaftsportals, in dem er sich vor einer Weile angemeldet hatte.

Schau an, dachte er, auf dem toten Gleis herrscht wieder Verkehr.

Das Handy meldete: *Bad_Teacher hat eine neue Nachricht von L_Bitch erhalten: Vielleicht sollten wir es auch einfach tun.*

Fünf

TREFFEN IN DER GALERIE? In einer halben Stunde? Es gibt eine Überraschung!

Nicht nur das Stammlokal der *Boys and Bitches* hatte in den letzten beiden Monaten gewechselt, es hatte sich auch einiges andere verändert. Lissy unterhielt einen andauernden Internetchat mit *Bad_Teacher*; sie erzählte aber außer Vanessa niemandem davon, weil ihr bestimmt alle anderen bloß sagen würden, wie bescheuert das war. (Vanessa sagte nur: »Ein mysteriöser Fremder – wie cool ist das denn?!«) Elif und Benedict verbrachten immer mehr Zeit miteinander, und zwar ohne die Freunde, weil die ihn nicht besonders mochten und er sie auch nicht. Vor allem aber: Vanessa war überall. Sie rief in die *Galerie* oder zum Shoppen, ins Kino oder zur Party einer neuen Bekannten, zu der eigentlich nur sie alleine eingeladen war. (Diese Art Bekanntschaften kamen und gingen bei Vanessa, sie bedeuteten ihr nichts.) Manche Dinge waren aber auch gleich geblieben: Elif paukte Tag für Tag wie eine Verrückte; Finn schmachtete Vanessa an, ohne den großen Schritt zu wagen; Lissy liebte Steffen Wegmann im Geheimen, und Leon ließ sich durch nichts aus der Ruhe bringen, zumindest solange niemand seine Kreise störte. Und doch waren auch die unveränderten Dinge nicht mehr das, was sie einmal gewesen waren. Es lag wohl an den Dingen, die sich verändert hatten.

Nacheinander poppten die Antworten zu Vanessas Anfrage auf allen anderen Handys der WhatsApp-Gruppe auf.

Finn: *Bin unterwegs und schon sehr gespannt.*

Elif: *Bei mir wirds ein bisschen später, aber ich komm.*

Lissy: *Bis gleich. Ich liebe Überraschungen – aber nur gute!* ☺

Leon blieb wie meistens stumm, was bedeutete, dass er entweder kam oder auch nicht.

Die *Galerie* war schicker als das *Roxy*, sie hatte erst letzten Sommer eröffnet. Damals waren die vier Freunde sich sofort einig gewesen, dass man den Laden nicht mochte. Zu schnieke die Einrichtung, zu glatt die ständig wechselnden Bedienungen in ihren lächerlichen Uniformen. Es war Vanessas Idee gewesen, sich hier zu treffen. Im *Roxy* gab es nur Vierertische, sodass sie sich immer von einem der anderen Tische einen Stuhl hatte heranziehen müssen, um sich irgendwie dazwischenzuquetschen. Und wenn Benedict auch noch dazustieß, was allerdings nur selten vorkam, wurde es richtig voll. In der *Galerie* hatten sie dagegen überwiegend Sechsertische, sodass sogar ein Stuhl frei blieb, für Benedict oder jemanden, den Vanessa spontan einlud.

Als Lissy eintraf, saß Vanessa schon am Stammplatz vor einem alkoholfreien Cocktail und winkte.

»Hi«, grüßte Lissy und zog ihre Jacke aus. »Was hast du denn für eine Überraschung?«

»Erst, wenn alle da sind«, vertröstete Vanessa. »Das Top steht dir übrigens super. Gut, dass du auf mich gehört hast.«

Fand Lissy auch. Vanessa war so was wie ihre Beraterin für alle Lebenslagen geworden, seit Elif immer weniger Zeit für sie hatte.

Ohne sie hätte sie sich nie getraut, ein knallig oranges Oberteil wie dieses zu tragen oder sich kräftiger zu schminken. (Von dem Push-up-BH ganz zu schweigen.) Steffen Wegmann war die Veränderung nicht entgangen. »Ich hoffe, deine Rolle als böses Mädchen färbt nicht zu sehr auf dich ab«, hatte er sie mit einem ironischen Lächeln gewarnt, während seine Augen ihr sagten, dass ihm gefiel, was er sah. Sie wusste nicht, was sie antworten sollte, deshalb sprang Vanessa, die danebenstand, für sie in die Bresche: »Brave Mädchen kommen in den Himmel, Herr Lehrer, böse Mädchen überallhin.« Steffen Wegmann lächelte hintergründig und sagte nur: »So, so.« Lissys Gefühl sagte ihr, dass vielleicht schon bald etwas passieren würde. Etwas Großes. Etwas, das ihr Leben veränderte.

Bevor sie Vanessa zeigen konnte, was *Bad_Teacher* ihr am Abend zuvor geschrieben hatte (*Ich habe von dir geträumt …* – Gänsehaut!), trudelten Finn und Leon gemeinsam ein. Aus den beiden Jungs wurde Lissy schon lange nicht mehr schlau. Okay, Finn war noch immer in Vanessa verknallt, und je länger es dauerte, desto schwerer fiel es ihm offenbar, ihr seine Gefühle zu zeigen. Er lebte sich anscheinend in der Rolle des unglücklich Liebenden ein. Doch was war mit Leon los? Manchmal schien es, als könne er Vanessa nicht leiden, aber wenn das stimmte, wieso machte er so ziemlich alles mit, was sie vorschlug? Allem voran den Umzug aus seinem geliebten *Roxy* in die *Galerie*? Da hieß es immer, Mädchen wären kompliziert!

»Ladys«, grüßte Finn lässig, als er an den Tisch trat, und zog einen virtuellen Hut, »die Liga der unwiderstehlichen Gentlemen ist angetreten, um überrascht zu werden.«

Leon, trotz des fast schon frühlingshaften Wetters im dicken

Parka, ließ sich wortlos auf einen Stuhl plumpsen. Wie üblich sah er Vanessa kaum an, und wenn doch, dann immer nur ganz verstohlen, wenn sie wegsah. Er hatte gehofft, er könnte jenes gemeinsame Kifferlebnis aus der Welt schaffen, indem er es mit ein paar nichtssagenden Worten abtat. Vanessa schien auch keinen weiteren Redebedarf zu haben. Zumindest sprach sie die Sache nie an, nicht mal mit einer Anspielung. Trotzdem lag die Erinnerung ihm andauernd im Magen, so wie eine dieser unverdaulichen Bouletten aus der Schulcafeteria. Ein Teil von ihm wünschte, der blöde Nachmittag wäre nie passiert. Der andere Teil wünschte – ja, was eigentlich?

Während Finn sogleich wieder als Alleinunterhalter loslegte, bestellte Leon bei einer pickligen Bedienung Tee, den er mit Rum aus den kleinen Fläschchen aufzufüllen gedachte, die die ganze Zeit schon in seiner Jackentasche klimperten. War es nun bewunderns- oder bemitleidenswert, wie Finn seinen Herzschmerz überspielte? Man hätte denken können, er wäre über Vanessa hinweg, aber Leon wusste es besser. Erst vor Kurzem hatten sie ein Männergespräch über dieses heikle Thema geführt, wobei Finn geredet und Leon zugehört hatte. Finn war der Typ Junge, der in Liebesdingen nur glücklich war, wenn er unglücklich war. Unerreichbare Mädchen – das war sein Ding. Das gab er sogar zu, tat dabei aber so, als bräuchte er den Liebeskummer, um seine musikalische Kreativität zu steigern. Dieses Künstler-müssen-leiden-Ding. »Ich hab das im Griff, Alter«, behauptete er. »Kein Stress!« Das war natürlich Quatsch. Tief in seinem Innern hoffte er, dass Vanessas freundschaftliche Gefühle sich eines Tages wie von selbst verwandeln würden und dass dann seine große Zeit kam. Aber das würde nicht passieren, da war Leon sich sicher.

Elif schaffte es doch nicht in die *Galerie*. »War ja klar«, ging es am Tisch reihum, als die Absage kam, mit der üblichen Begründung, dass sie lernen müsse. Benedict und Lernen – aus sehr viel mehr bestand ihr Leben nicht mehr. Für die Freunde blieb kaum noch Zeit.

Es tut schon fast nicht mehr weh, dachte Lissy und steckte ihr Handy weg.

Vanessa zog beim Lesen der Nachricht die Augenbrauen hoch und meinte: »Dann kriegt sie ihre eben morgen in der Schule.«

»Was denn?«, wollten nun endlich alle wissen.

Vanessa genoss die neugierigen Blicke. Sie fühlte sich wie eine Prinzessin inmitten ihres Hofstaates. Mit großer Geste holte sie drei himmelblaue Umschläge aus ihrer Tasche und überreichte jedem einen.

»Ich werde in drei Wochen achtzehn und möchte das mit euch feiern«, verkündete sie. »Nur mit euch, weil ihr meine besten Freunde seid. Die Party findet bei mir zu Hause statt. Anwesenheit ist Pflicht, Ausreden werden nicht akzeptiert! Kein Witz!«

AM VORABEND IHRES GEBURTSTAGS blieb Vanessa bis Mitternacht auf, um ihr Leben als Erwachsene zu begrüßen. Ihre Mutter öffnete Punkt null Uhr eine Flasche Sekt und stieß mit ihr an. Als Vanessa eine halbe Stunde später schlafen ging, überlegte sie, was sich nun für sie änderte. Eigentlich nicht viel, fand sie rasch heraus. Sie war weiterhin Schülerin, wohnte bei ihrer Mutter und war auf Taschengeld angewiesen. Ihr Vater war weit weg und würde wohl noch weniger an ihrem Leben Anteil nehmen, denn als Erwachsene war sie ja für sich selbst verantwortlich. Er hatte schon lange eine andere Familie, deshalb sah sie ihn kaum, und sie telefonierten auch nur selten. Es gab einfach zu wenig, worüber sie reden konnten, denn sie wussten nichts voneinander. Wenigstens hatte er ein schlechtes Gewissen, und das öffnete ihr zwar nicht sein Herz, aber zumindest seine Brieftasche.

Gleich am nächsten Morgen rief ihr Vater an, um seine Glückwünsche loszuwerden und diesen Punkt von der heutigen To-do-Liste streichen zu können. Sie hatte gerade aufgelegt, da piepte ihr Handy. Eine SMS von Finn: *Happy Birthday, Vanessa. Ich freue mich auf die Party.* Es war eine Musikdatei angehängt mit dem Titel: *Vanessas Birthday Hymn (Extended Dance Version).* Sie rollte mit den Augen. In den letzten Wochen hatte sie schon eine stattliche Serie an Kompositionen von ihm bekommen. Es war ja schön, wenn ein Junge kreativ war, aber es nutzte sich mit der Zeit auch ein bisschen ab, fand sie. Sie war sowieso keines von den Mädchen, die bei Gitarrenspielern weiche Knie kriegten. Sie würde sich das neue Werk irgendwann später anhören, jetzt musste sie dringend duschen.

Da fiel ihr Blick durch die offene Küchentür auf den Esstisch, wo ein roter Umschlag lag, der ganz nach einer Glückwunschkarte aussah. Wieso hatte ihre Mutter nichts davon gesagt? Und wieso war ihr erster Gedanke, dass die Karte von Leon stammte? Eigentlich hielt sie ihn nicht für den Typ, der Briefe oder Karten schrieb. War er überhaupt der Typ für irgendwas außer bekifft abhängen?

Der Umschlag war an sie adressiert, aber er stammte weder von Leon noch von sonst einem ihrer aktuellen Freunde. Sie erkannte die Handschrift sofort. Oder besser die Klaue. Sie riss das Kuvert auf. Es steckte eine Trauerkarte darin. Auf der Vorderseite stand

mit Trauerrand vorgedruckt *Herzliches Beileid*, auf der Rückseite in krakeliger Handschrift: *Alles Schlechte zum Geburtstag, Miststück! Nichts ist vergessen. Und wie du siehst, weiß ich, wo du wohnst.*
Vanessa lachte nur, zerriss die Karte und warf sie in den Mülleimer.
Selber schuld, dachte sie. Wer mich verarscht, kriegt es eben doppelt und dreifach zurück.

ELIF HOLTE LISSY WIE ABGEMACHT UM FÜNF AB, um gemeinsam zu Vanessas Geburtstagsparty zu fahren. Benedict brachte sie in seinem Wagen hin. Als Lissy ins Auto stieg, begrüßte er sie nur mit einem Nicken und einem Grummeln. »Alle angeschnallt?«, fragte er. »Dann kann's ja losgehen.«
Er fuhr rückwärts aus der Einfahrt auf die Straße.
»Und wie läuft das heute Abend?«, fragte er etwas später, nicht Elif, sondern Lissy. »Was ist da los bei dieser *Party*?« Er sprach das Wort verächtlich aus, als glaube er, es sei irgendetwas anderes geplant als nur eine Party. Etwas Unanständiges. Bestimmt fragte er, um zu überprüfen, ob sie dasselbe erzählte wie Elif.
»Wir sind nur zu fünft«, sagte Lissy. »Keine Ahnung, was Vanessa vorbereitet hat. Das Übliche wahrscheinlich.«
»So, so. Das Übliche.« Er bog Richtung Innenstadt ab. »Ich finde es ja schon komisch«, sagte er ein paar Sekunden später, und man merkte genau, wie ihn das, was er gleich sagen würde, die ganze Zeit schon wurmte, »also, echt … merkwürdig sogar … dass man zu einer Party nicht den Lebensgefährten mit einlädt. Noch dazu, wenn man ihn persönlich kennt. Das wirkt auf mich … Entschuldigung … irgendwie komisch. Als sei etwas geplant … etwas, das der Lebensgefährte nicht mitkriegen soll.«

Lebensgefährte, dachte Lissy. War das nicht ein bisschen hoch gegriffen? Er war nur ihr Freund, nicht ihr Ehemann.
Sie hielten an einer roten Fußgängerampel. »Guck mal da, Lissy«, sagte Elif, aber Lissy hatte es schon vor ihr gesehen. Oder besser ihn. Oder besser: ihn und seine Frau und seine Kinder. Steffen Wegmann. Er stand auf dem Parkplatz eines Elektrogroßmarkts neben seinem Auto, seine etwas gestresst wirkende Frau hielt den Kinderwagen, das andere Kind saß schon auf dem Rücksitz. Der Anblick traf Lissy wie eine Ohrfeige. Konnte es sein, dass sie und dieser Familienvater noch heute Morgen gechattet hatten? Sie brachte diese beiden Realitäten schon lange nicht mehr zur Deckung, und sie wusste nicht einmal, ob sie das bedrückend fand oder erregend.
Die Ampel schaltete gerade auf Gelb, als Steffen Wegmann den Kopf hob und herüberschaute, so als hätte er die ganze Zeit schon gewusst, dass sie da war. Lächelte er? Sie konnte es nicht mehr erkennen, denn Benedict war schon losgefahren.

ALS SIE VOR VANESSAS HAUS ANKAMEN, rollte Leon gerade auf seinem verrosteten alten Rad heran. Lissy sprang raus, während Elif noch mit Küsschen und Ermahnungen von Benedict verabschiedet wurde. Wie immer trug Leon seinen alten Parka. Gekämmt hatte er sich auch nicht. »Da hat sich aber einer schick gemacht«, neckte Lissy ihn. »Fast hätt' ich dich nicht erkannt.«
»Hey, ich trag einen Smoking drunter«, gab er zurück.
»Weißt du überhaupt, was ein Smoking ist?«
»Klamotten, die nach Rauch riechen?«
Lissy lachte. »Ja, genau.« Dann schaute sie auf die Uhr. Schon zehn

nach fünf. »Wo bleibt eigentlich Finn? Mal wieder typisch, dass der mit dem Geschenk als Letzter kommt.«

Finn hatte sich bereit erklärt, das Geschenk für Vanessa auszusuchen und zu besorgen, und er hatte ein Riesengeheimnis daraus gemacht. Eigentlich war Finn gut in so was, aber er war verliebt, und das machte es heikel. Vielleicht hätte man ihn mit der Aufgabe doch nicht allein lassen sollen. Die Chancen, dass sein Geschenk für sie alle megapeinlich wurde, standen fifty-fifty. Ob er das in letzter Sekunde gemerkt hatte und sich nun drücken wollte?

In Lissys Rücken schlug eine Autotür zu. Elif war ausgestiegen, Benedict hupte noch einmal und fuhr davon.

»Gehen wir gleich rauf?«, fragte Elif. »Oder warten wir noch auf Finn?«

»Ich ruf ihn an.« Lissy zückte ihr Handy.

Finn war nicht fertig, er brauchte noch ein wenig. »Ihr müsst nicht auf mich warten«, sagte er.

»Der alte Showman will doch nur einen großen Auftritt«, murrte Leon. »Und lässt mich ganz allein unter lauter Weibern.«

»Ja, du armer, armer Schatz, du«, lachte Elif und tat so, als ginge sie ihm an die Wäsche.

VORSICHTIG HOB FINN das Geschenk in seinen Rucksack. Er hatte es aufwendig eingepackt und eine Schleife darumgebunden, die sollte nach Möglichkeit nicht zerdrückt werden. Alles musste perfekt sein. Das Geschenk war um einiges teurer gewesen als der Betrag, den sie alle zusammengelegt hatten, weshalb er den Rest draufgelegt hatte. Jetzt wusste er nicht mehr, ob er sich mit dem Ding nicht lächerlich machte. Vor den anderen. Und besonders vor Vanessa.

Ein Blick auf die Uhr. Es war höchste Zeit.
Er verließ das Haus, schwang sich auf sein Rad und trat in die Pedale. Es war ein kalter Abend, aber das machte ihm nichts aus. Die Kälte und die Bewegung machten seinen Kopf etwas klarer. Und stärkten seine Zuversicht. Sein Geschenk war toll. Alle würden es mögen. Auch Vanessa.

»DA BIST DU JA ENDLICH«, sagte die Mädchenstimme aus der Sprechanlage. »Wir dachten schon, du hast gar kein Geschenk und bist mit dem Geld auf die Bahamas durchgebrannt.«
Die Stimme hörte sich nach Elif an. Sie klang, als wäre sie gut drauf. »Dritter Stock«, sagte sie noch, dann surrte der Türöffner.
Finn stieg die Treppe hinauf. Er hörte Musik, sie wurde plötzlich lauter: Jemand hatte die Wohnungstür aufgemacht. Sein Herz pumpte wie verrückt. Jetzt fing er auch noch an zu schwitzen. Doch gut, dass er etwas mehr Deo als sonst aufgelegt hatte.
An der Tür empfing ihn Leon. Er hielt ein Glas in der Hand, schwer zu erraten, was drin war, es sah fruchtig aus, aber bestimmt mit einem kräftigen Schuss. »Mann, Alter, höchste Zeit, dass du kommst. Die wollten gerade anfangen, mich zu schminken.«
»Was?«, fragte Finn.
»Echt. Du musst unbedingt den Testosteronspiegel bei dieser Party heben, sonst passieren heute noch schreckliche Dinge.«
In der Diele warteten Lissy und Elif mit Sektgläsern. »Mann, wo bleibst du denn?«, fragte Lissy genervt.
»Jetzt bin ich ja da.« Finn schlüpfte aus den Trageriemen seines Rucksacks. »Wo ist Vanessa?«
»Wir haben ihr gesagt, sie soll drin warten«, erklärte Elif.

Unter den Augen seiner Freunde holte Finn das Geschenk aus dem Rucksack und ordnete die verrutschte Schleife.
»Was ist da drin?«, fragte Lissy.
»Werdet ihr gleich sehen«, vertröstete er sie.
Elif ging voraus, Lissy neben ihm her, Leon folgte.
Im Wohnzimmer saß Vanessa wie hingegossen auf der Couch. Finn hielt die Luft an. Wie gerne wäre er die Haarsträhne gewesen, die von ihrer Schulter herunter über ihren Busen fiel. Sie stellte ihr Glas ab und erhob sich. Finn legte seinerseits das Geschenk ab und umarmte sie, viel zu kurz, um sich so in ihren Armen zu verlieren, wie er es sich ersehnte. Er wünschte ihr alles Gute und überreichte ihr schließlich die hübsch verpackte Schachtel.
»Wow«, sagte Vanessa, »die ist ganz schön schwer.«
»Du musst aufpassen«, erklärte Finn, »es ist zerbrechlich.«
Sie setzte sich wieder auf die Couch und stellte die Schachtel auf ihre Oberschenkel. Alle bauten sich um sie herum auf und schauten neugierig zu, wie Vanessa die Schleife löste.
»Mach doch, mach doch!«, drängte Elif. »Ich muss pinkeln!«
»Ich hoffe, es ist keine Bombe«, hörte Finn Leon hinter sich raunen. Er spürte das Piksen eines Fingers in der Nierengegend. »Alter Attentäter.«
»Arsch«, zischte Finn.
Vanessa riss das Papier ab. Eine Schachtel in derselben Farbe kam zum Vorschein. Vanessa hob den Deckel. Als Erstes sah man nur bunte Styroporflocken. Vanessa verstreute sie achtlos auf dem Boden. Die Oberseite der Glaskugel tauchte auf.
Finns Herz schlug wie wild.
»Was zur Hölle ist das, Alter?«, fragte Leon hinter ihm.

»Ist es das, was ich denke, dass es ist?«, fragte Vanessa, die schon einen ersten Blick getan hatte.
»Entweder du nimmst das Ding endlich raus, oder ich mach mich hier und jetzt nass!«, rief Elif entnervt. Sie stand die ganze Zeit schon mit überkreuzten Beinen da.
Vanessa griff tief in die Schachtel und holte eine Schneekugel von der Größe eines Handballs heraus, in deren Innern bunte Flocken herumwirbelten und auf Figuren herabrieselten.
»Das sind wir«, rief Vanessa. »Und der Tisch …«
»… ist unser Tisch«, erklärte Finn endlich. »Wir vier sitzen, Vanessa steht, weil es heute ja um sie geht.«
Alle waren begeistert, weil ihnen die Figuren wirklich ähnelten. Kein Wunder, sie waren nach Fotos angefertigt worden, die Finn dem Hersteller geschickt hatte.
»Wo kriegt man denn so was?«, fragte Leon im Hintergrund.
»In den unendlichen Weiten des World Wide Web«, erklärte Finn, nun ziemlich stolz, weil das Geschenk so gut ankam.
Vanessa guckte und schüttelte immer wieder die bunten Flocken auf, sah zu, wie sie herabschneiten. Alle standen nur da, Elif hatte sogar vergessen, wie dringend sie aufs Klo musste. Nach einer gefühlten Ewigkeit schaute Vanessa hoch.
»Das ist das schönste Geschenk, das ich jemals gekriegt hab«, sagte sie. Ihre Augen glitzerten feucht.
Finn, sonst nie um einen Spruch verlegen, blieb wortlos. Touch down, dachte er selig. Er hatte sie erreicht. Tiefer als je zuvor. Er las es in ihren Augen.
Sie stellte die Kugel aufs Sofa, stand auf und nahm Finn fest in die Arme. »Danke, danke, danke!« Und sie küsste ihn, nicht auf die Wange, nicht auf den Mund, sondern auf den Hals, auf die

weichste Stelle. Wäre er in diesem Moment tot umgefallen, er hätte sich nicht beklagt, denn er wäre als glücklicher Mensch gestorben.

ZUM GEBURTSTAGSKUCHEN spielten sie ein Spiel, das Vanessa eben erfunden und dem sie den Namen gegeben hatte: Wer bist du in zehn Jahren? Zuerst sagte man, wo man selber sich in zehn Jahren sah, dann sagten die anderen, wo sie einen sahen. Die Mädchen saßen auf dem Sofa, die Jungs vor ihnen auf dem Boden, das Licht war gedimmt, und im Hintergrund lief ein Best-of-Mix aus Songs von Bruno Mars. In der Mitte stand die Schneekugel, wie die Kristallkugel einer Wahrsagerin.

»Ich sehe mich als Anwältin in Hamburg«, fing Elif an. »Alle Promis wollen von mir vertreten werden, die ganze High Society. Ich habe ein tolles Haus an der Elbe, so eine Riesenvilla mit endlos viel Garten drum herum. Ich hab das mal gesehen, als ich mit meinen Eltern in Hamburg war.«

»Ich seh dich eher mit drei Kindern in einer abgefuckten Sozialwohnung«, hielt Leon dagegen. »Dein Alter sitzt im Knast, weil er den Leuten irgendwelche faulen Aktien angedreht hat.«

»Nee«, widersprach Vanessa. »Ich glaube, du wirst sehr, sehr glücklich werden, mit Häuschen im Grünen und so und lieben Kindern. Benedict wird dich auf Händen tragen. Tut er ja jetzt schon.«

Elif lächelte dankbar. Vanessa war die Einzige, die nett über Benedict redete.

»Langweilig!«, protestierte Leon lautstark. »Lass dir mal was Krasses einfallen. Ist doch bloß ein Spiel!«

»Okay«, wandte sie sich an ihn, »dann sag ich mal, wo ich dich sehe: auf einer Bahnhofstoilette, wie du dir den goldenen Schuss setzt.«

Autsch, dachten alle anderen. Das war jetzt aber gar nicht nett gewesen.

Einen Moment herrschte Stille. Bis Leon sagte: »Dann liegen ja noch zehn gute Jahre vor mir.«

»Er muss doch zuerst sagen, wo er sich sieht«, wandte Lissy ein.

Doch Vanessa kümmerte sich nicht um Regeln, auch nicht um ihre eigenen. »Wo siehst du dich, Finn?«, fragte sie.

Ich sehe mich mit dir an meiner Seite von Stadt zu Stadt fahren, wo ich Konzerte gebe, dachte er. Ich sehe uns über rote Teppiche schreiten, im Blitzlichtgewitter, ich in einem schicken Anzug, du in einem gewagten Kleid eines angesagten Designers. Doch er sagte nur: »Keine Ahnung. Vermutlich mach ich irgendwas mit Musik.«

»Irgendwas mit Musik machst du doch heute schon«, hakte sie enttäuscht nach.

»Musik ist nun mal alles für mich«, erwiderte er. »Vielleicht bin ich Superstar oder auch nur Straßenmusiker in London oder Paris. Mir egal.«

»Das ist es nicht, Finn. Du machst dir bloß was vor. Aber alles kommt irgendwann raus. Auch deine wahre Leidenschaft.«

Sie klang, als kenne sie alle Geheimnisse seines Herzens, sogar die, die ihm selbst verborgen waren. Er dachte an die Fotos und kleinen Videos, die er mit seinem Handy von ihr machte. Ob sie darauf anspielte? Ob sie doch etwas gemerkt hatte? Hielt sie ihn für einen verklemmten Spanner? *War* er ein verklemmter Spanner?

»Und du?«, lenkte er von sich ab. »Wo bist du in zehn Jahren?«

Sie zuckte mit den Schultern. »Vielleicht sind wir in zehn Jahren alle schon tot. Mit einem Flugzeug abgestürzt, das uns auf die Seychellen bringen soll. Davor haben wir uns verpaart – ich sage nicht, wer mit wem, und jemand bleibt leider übrig.« Sie lächelte, als hätte sie zu bestimmen, wer.

Sie ist gemein, und sie ist großartig, dachte Leon und nippte an seinem Getränk.

Lautes Klirren ließ sie alle aufschrecken. Lissy hatte ihr leeres Glas auf dem Beistelltisch umgestoßen. »Sorry«, entschuldigte sie sich, doch Vanessa wiegelte ab: »Halb so wild, sind eh nur die billigen Gläser. Und Scherben bringen Glück.« Sie wandte sich an Finn: »Holst du mal die Kehrschaufel? In der Küche, neben den Mülleimern.«

Finn ging sofort los und fand Schaufel und Besen. Doch da fiel sein Blick auf etwas im Mülleimer. Den Fetzen von einer Karte, auf dem das Wort *Miststück* stand.

OBWOHL ES EIN LUSTIGER ABEND gewesen war, verließ Lissy Vanessas Geburtstagsfeier irgendwie unzufrieden. Lag es daran, dass sie bei Vanessas Wer-bist-du-in-zehn-Jahren?-Spiel übergangen worden war? Niemand hatte sie nach ihrer Zukunft gefragt. Andererseits: Was hätte sie sagen sollen? Was hätten die anderen über sie gesagt? Und wollte sie das wirklich wissen?

Benedict holte sie und Elif bei Vanessa ab. Die ganze Fahrt über wurde kaum gesprochen. Benedict war noch mieser drauf als bei der Hinfahrt, weil Elif ohne ihn Spaß gehabt hatte. Sie würde schon wissen, wie sie das wiedergutmachte. Lissy küsste Elif zum Abschied, bedankte sich bei Benedict fürs Bringen und stieg aus.

In ihrem Zimmer schaltete Lissy den Laptop an. Sie hatte *Bad_Teacher* geschrieben, dass sie heute auf eine Geburtstagsparty ging. Zu ihrer Überraschung war er eingeloggt. Fast so, als erwarte er ihren Bericht.

Hattest du einen schönen Abend?, fragte er sofort.

Ja, war nett, antwortete sie. *Warum bist du noch wach? So neugierig?*

Und besorgt.

Wieso besorgt? Ich war unter Freunden.

Vielleicht deshalb. Ich weiß zu wenig über deine Freunde.

Eifersüchtig?

Hm … ;-)

Hieß das, dass ihm etwas an ihr lag?

Was sind wir eigentlich?, fragte sie.

Was du willst: Stimmen im leeren Raum. Seufzer in der Nacht. Schatten an der Wand.

Ohne nachzudenken, schrieb sie: *Liebende?*

Seine Antwort kam schnell: *Auch das, wenn du willst. Wir sind alles, was du dir vorstellen kannst. Und nichts davon.*

Er konnte so wunderbare Dinge schreiben. Aber was bedeuteten sie? Sie wurde nicht schlau daraus, und das machte sie noch ganz verrückt.

Erzähl mir von deinen Freunden, nahm er den Faden wieder auf, als sie auf ihre Antwort warten ließ.

Hab ich doch schon. Schreib ich nicht dauernd über sie?

Wer sind sie wirklich? Was sind ihre Geheimnisse?

Mein Geheimnis interessiert dich nicht?

Ich bin dein Geheimnis. ☺

☺

Fangen wir mit dem Mädchen an, das heute Geburtstag hatte.

ALS VANESSA SICH IN DIESER NACHT hinlegte, betrachtete sie lange die Schneekugel, die sie auf die Kommode gestellt hatte. Sie war selbst ein wenig überrascht davon, wie sehr dieses Geschenk sie berührte. Anscheinend mochten ihre neuen Freunde sie wirklich. Und sie mochte sie auch. Lissy, Elif, Finn. Leon. Immer wieder sagte sie sich stumm die Namen vor. Schöne Namen. Es hatte in ihrem Leben viele verheißungsvolle Anfänge gegeben, die dann doch nur zu Enttäuschung und Streit geführt hatten. Diesmal würde es anders laufen. Sie wollte ihren Freunden so gerne zeigen, wie viel sie ihr bedeuteten. Nur wie?

Sie hörte, wie die Wohnungstür aufgeschlossen wurde. Ihre Mutter kam nach Hause. Es war abgemacht, dass sie bei einer neuen Freundin übernachtete. Vanessa wusste natürlich, dass die Freundin in Wahrheit ein neuer Lover war. Deshalb bedeutete es nichts Gutes, dass sie jetzt schon heimkam. Anscheinend war der Abend nicht so gelaufen wie erwartet. Dass sie trotz der späten Stunde anfing, im Wohnzimmer aufzuräumen, war auch kein gutes Zeichen.

Vanessa schaute zur Schneekugel hinüber und grübelte weiter, wie sie ihre Freunde überraschen konnte. Dann fiel ihr wieder etwas ein, auf das sie vor ein paar Tagen beim Surfen im Internet gestoßen war, und da wusste sie: Das ist es!

Sechs

GLEICH AM MORGEN SCHICKTE VANESSA eine Nachricht an die ganze Gruppe raus: *Große Pause Cafeteria. Ich hab ein Megading für uns! XXO Vanessa.* Sie vibrierte vor Erwartung. Als es zur großen Pause läutete und sie in die Cafeteria eilte, stand plötzlich Konni vor ihr. So, wie er lächelte, schien es, als wolle er etwas. Sie war kurz davor, ihn ansprechen, doch dann drehte er sich weg und ging davon.

Einer nach dem anderen liefen sie in der Cafeteria ein: Finn, Lissy, Elif und, mit schlurfenden Schritten, Leon. Erst als sie vollzählig waren, trat Vanessa hinter der Säule hervor und zu ihnen.

»Was gibt's denn so Tolles?«, wollten sofort alle wissen.

Vanessa strahlte in die erwartungsvollen Gesichter. »Ich sage nur zwei Wörter: Spring Break. Wisst ihr, was das ist?«

Es kamen ein paar Antworten, die alle in die richtige Richtung gingen: irgendwas aus Amerika, eine Party oder so … »Spring Break ist die größtmögliche Party!«, erklärte Vanessa aufgeregt. »In Amerika feiern die Studenten so ihre Frühlingsferien. Sie fahren nach Florida oder Mexiko und lassen megamäßig die Sau raus. Und das machen wir auch. Denn wir gehen in diesem Sommer zum – trara! – Spring Break!« Sie streckte die Arme aus und setzte das breiteste Lächeln auf, das auf ihrem Gesicht Platz hatte.

»Du willst, dass wir nach Amerika fahren?«, fragte Lissy. »Das erlauben meine Eltern nie! Und bezahlen werden sie es erst recht nicht.«
»Der Spring Break kommt doch zu uns. An die Ostsee, für ein Wochenende. Unterkunft, Eintritt zu den Party Areas – alles inklusive. Und gar nicht so teuer.«
Vanessa verteilte das Info-Material, das sie für jeden aus dem Internet ausgedruckt hatte. Ganz unten lag das Anmeldeformular. Dann klappte sie ihren Laptop auf, ging auf die Seite des Veranstalters und spielte das Werbevideo ab.
»Es gibt Meer, es gibt Poolpartys, es gibt Alkohol und jede Menge Spaß«, verkündete sie. »Beim Spring Break ist alles möglich, weil es keine Regeln gibt. Bis auf diese eine: Was beim Spring Break passiert, bleibt auch dort.« Das waren genau die Slogans, die auf der Seite zu lesen waren. »Ich hab schon für uns alle reserviert. Bis morgen Abend werden die Plätze freigehalten. Also entscheidet euch schnell!«
»Wow«, sagte Finn und klickte durch die Bildergalerie. »Sieht ziemlich cool aus, das alles. Da müssen wir hin.«
Dass Finn dabei war, war Vanessa klar gewesen. Aber was war mit den anderen? Sie tauschten unschlüssige Blicke, räusperten sich und hüstelten.
»Wir hatten gestern so viel Spaß«, drängte Vanessa. »Das wird dasselbe hoch zehn!«
»Sieht schon geil aus«, meinte Elif.
»Ich hätte Lust«, kam es von Lissy.
»Nur leider«, fuhr Elif fort, »krieg ich Benedict nie im Leben zu so einer Veranstaltung. Da ist so ziemlich alles vereint, was er hasst: Alkohol, laute Musik, billige Anmache.«

»Dann lass ihn halt zu Hause«, warf Finn ein. »Spaßbremsen verboten!«
»Und du denkst, er findet das cool?«
»Wenn er nichts davon weiß …«
»Nee, das gibt bloß Ärger.«
»Dann bedeuten dir deine Freunde also nichts?«, warf Vanessa ihr vor. »Du klinkst dich die ganze Zeit aus, Elif, aber das hier ist wichtig. Das ist was anderes als mal nicht in die *Galerie* kommen oder so.«
Elif seufzte. Vanessa hatte sie an einer empfindlichen Stelle erwischt. »Ich überleg's mir«, versprach sie.
»Überleg nicht zu lange. Keiner von euch.«
Es klang wie eine Drohung, und so ernst und unerbittlich, wie sie jeden einzelnen ansah, konnte man es auch für eine halten.

SPRING BREAK – die Worte geisterten den ganzen Tag durch Lissys Kopf. Wie in Endlosschleife liefen die Bilder und Clips, die Vanessa auf ihrem Laptop gezeigt hatte, auf ihrer inneren Leinwand ab. Jungs in Badeshorts, Mädchen in knappen Bikinis, verrückte Trinkspiele und Wet-T-Shirt-Contests – alle waren supergut drauf und hatten Spaß, und so kam eins zum anderen. Leider standen die Chancen, dass Steffen Wegmann auf der Megaparty auftauchen würde, eher schlecht. Das war kein Event für Familienväter.
Lissy und Elif hatten heute gleichzeitig Schluss und trafen sich nach der letzten Stunde in der Aula, um gemeinsam nach Hause zu fahren.
»Wie steht's jetzt mit dir?«, fragte Lissy sofort. »Bist du beim Spring Break dabei?«

Elif zuckte die Schultern. Sie hatte schon Lust, mal wieder so richtig abzufeiern. Dennoch meinte sie: »Meine Eltern erlauben mir das nie.«
Lissy blinzelte verschlagen. »Na und? Wäre nicht das erste Mal, dass du eine Unterschrift fälschst. Sag ihnen einfach, wir machen einen kleinen Wochenendausflug. Haben wir doch auch früher schon gemacht.«
»Und was ist mit Benedict? Ich will ihn nicht belügen, und er ist manchmal so ein Spießer.«
Manchmal?, dachte Lissy.
»Ach komm, im Lügen waren wir immer gut.« Sie hakte sich bei Elif unter. »Wir Teenager haben das Lügen sozusagen erfunden.«
Elif schnaufte tief.
Es war nicht nur das Lügen. Sie hatte Angst, dass sie bei der Party die Kontrolle über sich verlor. Was ja irgendwie auch der Sinn des Ganzen war.
Lissy erahnte Elifs Gedanken. »Du hast Vanessa gehört: Was beim Spring Break passiert, bleibt beim Spring Break.«
War das wirklich die Antwort auf Elifs Fragen?
»Hi, ihr Schönen!«, wurden sie von hinten angesprochen.
Sie drehten sich um. Leon stand vor ihnen, eine Sporttasche über der Schulter. Er ging zum Schwimmtraining. Schwimmen war der einzige Sport, dem er was abgewinnen konnte. Wasser, das einen trug oder verschlang, je nachdem. So was mochte er.
»Ihr quatscht über den Spring Break, oder?«
»Klar. Was meinst du dazu?«, fragte Elif.
»Ich frag mich, warum es Vanessa so wichtig ist. Die legt sich ja mächtig ins Zeug, dass wir alle hingehen.«

»Das frag ich mich auch schon die ganze Zeit«, stimmte Elif zu. »Ich werde sowieso nicht ganz schlau aus der.«
»Sie will halt eine gute Freundin sein«, meinte Lissy.
»Ein bisschen zu sehr, finde ich.«
Wenn du dich von Vanessa verdrängt fühlst, dachte Lissy, liegt das nicht nur an ihr.
»Na, egal«, sagte Leon, »muss weiter. Man sieht sich.«

ALLES SCHLECHTE ZUM GEBURTSTAG, MISTSTÜCK! Nichts ist vergessen. Und wie du siehst, weiß ich, wo du wohnst.
Finn las die Sätze nun bestimmt schon zum tausendsten Mal, aber schlau wurde er daraus nicht. Er hatte die Fetzen, die er aus Vanessas Mülleimer gefischt hatte, noch in der Nacht zusammengeklebt. Sogar den Umschlag. Ein Teil von ihm wünschte, er hätte es nicht getan. Wer hasste Vanessa so sehr, dass er ihr einen solchen Geburtstagsgruß schrieb? Laut Poststempel war die Karte in einer Gegend ungefähr dreihundert Kilometer entfernt abgeschickt worden. Also jemand aus Vanessas Vergangenheit. Vielleicht ein Exfreund? Eine ehemals beste Freundin, die zur Feindin geworden war? Was hatte Vanessa getan, um so viel Hass auf sich zu ziehen? Oder war das eine Art verdrehter Humor, bei dem man sich schlimme Sachen schrieb, die alle ganz anders gemeint waren? Er und Leon zogen sich auch manchmal mit Beleidigungen und Schimpfwörtern auf. Aber so eine Karte hätte keiner von ihnen dem anderen zum Geburtstag geschickt.
Vanessa sprach kaum von ihrer Vergangenheit. Sie beschwerte sich höchstens mal über ihre Mutter. Das Geheimnis, das sie umgab, machte einen Teil ihres Reizes aus. *Mysterious Girl*. So hatte Finn ein Musikstück betitelt, das er geschrieben und über

einen Zusammenschnitt seiner geheimen Videoaufnahmen von ihr gelegt hatte. Tausend Mal hatte er sich den Clip schon angeschaut.

Er legte die Karte in die unterste Schublade seines Schreibtisches. Noch ein Rätsel, das er wohl nie lösen würde.

EIGENTLICH WOLLTE ELIF LERNEN, aber stattdessen schaute sie sich die ganze Zeit Fotos und Videos von Spring-Break-Partys überall auf der Welt an. Sie wusste genau, wie es sich anfühlen würde. Der Rausch. Der Rhythmus. Die Schwingungen des Partyvolks. Sich das nur vorzustellen, löste schon so intensive Gefühle in ihr aus; wie würde es erst sein, wenn sie dort war? Aber würde sie dort sein? Würde sie dafür alles aufs Spiel setzen? Na ja, es war nur ein Wochenende. Eine Party. Eine kleine Lüge. Danach schaltete sie wieder auf normal. Niemand würde davon erfahren. Alle wären glücklich.

Es war schon kurz vor Mitternacht. Elif musste unbedingt mit Lernen anfangen. Sie holte eine Tablettenschachtel aus einem Versteck und nahm zwei der Tabletten. Die würden sie wach halten.

Aber statt sich an den Lernstoff zu setzen, kramte sie das Anmeldeformular zum Spring Break heraus. Ein Erziehungsberechtigter musste eine Erklärung unterschreiben, dass er die Teilnahme erlaubte, die Risiken kannte und den Veranstalter von jeglicher Haftung freistellte. Wenn ihr Vater auch nur eines der Videos zu sehen kriegte, die sie eben geschaut hatte, würde er sie lieber den ganzen Sommer in den Keller sperren, als das zu unterschreiben.

Sie schlich aus ihrem Zimmer und holte aus dem Schränkchen in

der Garderobe den Reisepass ihres Vaters. Dann setzte sie sich an den Schreibtisch, nahm ein leeres Blatt Papier und versuchte, die Unterschrift zu kopieren. Sie hatte schon lange nicht mehr blaugemacht, deshalb war sie ein wenig aus der Übung. Nach ein paar Probeläufen hatte sie die charakteristischen Merkmale der Unterschrift wieder drauf.
Spring Break, ich komme, dachte sie.

AM NÄCHSTEN MORGEN fehlte Vanessa nur noch die Zustimmung von Leon. Ausgerechnet. Leon war ihr von allen am wichtigsten. Vielleicht, weil er ihr am meisten Widerstand entgegensetzte. Vielleicht, weil er sich bei ihrer ersten Drogenerfahrung so rührend um sie gekümmert hatte. Liebte sie ihn gar? Sie wusste es selbst nicht so genau. Sie war noch nie verliebt gewesen. Zumindest nicht richtig. Mit Hass kannte sie sich besser aus.
Wenn er bloß einen kleinen Schubs brauchte, würde sie ihm den gerne geben. Noch bevor sie sich auf den Schulweg machte, rief sie ihn an. Sie rechnete damit, dass er nicht abnehmen würde, und richtete sich schon darauf ein, ihm etwas auf die Mailbox zu sprechen, aber er ging ran.
»Hey«, sagte sie, »wie sieht's aus?«
»Du meinst, wegen diesem Partydingens?«
»Alle wollen mit. Du kannst nicht Nein sagen.«
»Wenn es euch so wichtig ist, bin ich eben dabei.«
»Super! Du wirst es nicht bereuen.«
»Na, mal sehen. Bis später.«
Er legte auf.
Vanessa war glücklich. Obwohl sie nicht wirklich daran gezwei-

felt hatte, dass Leon am Ende zustimmen würde. Schließlich hatte sie ihn sogar dazu gebracht, das alte Stammcafé der Clique aufzugeben. Um die *Bad Boys and Little Bitches* zusammenzuhalten, tat er nun mal alles.

Vanessa rules, dachte sie zufrieden.

Sieben

LEON VERSTAND DAS NICHT. Bloß weil es zum ersten Mal richtig warm war, ein paar Piepmätze in den Bäumen und im Gestrüpp vor sich hin trällerten und man die Jacke nicht mehr bis oben zuziehen musste, meinten alle, das Leben fange neu an. Sogar Rico hatte eine Laune, als bräuchte er nur noch ein paar mehr von diesen Tagen, um aufzuspringen und zu laufen. Aber das würde er nicht. Und auch sonst würde sich nichts ändern. Es ging so weiter wie bisher, nur bei etwas wärmerem Wetter. Und genau das war es, was Leon beruhigte.

»Da hinüber«, dirigierte ihn Rico, der das Sixpack Bier auf seinem Schoß wie ein Baby festhielt, »in die Gasse rein.«

»Wo willst du eigentlich hin?«, murrte Leon, während er den Rollstuhl über den buckligen Gehweg schob.

»Wirst schon sehen. – Was bist'n du eigentlich so mies drauf?«

»Bin nur genervt.«

»Von mir?«

»Von allem.«

Rico fragte nicht weiter.

Seit einer Weile sahen Leon und Rico sich öfter als üblich. Bisher war es nicht die Art Freundschaft gewesen, bei der man über Probleme oder gar Gefühle sprach. Das war ja das Schöne daran.

Man vertrieb sich die Zeit auf möglichst sinnfreie Weise, und das war's auch. Aber seit Kurzem kam Leon vorbei, weil er irgendwo anders etwas oder jemandem aus dem Weg gehen wollte. Das spürte sogar Rico.

»Da vorne, den Kreisverkehr, siehst du den?«, fragte Rico.

»Bin ja nicht blind.«

Leon hoffte, dass sie bald da waren. Allmählich ging ihm die Puste aus. Als sie den Kreisel erreichten, fragte er: »Und wohin jetzt?«

»Na, wie immer: mitten rein.«

Leon verstand nicht, was er meinte. Oder zumindest glaubte er nicht, dass das gemeint war, was er verstand. Aber im nächsten Moment fiel ihm ein, dass es Rico war, der hier die Ideen hatte, und dann wunderte er sich schon nicht mehr. Er schob den Rollstuhl über die Fahrbahn auf die Insel in der Mitte des Kreisels zu, die am Rand mit Büschen bepflanzt war. Dort, wo die Bepflanzung begann, ging es holprig über grobe Erde, und nach ein oder zwei Metern war ganz Schluss, weil der Rollstuhl sich in den dicht gepflanzten Büschen verhedderte.

»Ende Gelände«, sagte Leon.

»Lass die Karre stehen und trag mich«, befahl Rico. »Da rüber ins Gras.«

»Du wärst ein super Sklaventreiber«, maulte Leon.

Er stellte das Sixpack neben den Stuhl, hob Rico heraus und setzte ihn in der Mitte der Verkehrsinsel ab. Dann ging er zurück und holte das Bier. Nur wenig später rann es ihre durstigen Kehlen hinab.

»Ich hab mir das mal angeguckt im Netz, Alter«, fing Rico aus dem Nichts an, »diese Spring-Break-Sache, zu der du im Sommer fährst … echt krasse Nummer. Echt krass.« Er pfiff, oder was er für Pfeifen hielt, eigentlich spuckte er mehr. »Bist du auf all die geilen Tussis überhaupt vorbereitet? Oder machst du dir deswegen ins Hemd?«

Leon nahm noch einen Schluck Bier. »Scheißparty«, brummte er. »Scheiß-Spring-Break.«

»Wieso Scheißparty? Was hast du denn für'n Problem?«

»Es geht eigentlich nicht um die Party.«

»Sondern?«

»Um was anderes.«

»Sag bloß.«

Leon schnaufte. Er wusste selbst nicht, worum es eigentlich ging. Oder vielleicht doch. Aber er wollte es nicht aussprechen. Obwohl es ganz gut sein konnte, es mal zu tun. Bei den anderen aus der Clique brauchte er gar nicht damit anzufangen, die waren alle restlos begeistert von Vanessa, seit sie die Sache mit dem Spring Break eingefädelt hatte. Auch wenn sie vielleicht mehr vom Spring Break begeistert waren als von Vanessa.

»Diese Tussi, von der ich dir erzählt hab«, sagte Leon und kratzte dabei am Etikett der Bierflasche herum. »Vanessa. Sie bringt alles durcheinander, irgendwie. Ich meine … keine Ahnung …«

Rico sah Leon an und kniff dabei ein Auge zusammen. »Mit *alles* meinst du … dich?«

»Mich doch nicht«, fuhr Leon auf. »Mir ist die total egal. Es geht um die anderen. Ich meine, dieses Mädchen taucht einfach hier auf, und plötzlich will sie der Mittelpunkt sein und bestimmen, was gemacht wird. Wie zum Beispiel diese Party. Sie organisiert alles, aber so, dass man fast nicht mehr Nein sagen kann.«

»Man kann immer Nein sagen.«

Leon zuckte mit den Schultern. Könnte man, stimmte er innerlich zu. Warum hatte er es nicht getan? Die anderen wollten alle ganz unbedingt zu dieser Party, er ja auch, aber der Weg dorthin führte über Vanessa. Sie hatte alles organisiert, sie fuhren zusammen im Auto ihrer Mutter, sie war endgültig die Herrin über alles geworden, so kam es ihm zumindest vor. Und die anderen ließen es sich gefallen, machten einfach mit … genau wie er. Vanessa hatte es einfach drauf, andere für sich einzunehmen und zu manipulieren. Aber irgendetwas zerbrach dabei, er wollte das aufhalten, er wusste bloß nicht, wie.

Donnernd näherte sich ein Lastzug und fuhr in den Kreisverkehr ein. Von hier unten wirkte es, als würden sie von einer Festung umfahren, von der aus ein glubschäugiger Wächter auf sie herabblickte.

»Hast du nicht gesagt, du hast 'ne Tüte mit?«, fragte Rico.

Leon holte Joint und Feuerzeug aus der Innentasche seines Parkas und gab ihm beides. Rico zündete das Ding an, der bekannte süßliche Geruch stieg Leon in die Nase.

»Ich kenn die Alte nicht, von der du redest«, meinte Rico dann, »ich kann nur eins sagen: Die Dinge ändern sich eben. Das kann man nicht aufhalten.«

Leon schaute eine Weile stumm vor sich hin, ehe er sagte: »Das ist doch Quatsch. Was ändert sich denn schon? Zum Besseren, meine ich. Wirst du jemals laufen? Wird mein alter Herr seine Staublunge loswerden oder nicht doch eher daran krepieren? Und bis dahin in der Bude hocken und Doku-Soaps und Gameshows glotzen? Stillstand ist Fortschritt, wenn du mich fragst.«

»Klar, aber …« Er reichte Leon den Joint. Beim Reden stieg ihm der Rauch, den er eben tief inhaliert und lange in der Lunge behalten hatte, aus Mund und Nase: »Sieh's doch mal so: Wenn du die Alte, die dir so auf den Sack geht, flachlegst, dann hast du sie zumindest flachgelegt, und das ist doch auch was, oder? Und wer weiß, vielleicht löst das ja alle Probleme.«

Hier geht's doch nicht darum, wer wen flachlegt, wollte Leon schon widersprechen, aber dann dachte er: Was ist das denn für eine bescheuerte Logik?, und brach in schallendes Gelächter aus.

ZUM GLÜCK HATTEN SIE DEN JOINT restlos aufgeraucht, als sie eine ganze Weile später das regelmäßige Flackern des Blaulichts im einsetzenden Dämmer des Vorabends bemerkten.

»Bullen«, sagte Rico gefasst.

Der Polizeiwagen hielt auf der inneren Spur des Kreisels, genau dort, wo der Rollstuhl zwischen dem Gestrüpp steckte. Eine Polizeibeamtin tauchte auf und betrachtete erst den Stuhl, dann bemerkte sie Leon und Rico hinter den Büschen. Rico winkte grinsend.

»Alles in Ordnung bei Ihnen?«, fragte sie.

»Alles bestens«, meinte Leon, und Rico sagte: »Wir chillen nur.«

»Ist das Ihr Rollstuhl?«

Rico nickte. »Wissen Sie«, sagte er, »es ist alles meine Schuld. Ich hab 'ne tödliche Krankheit und nicht mehr lange bis zum Abgang. Ich wollte immer mal in einem Kreisverkehr sitzen und den Autos zusehen.«

Ein Polizist, breit wie ein Schrank, war dazugekommen. Sie sahen beide auf die Bierflaschen. »Haben Sie auch Drogen konsumiert?«, fragte der Mann.

»Ich darf das«, sagte Rico todernst. »Ist auf Rezept. Gegen meine Schmerzen. Sagte ich schon, dass ich nicht mehr lange hab?«

Leon musste aufpassen, dass er nicht laut losbrüllte vor Lachen. Zum Glück spürte er von dem Gras nicht mehr viel, sonst hätte er das nicht so gut unter Kontrolle halten können.

Die Polizisten sahen sich an. Leon wusste genau, was in ihnen abging: Zu siebzig Prozent waren sie sicher, dass sie verarscht wurden. Aber wenn die Story doch stimmte und die beiden Arschlöcher vor ihnen im Internet von Polizeigewalt gegen todkranke Behinderte schrieben, lösten sie einen Shitstorm für ihre ganze Truppe aus und durften die nächsten Monate die Klos auf der Wache putzen. Oder so ähnlich. Besser, er hörte auf, sich das vorzustellen, sonst musste er doch noch lachen.

»Kommen Sie jetzt«, sagte der Polizist und winkte auffordernd.

Leon trug Rico zum Rollstuhl. Die Polizisten geleiteten die beiden sicher über die Straße, und man konnte an ihren verkniffenen Mundwinkeln sehen, wie gerne sie die Gummiknüppel rausgeholt hätten, auch die Frau. Der Typ hielt Leon fest und sagte Auge in Auge, mit bedrohlich gedämpfter Stimme: »Ihr könnt froh sein, dass wir euch abziehen lassen. Wir sind nämlich nicht so doof, wie ihr denkt. Nur ein bisschen zu nett.«

Erst als sie außer Seh- und Hörweite waren, fingen Leon und Rico an zu lachen. Sie konnten gar nicht mehr damit aufhören und waren schon fast bei Ricos Wohnung, als sie sich endlich wieder einkriegten.

»Kannst du noch bleiben?«, fragte Rico, die Lachtränen in den Augen. »Ich mach uns zwei Bier auf.«

»Nee, muss für meinen Alten ein paar Sachen aus der Apotheke holen, sonst machen die zu.«

»Okay. Bevor du abhaust, noch mal wegen dieser Party-Sache.«

»Vergiss es. Ist nicht wichtig.«

»Ich mein' was anderes. Ist jetzt vielleicht ein bisschen schräg, aber … Ich komm in meinem ganzen Leben nicht zu so was. Kannst du mir vielleicht … na ja … ein paar Fotos und Filmchen machen … von hübschen Mädchen und so …«, er grinste breit, »… für mein Album …?«
Welches Album?, dachte Leon spontan, aber er fragte nicht, denn so genau wollte er es lieber nicht wissen.
»Du bist echt krank, Alter, weiß du das?«
Rico lächelte verlegen, sagte aber nichts.
»Mach's gut, mein Freund. Ich muss los.«
Leon ging davon. Krass, was Rico so einfiel. Oder vielleicht ganz normal, wenn man zu viel allein war mit sich selbst und seinen Gedanken.

EIGENTLICH SOLLTE LISSY das anstehende Deutsch-Referat vorbereiten. Thema: *Inhalt und Wirkungsgeschichte von Frank Wedekinds Drama »Frühlings Erwachen«*. Doch sie chattete lieber mit ihrem *Bad_Teacher*. Sie hatte ihm schon vor einer Weile von der Spring-Break-Party geschrieben, zu der sie sich mit ihren Freunden angemeldet hatte, und er hatte alles Mögliche dazu wissen wollen. Fast schien es, als wolle er auch kommen. Als sie ihn direkt danach fragte, antwortete er: *Vielleicht werde ich dich überraschen. ;-)* Oh mein Gott, dachte sie, ich fall in Ohnmacht! Genaueres ließ er sich aber nicht entlocken. Egal. Es gab etwas, woran ihre Hoffnung sich klammern konnte.
Ihr Handy meldete mit einem Fiepen den Eingang einer SMS. Sie schaute darauf und war ziemlich überrascht über das, was sie las. Wobei nicht der Inhalt der Nachricht das Erstaunlichste war, sondern der Absender.

Treffen im Roxy. In einer Stunde. Kommt alle! Es ist wichtig. Aber nicht Vanessa sagen!! Leon.

Was sollte das bedeuten? Leon war doch so gut wie nichts wichtig, außer seinem Gras und seinem Seelenfrieden. Anscheinend war Letzterer gestört, und Vanessa war wohl die Ursache. Sie vermutete schon lange, dass Vanessa ihn nervte, und wenn sie ehrlich war, konnte sie ihn verstehen. Sie spielte sich in letzter Zeit immer mehr auf.

Muss aufhören, schrieb sie *Bad_Teacher, großes Krisentreffen im Roxy.*

Ach. Ich dachte, ihr geht nicht mehr ins Roxy.

Manchmal schon. Die Galerie ist eigentlich Vanessas Idee. Wenn Leon will, dass wir uns im Roxy treffen, bedeutet das was, vor allem weil Vanessa nicht dabei sein wird und auch nichts davon erfahren darf.

Also ein Geheimtreffen.

Sozusagen.

Sofort?

In einer Stunde. Aber ich muss vorher noch ein paar Sachen erledigen.

Lass mich wissen, was ihr zu besprechen hattet. Du weißt, ich liebe Geheimnisse.

Lissy verließ das Haus. Da sie mit ihren Erledigungen schneller fertig war als erwartet, traf sie vor allen anderen im *Roxy* ein. Es war nicht besonders viel los um diese Zeit, der Tisch am großen Fenster wurde gerade frei. Als sich der Typ, der dort gesessen hatte, umdrehte, erschrak Lissy. Das war ja Konni, der Hausmeistersohn. Sie hatte ihn schon öfter im *Roxy* gesehen, aber normalerweise saß er an einem entlegenen Tisch, nuckelte ewig an einer Cola und beobachtete die Leute, die ihn geflissentlich übersahen. Für die Theatergruppe besorgte er Requisiten oder was sonst gebraucht wurde. Manchmal sah er auch einfach so bei den Proben zu, obwohl er nichts zu tun hatte. Ein gruseliger Typ, dem sie am liebsten aus dem Weg ging.

»Hi«, sagte sie

Keine Antwort, nur ein Nicken, dann war er weg.

VANESSA SASS MIT IHRER MUTTER beim Abendbrot, als ihr Handy piepte. Eine SMS. Weil es ein eisernes Gebot war, dass bei Tisch weder telefoniert noch Textnachrichten gelesen wurden, schaute sie erst nach dem Essen, wer ihr geschrieben hatte.

Unbekannter Anrufer, stand auf dem Display. Die Nachricht lautete: *Von einem Freund*. Dahinter ein Grinse-Smiley. Außerdem eine Audiodatei. Vanessa vermutete, dass Finn mal wieder was für sie komponiert hatte. Aber wieso diese Geheimnistuerei mit unterdrückter Rufnummer? Sie öffnete die Datei. Doch statt Musik hörte sie Leute, die sich unterhielten, und im Hintergrund Geräusche wie in einem Café. Nach und nach erkannte sie die Stimmen. Das waren ja ihre Freunde!

Es begann mit etwas belanglosem Geplänkel, dann sagte Leon: *Ich hab euch hergerufen, weil wir mal über was Bestimmtes reden müssen, das mir schon eine Weile auf den Keks geht.*

Finn: *Ach, und was?*

Leon: *Vanessa.* Nach kurzem Schweigen: *Findet ihr nicht, dass sie sich ein bisschen zu sehr in den Mittelpunkt drängt? Vor ein paar Monaten wussten wir noch nicht mal, wer sie ist, und jetzt bestimmt sie alles.*

Schweigen. Hintergrundlärm.

Wenn ich ehrlich bin, wird mir das allmählich auch ein bisschen zu viel mit ihr. War das jetzt Lissy? Oder Elif? *Alles muss sich immer um sie drehen. Sie macht ja viel und kümmert sich, das schon, aber macht sie das wirklich für uns? Oder nur für sich?* Lissy!

Leon: *Was meinst du, Elif?*
Elif: *Stimmt schon, sie ist ziemlich dominant. Und wenn es nicht nach ihrem Kopf geht, sehr schnell eingeschnappt.*
Finn: *Ihr seid echt das Letzte! So hinter ihrem Rücken über sie herzuziehen. Sie will einfach nur eine gute Freundin sein. Und ein bisschen Schwung reinbringen. Wenn euch das nicht passt, wieso redet ihr nicht mit ihr?*
Leon: *Glaub mir: Sie ist nicht das Mädchen, mit dem man über so was reden kann. Vernünftig reden, meine ich.*
Elif: *Glaub ich auch nicht.*
Leon: *Es ist ja auch nicht so, dass wir sie hinterrücks vor den Zug stoßen wollen oder so was. Ich rede schon noch mit ihr. Ich wollte vorher bloß hören, wie ihr über sie denkt. Sie soll einfach nur wissen, dass wir lieber wieder mehr unter uns wären.*
Finn: *Du willst sie rausschmeißen? Das ist echt hart, Alter. Und oberfies.*
Leon: *Du darfst ihr gerne weiter deine neuesten Kompositionen schicken. Hindert dich keiner dran.*
Finn: *Du bist so ein Arsch ...!*
Lissy: *Du solltest eigentlich der Erste sein, der zu ihr auf Abstand geht, Finn. Vanessa wird dir nie das geben, was du willst. Sie lässt dich am ausgestreckten Arm verhungern. Du bist nur gut für ihr Ego.*
Jemand sprang auf und rannte weg.
Eine Weile Stille, dann Elif: *Was machen wir aber mit dem Spring Break? Vanessa hat alles organisiert, und sie hat auch ein Auto, was schon superpraktisch wäre ...*
Leon: *Also, ich muss da nicht unbedingt hin.*
Lissy: *Ich schon!*
Leon: *Du?*
Lissy: *Ja, ich. Was dagegen?*
Elif: *Ich würde auch gerne. Na ja, nachdem ich mich durchgerungen hab ...*

Außerdem ist unsere Anzahlung wahrscheinlich futsch, wenn wir stornieren. Aber mit einer total angepissten Vanessa in einer Bude … sicher auch kein Spaß.
Leon: *Okay, wenn euch so viel daran liegt … Dann lassen wir es halt noch bis zum Sommer laufen und reden danach mit ihr.*
Elif: *Irgendwie ein bisschen link, oder?*
Leon: *Ihr müsst euch schon entscheiden, was ihr wollt.*
Elif: *Ich mein' ja nur.*
Hier endete die Aufnahme.
Vanessa saß da und starrte auf ihr Handy. Was hatte sie eben gehört? Wer hatte ihr das überhaupt geschickt?

AM NÄCHSTEN TAG BLIEB VANESSA im Bett. Ihre Mutter schaute zur Tür rein, sie war der einzige Mensch auf der Welt, dem sie nichts vormachen konnte. Die Kaffeetasse in der Hand, setzte sie sich auf die Bettkante und wollte wissen, was los war.
»Wieso mag mich keiner?«, fragte Vanessa. »Was ist an mir?«
Ihrer Mutter war sofort alles klar. »Leute mit einem eigenen Kopf haben es immer schwer. Du bist gut und liebenswert, so wie du bist. Wenn die anderen das nicht sehen wollen, dann ist es ihre Schuld.«
Vanessa nickte. Ihre Mutter streichelte ihre Wange.
»Mach dich nicht selbst fertig. Wenn du nicht an dich glaubst, tut es keiner.«
Vanessa kannte diese Sprüche. Mit ihnen baute ihre Mutter sie jedes Mal auf, wenn die Menschen sie enttäuscht hatten. Aber sie klangen von Mal zu Mal hohler. Wieso passierte das bloß immer wieder? Was stimmte nicht mit ihr? Wieso verhielten die anderen sich so? Sie wollte doch nur eine gute Freundin sein.

Nein, die beste, die man sich vorstellen konnte. Es war nicht ihre Schuld, dass überall, wo sie hinkam, die Plätze schon vergeben waren. So wie in diesem blöden Spiel *Reise nach Jerusalem*, wenn die Musik aufgehört hat zu spielen und einer übrig bleibt, der dann der Idiot ist. Raus bist du! Sie kam immer erst dazu, wenn die Musik schon lange nicht mehr spielte. Was sollte sie also tun?
»Du erzählst mir heute Abend alles, ja?«, sagte ihre Mutter. »Jetzt muss ich los.«
Nachdem sie weg war, verließ Vanessa das Bett, nahm die Schneekugel von der Kommode und schüttelte sie. Sie betrachtete die von Flocken umtosten Figuren darin. Ihre Anordnung bekam einen neuen Sinn: Vier saßen am Tisch, eine stand abseits. So war das also gemeint. Ein tiefer Schmerz bohrte sich erst durch ihr Herz und dann durch ihren ganzen Körper. Sie hatte Lust, das Ding gegen die Wand zu schmeißen. Aber das tat sie nicht. Sie stellte es vorsichtig zurück auf seinen Platz.
Ihre Mutter sagte immer, man solle sich nicht anpassen. Und sie hatte recht. Niemand wurde mehr verachtet als der, der sich nur nach den anderen richtete. Aber auch einen eigenen Kopf zu behalten, brachte nur Ablehnung und Feindschaft. Egal, wie man sich verhielt, es war immer falsch. Was blieb einem also übrig?
Ihre Mutter versuchte, dieses Dilemma durch Rückzug und Neuanfang zu lösen. Wie lange würde es wohl noch dauern, bis auch ihr dämmerte, dass sie das erst recht zur Verliererin stempelte? So ein Leben wollte Vanessa nicht führen. Die Vorstellung, dass die anderen die Reihen hinter ihr wieder schlossen, vielleicht sogar enger als zuvor, während sie einsam und verlassen dastand, brachte sie fast um. Sie würde denen das nicht durchgehen lassen. Auf keinen Fall! Gegenangriff war der einzige Ausweg. Was hatte

sie schon zu verlieren? Alles, was ihr blieb, war ihre Selbstachtung, und für die lohnte es sich zu kämpfen. Sie würde erhobenen Hauptes abziehen. Lieber echte Feinde als falsche Freunde – das war ihr Motto.

Nein, sie würde Lissy keinen Klebstoff in die Haare schmieren und Leon auch nicht die Reifen seines beschissenen Bikes zerstechen. Sie würde jeden Einzelnen von ihnen da erwischen, wo es am schmerzvollsten war. Sie würde ihnen etwas antun, das sie ihr Leben lang nicht vergessen würden. Totale Vernichtung.

In diesem Moment klingelte ihr Handy. *Unbekannte Rufnummer*, stand im Display.

Vanessa nahm ab. »Ja? Wer ist da?«

»Hast du meine kleine Aufzeichnung von gestern bekommen?«

Die Stimme kam ihr bekannt vor, doch ihr fiel kein Name dazu ein.

»Wer bist du?«

»Ein wahrer Freund. Dein einziger.«

Acht

VANESSA LIESS SICH NICHTS ANMERKEN. Weder am ersten Tag, an dem sie wieder zur Schule ging, noch an den Tagen und Wochen danach. Es fiel ihr nicht einmal schwer. Im Gegenteil. Sie hatte ihre stille Freude dabei. Rache ist ein Gericht, das kalt genossen werden muss, sagt das Sprichwort, und genau das wollte sie tun. Sie hatte einen Plan, der Zeit brauchte, und wenn sie etwas hatte, dann war das Zeit. Deshalb war sie vom ersten Tag an, da sie wieder in die Schule ging, die Freundlichkeit in Person. Sie gab Lissy in der Mittagspause eine Cola aus, überschlug sich vor Lob über Elifs neues Outfit, und als diese erzählte, dass der Mathe-Student, der ihr bisher Nachhilfe gegeben hatte, keine Zeit mehr für sie hatte, bot sie ihr an, einzuspringen. Sie trällerte scheinbar beiläufig Finns Geburtstagsstück vor sich hin, als er hinter ihr in der Schlange bei der Essensausgabe stand, und lächelte Leon freundlich zu, wenn sie ihm im Flur begegnete.

Sie wurde nicht müde zu beteuern, wie sehr sie sich auf die gemeinsame Party im Sommer freute, und brachte immer neue Fotos aus dem Internet mit, die zeigten, wie toll alles werden würde. Nach zwei Wochen fragte sie ohne äußeren Anlass, ob man den Stammtisch nicht wieder zurück ins *Roxy* verlegen wolle, denn die *Galerie* sei auf die Dauer doch ein eher öder Laden. Sie entschul-

digte sich sogar, dass sie auf der Umsiedlung bestanden hatte, aber keiner machte ihr Vorwürfe, alle versicherten, dass es eine gemeinsame Entscheidung war. Sie versprach, sich künftig mit Vorschlägen zurückzuhalten, und das tat sie auch. Hatte ein anderer eine Idee, stimmte sie allem sofort und mit Begeisterung zu.
Lissy und Elif waren erleichtert über Vanessas Wandlung. Für sie war damit alles gut, und das Beste daran war, dass sie alle um ein schwieriges Gespräch und eine peinliche Situation herumgekommen waren. Nun konnten sie sich ungetrübt auf den Spring Break freuen und ansonsten zur Tagesordnung übergehen.
Leon sah das etwas anders. Er traute dem Frieden nicht, vor allem wegen des Timings. Oder war es etwa nicht auffällig, dass Vanessas Kehrtwende so unmittelbar auf das Geheimgespräch im *Roxy* erfolgt war? Hatte ihr jemand davon erzählt? »Selbst wenn«, meinte Lissy, »sie hat sich angepasst. Was willst du mehr?« Nichts, dachte Leon, ich wünschte nur, ich könnte ihr die Wandlung abkaufen. Konnte er aber nicht. Er glaubte zu wissen, wer hinter der neuen Vanessa steckte.
Finn war nach dem Treffen im *Roxy* tatsächlich so sauer auf seine Freunde gewesen, dass er überlegt hatte, Vanessa alles zu erzählen. Nie im Leben hätte er sich vorstellen können, dass die Menschen, für die er durchs Feuer gegangen wäre, so hinterhältig sein konnten. Das hatte etwas in ihm zerbrochen, vielleicht für immer. Wie sollte er ihnen je wieder vertrauen? Trotzdem hatte er Vanessa nicht angerufen. Sollen die, die das beschlossen haben, ihr diesen Schmerz selbst zufügen, sagte er sich.
Er ignorierte alle Anrufe und Nachrichten und machte einen großen Bogen um seine Freunde. Lissy und Elif beteuerten in zahllosen SMS, wie sehr sie alles bedauerten, jedoch ohne irgendwas

zurückzunehmen. Sie bedrängten ihn (und Lissy bettelte regelrecht darum), dass er wieder an ihren Mittagstisch in der Schulcafeteria und ins *Roxy* kam. »Die *Boys and Bitches* brauchen dich!«
Er ging auf nichts ein. Erst als er aus der Ferne mitkriegte, dass Vanessa plötzlich alles richtig machte und wieder eitel Sonnenschein herrschte, klinkte er sich wieder ein. Doch vergessen würde er nichts.

Leon war auch keiner von der vergesslichen Sorte. Er wartete ein wenig, bis er es ansprach, aber als die Lage sich beruhigt hatte, schnappte er sich Finn und fragte ihn ohne lange Vorrede: »Hast du Vanessa was von unserem Gespräch erzählt?«

»Und wenn?«, versetzte Finn spitz. »Jetzt ist doch alles so, wie du es haben wolltest. Passt es dir noch immer nicht?«

»Es passt sogar ein bisschen zu gut.«

»Vanessa kann es dir wohl nie recht machen. Was hat sie dir eigentlich getan? Oder liegt es an dem, was sie dir *nicht* getan hat?«

Leon sah Finn erstaunt an. So als wollte er fragen, was das bedeuten solle? Obwohl er das ganz genau wusste.

»Keine Sorge«, versetzte er, »die Rolle des hoffnungslosen Verehrers mach ich dir nicht streitig. Bereite dich aber schon mal darauf vor, dass sie dich abserviert. Denn das wird sie. Du gehst ihr nämlich mächtig auf den Keks.«

Finns Gesicht wurde erst blass, dann krebsrot. Er sah aus, als wolle er gleich vernichtende Worte spucken. Doch es kam nichts.

Leon erschrak. Was hatte er angerichtet? Er war zu weit gegangen. »Tut mir leid, Alter«, ruderte er rasch zurück. »War nicht so gemeint. Echt nicht.«

Zu spät. Tief getroffen drehte Finn sich weg und ging davon.

Scheiße, dachte Leon.

Hatte er gerade seinen besten Freund verloren? Vielleicht sogar für immer? Und wer war schuld? Vanessa!

ELIF WAR MÄCHTIG aus der Puste. Es war verdammt schwer, mit Vanessa mitzuhalten. Die hatte nicht nur die Figur einer Gazelle, sondern auch deren Kondition. Es war Vanessas Idee gewesen, an die Mathe-Nachhilfestunde noch eine Stunde Joggen anzuhängen. Ein gesunder Geist in einem sexy Körper – das hatte sie als Ideal ausgerufen. Elif musste ordentlich strampeln, wenn sie im Sommer wieder ihre Bikinifigur haben wollte.

Gemeinsam trabten sie aus dem Park. Sie waren spät dran. Elif musste heute für die Familie kochen, weil ihre Mutter zu ihrem wöchentlichen Freundinnenabend ging. Da Benedicts Wohnung in der Nähe des Parks lag und Elif einen Schlüssel hatte, trafen sie sich zum Lernen immer dort. Die ersten Male waren sie bei Elif zu Hause gewesen, aber Mehmet hatte es sich natürlich nicht nehmen lassen, Vanessa mit seinem Macho-Charme anzumachen. Das war nicht nur unendlich peinlich gewesen, sondern auch extrem störend.

»Wer geht als Erste duschen?«, fragte Elif, als die Tür hinter ihnen zugefallen war. Sie schaute auf die Uhr. »Schon so spät? Ich muss in einer halben Stunde zu Hause sein.«

»Wir können zusammen duschen. Geht schneller.«

»Äh …« Wasserspiele mit einem Mädchen waren eigentlich nicht ihre Disziplin.

»Ist doch auch nichts anderes als nach dem Schulsport«, meinte Vanessa.

»Wenn du meinst«, stimmte Elif zu.

Als sie sich dann gegenseitig nass machten, musste Elif feststellen, dass es sich doch nicht wie das Duschen nach dem Schulsport anfühlte. Wenn Vanessa anfängt, mich einzuseifen, bin ich weg, dachte sie. Doch Vanessa reichte ihr bloß Benedicts Duschöl für empfindliche Haut. Es war Elif, die geheime Blicke riskierte und sich dachte: Wow. Geiler Body.

Als sie frisch geduscht und geföhnt aus dem Bad traten, merkten sie erst, dass Benedict in der Zwischenzeit nach Hause gekommen war. Er machte große Augen, sagte aber nichts.

»Keine Sorge, beim nächsten Mal nehmen wir dich mit«, scherzte Vanessa.

Schlagfertigkeit war nicht gerade Benedicts größte Stärke. Er stand nur da, und man konnte zusehen, wie er rot wurde. Vanessa lachte, und auch Elif, die Vanessas Bemerkung eigentlich extrem überflüssig fand, dachte amüsiert: Erwischt!

Vanessa brachte Elif im Auto ihrer Mutter heim. Auf der Fahrt fragte sie: »Sag mal, was ist eigentlich mit Finn und Leon los? Haben die Zoff?«

»Da musst du sie schon selber fragen.«

»Ehrlich gesagt traue ich mich nicht. Ich habe Angst, es könnte wegen mir sein.«

Bingo, dachte Elif. Sie war froh, dass sie um eine Antwort herumkam, denn ihr Handy klingelte. Es war Benedict. Vanessa hatte ihr Handy bei ihm vergessen.

»Echt?!«, fuhr Vanessa auf. »Was dagegen, wenn ich nachher zu ihm fahre und es abhole?«

Elif war von der Frage irritiert. Wieso sollte sie etwas dagegen haben? Jungs wie Finn oder ihr Bruder Mehmet mochten bei einer wie Vanessa reihenweise schwach werden, Benedict nicht. Er konnte sie noch nicht mal leiden.

LEON LITT WIE EIN HUND. Wieso nur hatte er sein dummes Maul nicht gehalten? Was hatte er sich dabei gedacht? Wenn Finn ihm wenigstens erlaubt hätte, sich zu entschuldigen. Aber er blockte jeden Kontakt ab, seit drei Tagen schon, sogar auf Facebook hatte er ihn entfreundet. Wenn jemand in diesem Zustand noch etwas bei ihm bewirken konnte, dann war das Lissy.
Aber vielleicht war das inzwischen auch nicht mehr so. Lissy hatte sich in letzter Zeit verändert, sie trug seit Neuestem modische Klamotten, schminkte sich und benahm sich anders. Gekünstelt, fand Leon. Es war leicht zu erraten, wem diese Veränderungen zu verdanken waren (Vanessa) und wen sie damit beeindrucken wollte (Steffen Wegmann). Und da wollte einer behaupten, Vanessa sei geläutert? Sie hatte nur ihre Strategie geändert, das war alles. Wieso war er der Einzige, der das durchschaute? Oder war es den anderen mittlerweile egal?
Leon passte Lissy in der Schulbibliothek ab, wo sie eine Freistunde mit der Vorbereitung eines Referats verbrachte. Er setzte sich zu ihr. »Ich muss mit dir reden«, sagte er.
»Ach was«, antwortete sie.
Natürlich hatte jeder gemerkt, dass es zwischen Finn und Leon gekracht hatte. Aber wie Jungs nun mal waren, hatte keiner über den Grund gesprochen. Man konnte es sich auch so denken. Es war nur eine Frage der Zeit gewesen, bis einer von beiden zu ihr kam.
»Gehen wir vor die Tür«, sagte sie.
Auf dem Flur erzählte Leon, was passiert war und was genau er zu Finn gesagt hatte. Na ja, so ziemlich das, was Lissy vermutet hatte.
»Finn ist bloß deshalb so verletzt, weil er ahnt, dass du recht ha-

ben könntest«, meinte sie. »Wahrscheinlich ist er nicht mal wirklich sauer auf dich. Er schämt sich. Die Wahrheit tut eben weh. Er ist jetzt schon so lange in Vanessa verliebt, ohne dass was geht. Wie würdest du dich fühlen?«

So wie du bei deinem Lehrer vermutlich, dachte Leon spontan, biss sich aber auf die Unterlippe und sagte dann: »Einfach nur scheiße. Und was soll ich machen?«

»Hör auf, ihn bloß anzurufen oder Nachrichten zu schreiben. Geh zu ihm. Er ist zu Hause, ich hab vorhin mit ihm telefoniert. Du gehst nicht wieder weg, bevor ihr euch ausgesprochen habt, und wenn du Stunden vor seiner Tür hockst.«

Leon nickte ergeben. »Hätte ich auch selbst drauf kommen können.«

WÄHREND LEON SICH AUF DEN WEG machte, die alte Freundschaft zu retten, saß Finn lustlos in seinem Zimmer und hörte Musik. Wie lange hatte er schon nichts mehr komponiert? Irgendwie fehlte ihm die Kraft. Auch die Schule ödete ihn endlos an. Er sah keinen Weg mehr vor sich, der irgendwohin führte, sondern nur noch Mauern, gegen die er rannte. Wieso war er so ein Feigling? Wieso hatte er sich noch immer nicht getraut, Vanessa zu sagen, was er fühlte? Aber hatte er das nicht getan, mit den Stücken, die er für sie komponiert hatte? Er hatte ein tolles Geburtstagsgeschenk für sie ausgesucht und besorgt. Sie hätte blind und taub sein müssen, um nicht zu begreifen, was los war. Aber sie hatte nicht darauf reagiert. Hatte ihn, freundlich lächelnd und mit netten Worten, auf Abstand gehalten. Keine Antwort war eben auch eine Antwort. Doch er hatte es nicht wahrhaben wollen.

Finn hörte es an der Haustür läuten. Seine Mutter war zu Hause, sollte sie aufmachen. Wenig später klopfte es an seiner Tür. Ehe er etwas sagen konnte, stand Leon vor ihm, mit zerknirschter Miene.

»Hey, Alter«, sagte er.

Obwohl Finn froh war, ihn zu sehen, spannte sich etwas in ihm an. »Was willst du?«, fragte er reserviert.

Leon stellte die Musik leiser und kam näher. »Ich will Sorry sagen. Ich hab Scheiße gelabert. Was weiß ich denn schon?«

Finn schnaufte tief. Die Anspannung fiel von ihm ab. Er wollte keinen Streit mehr mit seinem besten Freund. Es war auch so schon alles schlimm genug.

»Schon okay«, sagte er. »Ich weiß, dass du recht hast. Vanessa liebt mich nicht, und das wird sie auch nie tun. Ist nicht ihre Schuld, ist halt so.«

»Tut mir leid, Alter. Ich hätte es dir so gegönnt.«

Finn zuckte traurig mit den Schultern.

»Aber dass ihr sie einfach so abservieren wolltet, finde ich trotzdem fies«, sagte er.

»Hast ja recht. War 'ne blöde Idee von mir. Mich hat bloß genervt, dass wegen ihr nichts mehr so ist wie früher. Ehrlich gesagt nervt mich das noch.«

»Die Dinge ändern sich eben. That's life.«

»Kann sein.« Nach kurzem Schweigen fragte Leon: »Dann ist zwischen uns wieder alles okay?«

Finn streckte die Faust aus, Leon stieß seine dagegen. Doch das war diesmal nicht genug. Einer packte den anderen, und sie umarmten sich wie zwei Ringer nach einem Kampf. Kurz, aber intensiv.

»Ich verschwinde wieder«, sagte Leon danach. »Wir sehen uns.«
Finn nickte.
Als Leon weg war, dachte er: Es gibt doch ein paar Dinge, die bleiben sollten, wie sie sind. Freundschaften zum Beispiel.
Sein Handy klingelte. Er schaute aufs Display. Es war Vanessa.
Er zögerte einen Augenblick, dann nahm er ab. »Ja?«
»Hi, ich bin's«, meldete sie sich. »Ich wollte bloß mal was hören lassen und fragen, wie es dir so geht.«
»Passt schon.«
»Na ja, da ist noch was anderes.« Sie räusperte sich. War sie so nervös? Etwa seinetwegen? »Also … ich hab mitgekriegt, dass es zwischen dir und Leon Stress gibt, und ich dachte … nun ja … dass es vielleicht mit mir zu tun hat. Ist das so?«
»Hat sich schon erledigt. Leon war eben hier. Alles wieder gut.«
»Wirklich? Das freut mich.« Sie schwieg einen Moment, dann setzte sie erneut an: »Wir beide müssen auch mal reden, Finn. Es gibt da etwas … das du wissen musst …«
Obwohl ihm das Herz in der Brust schier zersprang, versuchte Finn, so cool wie möglich zu klingen, als er sagte: »Was denn?«
»Nicht am Telefon. Können wir uns treffen?«
»Klar. Sag mir, wann.«
»Ich muss vorher noch was klären. Aber danach melde ich mich. Ganz bestimmt.«
»Was musst du denn klären?«
»Altlasten. Ich weiß, das hört sich jetzt total geheimnisvoll an. Ich will einfach nicht darüber reden. Wenn es erledigt ist, sprechen wir über uns.«
Über uns – wie sich das anhörte.
»Ich warte auf deinen Anruf«, sagte er.

»Schön. Noch was: Sag bitte keinem von den anderen was von diesem Gespräch. Das ist eine Sache zwischen dir und mir.«

VANESSA LEGTE AUF. Sie lächelte zufrieden. Finn war leichte Beute. Sie steckte ihr Handy ein und ging weiter Richtung Basketballplatz. Ihre Gedanken aber blieben bei Finn, der sich wahrscheinlich für eine Art Held hielt, weil er sie gegenüber den anderen verteidigt hatte. Wie selbstgerecht! Hätte er das auch getan, wenn er nicht in sie verknallt wäre? Wieso war er nicht zu ihr gekommen und hatte ihr alles erzählt? Das wäre das Mindeste gewesen, was sie von ihm erwartet hätte. Die Sache war doch klar: Gab sie ihm nicht, was er wollte, würde er anfangen, sie zu hassen. Sie hatte das schon erlebt. Und jemand, der sie heimlich fotografierte und filmte (wie krank war das denn!), der war zu so manchem fähig.

Vanessa erreichte den Basketballplatz hinter der Schule. Um diese Zeit war hier nie was los. Ideal für ein Treffen, das keiner mitkriegen sollte. Nach einer Weile hörte sie das Hämmern eines Balles auf dem Boden, und als sie in die Richtung schaute, aus der das Geräusch kam, sah sie Konni. Sie war eine ziemlich gute Basketballspielerin, deshalb erkannte sie an seiner sicheren Ballführung, dass er auch nicht schlecht war. Wollte er etwa ein paar Körbe mit ihr werfen?

Aus einem Abstand von etwa zehn Metern warf er, der Ball beschrieb einen hohen Bogen, landete auf dem Ring und hüpfte dann in den Korb. Kein schlechter Wurf. Sie hatte Konni anfangs für einen Loser gehalten, aber seit sie ihn ein wenig kennengelernt und er ihr von ein paar Dingen erzählt hatte, die er an der Schule am Laufen hatte, dachte sie das nicht mehr. Er passte in keine

Schublade. So wenig wie sie. Und das verband sie beide, bei aller Verschiedenheit.

Konni holt sich den Ball wieder.

»Du willst deinen Freunden ihre Gemeinheit heimzahlen, oder?«, fragte er.

»Hilfst du mir?«

Plötzlich flog der Ball auf sie zu. Zum Glück hatte sie gute Reflexe, sonst hätte sie ihn voll in die Magengrube bekommen.

»Rache lohnt sich nicht«, sagte Konni.

»Ich finde schon.«

»Und was hat man davon?«

Sie warf den Ball zurück. Er fing ihn sicher.

»Du hasst doch bestimmt auch viele. Ich meine … keiner mag dich. Alle halten dich für einen Freak.«

Er grinste breit. »Ich bin ein Freak.« Dann wurde er wieder ernst. Prellte den Ball zwei, drei Mal. »Der Hass frisst nur dich auf, nicht die anderen.«

Vanessa fragte sich, ob er wirklich so abgeklärt war, wie er sich gab. Wieso hätte er sie sonst anrufen und ihr die Aufnahme schicken sollen? Wieso hatte er sie überhaupt gemacht? Wieso chattete er als *Bad_Teacher* mit Lissy und tat dabei so, als wäre er ihr Lehrer?

Egal. Was kümmerte es sie, wie Konni tickte? Sie brauchte ihn für ihren Plan.

»Hilfst du mir jetzt oder nicht?«, fragte sie.

»Was soll ich denn für dich tun?«

»Ein Handy hacken zum Beispiel, um von dort Nachrichten und Bilder zu verschicken.«

»Das krieg ich hin.«

»Wirklich? Bist du so ein Brain?«

»Nee. Man muss nur wissen, wo man kriegt, was man dafür braucht. Gibt da so Plätze im Internet. Im Prinzip musst du dem Opfer nur einen Link schicken auf eine von mir gefakte Internetseite. Schaffst du das, ohne dass es auffällt?«

»Klar. Wir schicken uns dauernd irgendwelche Videos und Links.«

»Gut. Klickt er auf den Link, hat er den Trojaner am Hals, und ich bin auf seinem Handy.«

»Ist dann meins auch gehackt?«

»Nicht, solange du den Link nicht selbst anklickst.«

»Super. Danke.«

»Und was krieg ich dafür?«

Sie zögerte, ehe sie fragte: »Was willst du denn?«

Konni rieb sich das Kinn. »Ich lass mir was einfallen.«

Neun

NACHDEM DIE ZEIT DER DICKEN JACKEN, Schals und Mützen endgültig vorbei war, stellten die Cafébesitzer Stühle und Tische auf die Bürgersteige, und im Nu waren sie alle besetzt mit sonnenhungrigen Müßiggängern. Lissy hatte eine von zwei Freistunden dazu genutzt, in der Stadt ein paar Besorgungen zu machen, und war schon wieder auf dem Rückweg, als sie völlig unerwartet Steffen Wegmann an einem Tisch vor dem *Café Rösler* sitzen sah, bei einer Tasse Kaffee und einem Croissant. Sie blieb stehen. Sollte sie ihn ansprechen? Sich gar zu ihm setzen?

Ihr Herz raste mit einem Mal. Eine Stimme in ihrem Kopf (die sich verdächtig nach Vanessa anhörte) sagte: Solche Gelegenheiten bekommst du nicht viele. Nutze sie! Doch wie sollte sie ihn ansprechen? Worüber mit ihm reden? Zwischen *L_Bitch* und *Bad_Teacher* lief der Chat zwar längst wie zwischen Vertrauten, doch im wirklichen Leben herrschte noch immer die Befangenheit jenes ersten Moments, in dem ihr dummes Herz beschlossen hatte, sich an ihn zu verlieren.

Ehe Lissy sich entschieden hatte, ob sie ihn ansprechen würde, bemerkte Steffen Wegmann sie und rief ihr zu: »Na, so ein Zufall! Meine liebste Schülerin.«

Sie konnte nicht verhindern, dass sie errötete. War das nicht der

Bad_Teacher-Ton, den er anschlug? Sie antwortete, ganz *L_Bitch*: »Und ist das nicht mein Lieblingslehrer?«

»Das will ich doch hoffen«, lachte er.

Lissy erschrak im Nachhinein darüber, dass sie so flapsig geantwortet hatte. Aber da es ihm zu gefallen schien, trat sie näher an seinen Tisch. Wie er sie ansah aus diesen himmelblauen Augen. In ihrem Bauch pulsierte es wie in einem Kraftwerk. Das unvergessliche Gefühl, das sie in seinen Armen gehabt hatte, blühte sofort wieder in ihr auf.

»Sie gönnen sich ja mal was«, sagte sie mit einem Blick auf das angebissene Croissant vor ihm.

»An so einem schönen Tag ist es doch keine Sünde, oder?« Er lehnte sich in seinem Korbstuhl zurück und verschränkte die Hände hinter dem Kopf. Sie glaubte zu bemerken, wie sein Blick über ihren Körper lief und kurz an ihrem Busen verweilte. »Ist heute gar keine deiner Freundinnen dabei? Elif? Oder Vanessa? Bei euch sieht man nie eine ohne die andere.«

Lissy lächelte. »Heute bin ich ganz alleine zu haben.«

Hatte sie gerade gesagt, dass sie zu haben war? Für ihn?

Zum Glück ging er nicht darauf ein, sondern sagte: »Was hältst du davon, wenn sich die Theater-AG irgendwann mal zu einem kleinen Umtrunk trifft? Jetzt beginnt die heiße Phase der Proben. Die Gruppe muss zusammenwachsen. Team Building ist angesagt.«

»Das ist eine super Idee!«

Er schlug mit der flachen Hand auf den Tisch, dass Teller und Tasse klirrten. »Dann haben wir beide das hiermit beschlossen! Kannst du einen Aufruf in unsere WhatsApp-Gruppe setzen? Fragen, wer wann Zeit hat und wo wir uns treffen sollen?«

»Klar. Mach ich gleich nachher.«
Sie verstummten beide. Einen Moment dachte Lissy daran, sich einfach zu ihm an den Tisch zu setzen. Nein, fand sie dann, das wäre zu dreist. Er musste sie einladen.
Er wandte sich wieder seinem Croissant zu.
Sie brauchte vielleicht ein paar Sekunden zu lange, um zu kapieren, was er damit sagen wollte, doch sie verstand es gerade noch rechtzeitig, bevor die Situation peinlich wurde, verabschiedete sich und ging über das holprige Kopfsteinpflaster davon.
Er hat Angst, dass wir zusammen gesehen werden und Gerüchte entstehen, dachte sie, und das machte sie sogar ein bisschen stolz. Sie war anscheinend sein schmutziges kleines Geheimnis.

NACHDENKLICH BETRACHTETE ELIF Vanessa, die an der Balustrade von Benedicts kleinem Balkon stand und über die angrenzenden Gärten schaute. Sie hatten so konzentriert gelernt, dass ihre Köpfe rauchten, und nahmen eine kurze Auszeit. Vanessas Haltung war kerzengerade, bestimmt hatte sie einmal Ballettunterricht gehabt, und ganz sicher war sie gut darin gewesen. Die Beste vermutlich. Manchmal fuhr ihr der Wind mit schlanken Fingern durch das Haar, das im Licht der Spätnachmittagssonne noch rötlicher schimmerte als sonst. Nicht zum ersten Mal musste Elif daran denken, wie sie mit ihr unter der Dusche gestanden hatte. Sie war ziemlich sicher, dass sie nicht auf Mädchen stand, aber wieso ging ihr das nicht aus dem Kopf?
Vanessa war ein Phänomen. Wie Radioaktivität durchdrang sie alles, was in ihren Dunstkreis kam, und veränderte es auf unsichtbare Weise. Sogar Benedict, Elifs Fels in der Brandung. Sie machte sich keine Sorgen, dass er auf dumme Gedanken kommen

könnte. Und Vanessa respektierte ihre Grenzen. Dennoch wäre Elif gerne Mäuschen gewesen, als Vanessa ihr vergessenes Handy in seiner Wohnung abgeholt hatte. Benedict hatte erzählt, sie hätten nur kurz gequatscht, dann sei sie wieder gegangen. Vanessa sagte ungefähr dasselbe. So war es sicher auch gewesen. Aber es gab Dinge, die unbewusst abliefen und die einem eine Scham aufzwangen, bei der man nicht wusste, woher sie kam. Diesen Eindruck machten ihr beide, vor allem aber Benedict.

Elif war nicht der eifersüchtige Typ. Sollte er ruhig hübschen Mädchen nachsehen. Na und? Leider war Benedict weniger großzügig. Er wollte der Mittelpunkt ihres Lebens sein, um den sie zu kreisen hatte, und allein die Vorstellung, dass es vor ihm andere Jungs gegeben haben könnte, verunsicherte ihn tief. Deshalb fragte er nie nach ihrer Vergangenheit. Was ein Glück war, denn sie hätte ihm sonst einiges erzählen müssen, das ihm bestimmt nicht gefallen hätte. Nicht jedes Geheimnis musste gelüftet werden.

Elif stand auf und trat zu Vanessa an die Balustrade. »Woran denkst du?«

»Und du?«, spielte Vanessa die Frage zurück.

»Ich war zuerst.«

»Jetzt sag schon!«

Elif zuckte mit den Schultern. »An nichts Besonderes. Funktion und Umkehrfunktion.«

»Wer's glaubt«, lachte Vanessa. »Mal ehrlich.«

»Na gut. Ich hab daran gedacht, dass wir alle unsere Geheimnisse haben. Und was wohl deines ist?«

Vanessa sah Elif an. Blickte in ihr rundes, von pechschwarzem Haar umrahmtes Gesicht mit den leicht aufgeworfenen kirschroten Lippen, die einen unablässig aufzufordern schienen, sie zu küssen. Elif war schön und lieb zugleich. Jemand, den man gernhaben musste.

»Mein Geheimnis ist, dass ich kein Geheimnis habe«, sagte sie. »Ich weiß, ich erzähl nicht viel, aber bloß weil es nichts zu erzählen gibt. Nichts wirklich Interessantes. Mein Leben war langweilig. Bis ich dich und die anderen kennengelernt hab. Als ich eben meinen Blick schweifen lassen hab, hab ich gemerkt, dass ich mich zum ersten Mal in einer Stadt zu Hause fühle. Das liegt nicht an der Stadt, sondern an euch. Meinen neuen Freunden. Den besten, die ich je hatte.«

Während Vanessa in Elifs schöne Augen sah, dachte sie: Es ist schlimm, einen Menschen zu vernichten, den man auch mögen könnte. Aber was sollte sie machen? Heute war Elif vielleicht nett, weil sie sie zum Lernen brauchte. Doch was war, wenn sie sie nicht mehr brauchte? Dann gab es einen Tritt in den Arsch. War sie nicht die gewesen, die vorgeschlagen hatte, mit dem Rausschmiss aus der Gruppe noch zu warten, weil es ja so superpraktisch war, in einem Auto zur Party kutschiert zu werden?

Ich bin nicht die Einzige, die allen was vormacht, dachte sie.

LEON UND FINN hingen wieder zusammen rum wie vor ihrem großen Streit. Sie machten ihre üblichen Witze und spielten sich verbal die Bälle zu. Leon fand allerdings, dass Finn für die Enttäuschung, die er mit Vanessa erlebt hatte, verdächtig gut drauf war, deshalb fragte er ihn einmal, als sie nach ihrer letzten Stunde die Schule verließen: »Wieso geht's dir eigentlich so gut, Alter? Hab ich irgendwas verpasst?«

Finn zuckte mit den Schultern und grinste in sich rein. Seit Vanessa ihm gesagt hatte, dass sie mit ihm reden müsse, freute er sich wie ein Schneekönig. Wenn sie ihm eine Abfuhr erteilen wollte, hätte sie das ja gleich am Telefon tun können. Was gäbe es dafür vorher zu regeln? Nein, in seinen Ohren klang das verdammt nach: Ich muss etwas beenden, bevor ich etwas Neues beginnen kann. Auf Wiedersehen, Altlasten, hallo, neues Glück!

»Nee, verpasst hast du nichts«, eierte Finn rum, »aber es kann sein, dass sich bald was tut.«

»Ach.« Leon zog die Brauen zusammen. »Etwa an der Vanessa-Front?«

»Kein Kommentar. – Guck mal da drüben. Die Kleine auf der Mauer ist doch Lissy.«

Leon folgte Finns Fingerzeig. Der Schulhof wurde auf einer Seite von einer hüfthohen breiten Mauer begrenzt, die über und über mit Graffiti verziert war. Darauf saß ein Mädchen und tippte in sein Handy. Leon musste zweimal hinschauen. Er hatte sich noch immer nicht daran gewöhnt, dass Lissy ihren Stil hin zu modebewusst verändert hatte. Man hätte auch sagen können: hin zu tussihaft. Noch war es okay, aber mehr davon brauchte er nicht.

»Auf der Mauer, auf der Lauer sitzt 'ne kleine Wanze«, witzelte Finn. »Wir wecken Dornröschen mal auf, bevor sie runterkippt.«

»Ach, lass.«

»Nee, komm.« Finn boxte ihm gegen die Schulter. »Das wird lustig.«

»Spinner!«

Während die beiden sich auf leisen Sneakersohlen anschlichen, schaute Lissy so gebannt auf ihr Smartphone, dass sie es nicht einmal gemerkt hätte, wenn eine Bombe neben ihr explodiert wäre. Sie saß hier schon eine Weile, bis zu ihrer nächsten Unterrichtsstunde war noch Zeit. Zeit, die sie sich damit vertrieb, den Chat mit *Bad_Teacher* nachzulesen. Doch dann hatte sie gemerkt, dass er eingeloggt war. Sofort hatte ihre Phantasie zum Höhenflug angesetzt: *Bad_Teacher*/Steffen Wegmann, der bei Kaffee und Croissant saß, war so aufgewühlt von der unverhofften Begegnung mit ihr, dass er, genau wie sie, den alten Chat noch mal ansah. Dabei hätte er sie bloß an seinen Tisch einzuladen brauchen, und er hätte ein Livegespräch genießen können. Männer waren manchmal soooo kompliziert!

Hi, Bad_Teacher, hatte sie ihn angeschrieben. *Zweimal an einem Tag treffen ist fast schon too much. Findest du nicht? ;-)*

Keine Ahnung, was du meinst.

Dann kann es also nicht sein, dass wir uns vorhin in der Stadt getroffen haben?

Vieles könnte sein. Eigentlich alles, was wir uns vorstellen wollen.

Okay. Dann stellen wir uns jetzt gemeinsam vor, wir hätten gerade eben unser erstes Treffen verabredet. Zur Tarnung sind noch einige andere eingeladen. Was sollte ich anziehen?

Komisches Setting für ein Date. Könnte fast von mir sein. ;-)

Also?

Schwere Frage.

Nicht rumeiern. Ich warte.

Er ließ sich Zeit. Oder würde er gar nicht antworten? Aber dann kam die Antwort: *Ist da, wo* L_Bitch *draufsteht, auch* L_Bitch *drin?*

Was sollte das denn heißen? Im Ausweichen war er wirklich gut!

»Buh!«, machte es plötzlich links und rechts neben ihr, und von beiden Seiten griffen Hände nach ihr.

Sie kreischte so laut, dass man es wohl noch drei Straßen weiter hörte. Ihr Herz blieb vor Schreck fast stehen. Finn und Leon! Und einer lachte breiter als der andere.

»Spinnt ihr!?«, schrie sie. »Tolle Idee, jemanden zu erschrecken, der auf einer Mauer sitzt! Soll ich runterfallen und mir das Genick brechen?!«

»Drum haben wir dich ja gehalten!«, sagte Finn.

Erst da bemerkte Lissy, dass sie ihr Smartphone nicht mehr in der Hand hielt. Es lag vor ihr auf der Erde. »Wehe, es ist kaputt!«, drohte sie und hüpfte runter, um es aufzuheben.

Finn war schneller.

»Oh, du chattest«, rief er. »Sehr interessant!«

»Gib her!«, schrie Lissy ihn an und schnappte nach ihrem Handy.

Finn, der einen Kopf größer war als sie, zog es weg, aber als er diesen bösen Blick in ihren Augen und die tiefe Zornesfalte zwischen den Brauen sah, erkannte er, dass sie *wirklich* sauer war. Wenn sie so guckte, tat man besser, was sie wollte, sonst rastete sie total aus.

»Chill mal«, sagte er. »War nur ein Spaß. Seit wann bist du so gestresst?«

Sie steckte das Handy ein, hob ihren Rucksack auf und hängte ihn sich über eine Schulter. »Ihr seid solche Idioten«, schimpfte sie. »Werdet endlich erwachsen!«

»Uuuuhhh!«, machte Finn. »Vielleicht so wie du?«

Wütend dampfte sie ab, streckte dabei beide Mittelfinger hoch.

Leon hatte die Hände in die Hosentaschen geschoben und sah ihr nach.

»Ich glaub, sie fand das wirklich nicht lustig«, sagte er.

Finn zuckte die Schultern. »Die kriegt sich schon wieder ein. – Und jetzt? Wohin?«

»Nach Hause.«
»Laaangweilig!«
»Ich weiß, aber ich muss.«
Sie stiefelten zu ihren Bikes. Ohne Vorwarnung boxte Leon Finn sanft gegen die Schulter. »Jetzt sag schon, was mit dir los ist, Alter. Du bist so gut drauf, dass ich mir echt Sorgen um dich mache. Hast du was geraucht? Oder eingeworfen? Dann gib mir gefälligst was ab!«
Finn zögerte. Sollte er wirklich sagen, was los war? Nichts hätte er lieber getan. Es platzte ja fast schon aus ihm heraus. Doch Vanessa hatte es ihm verboten.
»Was hast du vorhin damit gemeint, dass sich vielleicht bald was tut?«, drängte Leon weiter. »Du kannst nicht so anfangen und mich dann hängen lassen. Gib mir wenigstens irgendwas!«
Finn überlegte. Halb war es Leons Drängen, halb war es der Druck in seinem Innern, der ihn sagen ließ: »Okay. Aber kein Wort zu niemandem, klar? Ich hab eigentlich versprochen –«
»Spar dir den Scheiß und sag endlich, was los ist.«
»Vanessa will mit mir reden. Wenn sie eine andere Sache erledigt hat.«
»Und?«, fragte Leon. Er verstand nicht, warum Finn deshalb so euphorisch war.
Finn packte ihn am Arm. »Checkst du es denn nicht, Alter? Da ist etwas, das sie beenden muss. Ich glaube, es gibt noch einen anderen. Und das muss wohl eine ziemlich fiese Sache sein.«
»Ach ja? Hat sie das gesagt?«
»Nee.« Er dämpfte seine Stimme noch weiter, bis sie nur noch ein Flüstern war. »Ich hab an ihrem Geburtstag eine zerrissene Grußkarte in ihrem Abfall gefunden. Eine Art Hassbrief.«

Leon wusste nicht, was er schräger fand: dass Finn und Vanessa vielleicht bald ein Paar waren, dass sie Hassbriefe bekam oder dass Finn ihren Müll durchwühlte.
»Das heißt, du weißt überhaupt nicht, was Vanessa dir sagen will?«
»Nee, aber … das ist wohl offensichtlich, oder?«
Leon zuckte nur mit den Schultern. Natürlich hoffte ein Teil von ihm, dass Finn kriegte, was er wollte. Einem anderen Teil jedoch widerstrebte die Vorstellung von Finn und Vanessa als Paar. Deshalb ließ er sich auch gar nicht darauf ein, sondern sagte nur: »Kann ich diese Karte mal sehen?«

IN EINER MISCHUNG AUS gespannter Vorfreude und Angst blickte Lissy dem Treffen der Theater-AG entgegen. Sie hätte *Bad_Teacher* zu gerne gefragt, was er mit der Frage gemeint hatte, ob dort, wo *L_Bitch* draufstehe, auch *L-Bitch* drin sei. Leider gab er ihr keine Gelegenheit dazu, denn sie hatte ihn seitdem nicht mehr auf *Finding Friends* angetroffen, und sie konnte wohl schlecht Steffen-Wegmann-den-Lehrer danach fragen. Sie verstand ihn so, dass er sehen wollte, ob sie wirklich eine Bitch sein konnte. Was zeichnete eine Bitch eigentlich aus? Sie war böse, hinterhältig, gemein. Wollte er das sehen? Wie sollte sie es ihm zeigen? Ich könnte deine Frau anrufen und ihr sagen, dass du im Internet anonym eine Schülerin anmachst, dachte sie. Wäre das bitchy genug? Nein, so eine Bitch war sie nicht. Vielleicht war für ihn eine Bitch auch bloß eine, die sich was traute und sich nicht darum scherte, was der Rest der Welt von ihr hielt. Okay, dachte sie, schwer genug, aber das krieg ich hin.
Als der große Tag da war und sie sich für den Abend in Schale

warf, stibitzte sie eine Flasche Prosecco aus dem Alkoholvorrat ihrer Eltern, um sich mit ein, zwei Gläsern Mut anzutrinken. Ich bin keine Bitch, dachte sie bedrückt, während sie die ersten Schlucke nahm, sondern eine erbärmliche Pussy. Der Prosecco zeigte rasch Wirkung, und sie schlüpfte in das gewagte Outfit, das sie zusammen mit Vanessa für ihre Rolle in dem Stück ausgesucht hatte. Wennschon, dennschon, dachte sie, und: Wer wagt, gewinnt. Trotzdem nahm sie lieber noch einen Schluck Prosecco.

»Ist der Rock beim Waschen eingelaufen?«, fragte ihr kleiner Bruder, als er sie beim Schminken im Bad stehen sah, und hielt sich kichernd die Hand vor den Mund.

»Das muss so sein«, antwortete Lissy und zupfte an ihrem Rocksaum.

»Wenn du dich bückst, sieht man bestimmt deine Unterhose.«

»Stimmt, und deshalb hab ich auch keine angezogen.«

Lissy erschrak. Hatte sie das wirklich zu ihrem kleinen Bruder gesagt?

»Iiiiih!!!«, schrie der und rannte weg.

Von draußen ertönte die Hupe von Vanessas Toyota. Lissy rannte, so schnell sie konnte, die Treppe hinunter, damit niemand sie genauer ansehen oder gar ansprechen konnte. »Bin weg!«, rief sie noch und schlug die Haustür hinter sich zu.

»Hast du was getrunken?«, fragte Vanessa, als Lissy einstieg.

»Nur ein Glas Prosecco. Oder zwei. Na gut, drei. Sonst hätte ich mich nie getraut, so aus dem Haus zu gehen.«

Vanessa ließ den Blick über sie wandern. »Versteh ich total. Aber nimm ein Pfefferminz. Im Handschuhfach.«

Lissy versuchte, tief durchzuatmen. Doch sie konnte nicht, und

das lag nicht an dem Push-up-BH, der sie einschnürte. Sie hatte Angst.
»Du siehst übrigens heiß aus«, sagte Vanessa. »Wenn er heute nicht anbeißt, ist er eindeutig schwul.«

SIE WAREN DEUTLICH ZU FRÜH im *Roxy*, doch das war Teil des Plans. Da Steffen Wegmann so was wie der Gastgeber war, musste er ein bisschen früher da sein als der Rest, und wenn sie die Ersten waren, waren die Plätze neben ihm noch frei. Dieser Teil des Plans ging schon mal auf. Er saß noch ganz alleine an drei zusammengeschobenen Tischen in der Ecke und tippte auf dem Handy herum. Wie immer trug er eine Jeans, ein ungebügeltes weißes Hemd und sein etwas abgewetztes Sakko. Lissys Herz sackte eine Etage tiefer.
»Ich schaff das nicht«, flüsterte sie. »Lass uns gehen.«
»Ach was. Jetzt krieg dich ein! Hallo, Herr Wegmann!«
Er schaute auf, und die Überraschung war ihm ins Gesicht geschrieben. Lissy spürte, wie sie feuerrot wurde. Sie hatte sich tausendmal überlegt, was sie zu ihm sagen würde, hatte ihren Auftritt vor dem Spiegel geprobt, und jetzt, als es drauf ankam – war alles weg. In ihrem Kopf war nur ein riesengroßes schwarzes Loch.
»Kleiner Imagewechsel?«, fragte Steffen Wegmann. »Steht dir.«
Lissy räusperte sich und lächelte verlegen. »Ich schlüpfe nur in meine Rolle. Ich bin *L_Bitch*.«
Als er fragte: »Wer?«, merkte sie, dass sie sich verplappert hatte. Er jedoch gab sich keine Blöße.
Vanessa drängte Lissy auf den Platz neben Steffen. Lissy saß da und wusste nicht, was sie mit ihm reden sollte. Wo waren all die

schönen Themen hin, die sie sich ausgedacht hatte? Die paar, die ihr einfielen, kamen ihr so dumm vor, dass sie lieber den Mund hielt. Hatte sie ihm wirklich nichts zu sagen, außer Sachen, die sie auf keinen Fall sagen durfte?

Bevor die Stille peinlich wurde, trafen zum Glück die nächsten Schüler ein. Der Tisch füllte sich nun rasch. Lissy war erleichtert, dass Steffens Aufmerksamkeit nicht mehr nur auf ihr lag. Dafür sahen einige der anderen – vor allem der Jungs – sie mit großen Augen an. Vanessa stach ihr verdeckt den Zeigefinger in die Rippen und lächelte. Das sollte wohl heißen, dass der Abend in ihren Augen gut lief. Wie kam sie denn darauf? Lissy nahm die Papierserviette, um möglichst unauffällig ihre feuchten Hände zu trocknen.

Die Bedienung flog heran und verteilte Speisekarten. Die Auswahl war im *Roxy* nicht üppig, es gab eigentlich nur Snacks, einfache Salate und ein paar Sorten Pizza. Lissy bestellte eine mit Schinken und Pilzen, dazu ein Glas Rotwein.

»Na, na, na«, sagte Steffen mit erhobenem Zeigefinger, als sie ihr Getränk bekam. »Ich tu mal so, als hätte ich es nicht bemerkt.« Er lächelte und zwinkerte dabei.

»Ich bin fast siebzehn und kein Kind mehr«, erwiderte Lissy. Das war ein Zitat aus dem Stück.

»Du hast deine Rolle anscheinend schon voll verinnerlicht«, meinte er. »Identifiziere dich aber nicht zu sehr.« Wieder dieses hintergründige Lächeln.

Als er mit ihr anstieß, schaute er ihr tief in die Augen. Es ging ihr durch und durch.

»Bitch«, flüsterte Vanessa ihr anerkennend zu, »du flirtest ja wie ein Weltmeister.«

Lissy machte ein unschuldiges Gesicht, das sagte: Wer? Ich? Gleichzeitig rief etwas in ihr: Ja!!! Ich!!!

JE LÄNGER DER ABEND DAUERTE, desto gelöster war die Stimmung. Irgendwann stand Steffen auf und verschwand bei den Toiletten. Vanessa zwickte Lissy in die Seite, doch das war überflüssig, denn sie stand von sich aus auf und ging ihm nach. Sie kam sich vor wie ein Zug, der auf einem Gleis bergab rollte. Den musste man auch nicht mehr anschieben. Erst als sie allein in der Toilette stand und sich im Spiegel betrachtete, merkte sie, wie heftig ihr Herz schlug. Sie sah kein Mädchen mehr vor sich, sondern eine Frau. Eine begehrenswerte Frau. Wann hatte sie sich je so stark gefühlt? So unschlagbar? Sie machte einen Kussmund und dachte: Geil siehst du aus. Wenn ich ein Typ wäre, würde ich es mit dir machen. Sie lachte. Sie mochte diese Bitch im Spiegel. Auch wenn sie nur so mutig war, weil sie ein oder zwei Gläser zu viel getrunken hatte.

Da hörte sie auf dem Gang eine Tür knarren. Sie fuhr herum. Die Tür zum Damenklo stand halb offen, sodass sie vom Waschbecken aus sehen konnte, wie Steffen vorbeiging. Mist!, dachte sie. Verpasst! Sie wollte schon auf den Flur rennen. Hielt inne. Wie sähe das wohl aus, wenn sie ihm nachliefe? Nein. Chance vertan.

Sie kehrte in den Gastraum zurück. Steffen saß nicht am Tisch, er stand am Tresen. Allein.

Zweite Chance?

Zweite Chance!

Jetzt durfte sie es nicht mehr vergeigen. Sie atmete tief ein und trat zu ihm. Drückte den Rücken ein wenig durch. Da! Sie hatte

es genau gesehen! Kurz war sein Blick über ihren Busen gehuscht.
»Ich finde, das Treffen war eine super Idee von Ihnen«, sagte sie. »Und wie Sie die AG leiten, finde ich auch toll.«
»So«, sagte er nur.
Sein Blick ging hinüber zu den anderen am Tisch. Zu jemand Bestimmtem? Oder wollte er nur checken, ob jemand bemerkte, dass er hier mit ihr stand?
Wovor haben Sie Angst?, hätte sie ihn am liebsten gefragt und ihre Hand auf seine gelegt. Ich beiße nicht. Außer, du willst es.
Als von ihr nichts kam, meinte er: »Ihr seid auch eine tolle Gruppe. Es macht Spaß, mit euch zu arbeiten.«
Er schaute wieder hinüber zum Tisch. Diesmal folgte Lissy seinem Blick. Vanessa schaute zu ihnen beiden herüber. Irgendwas war seltsam an der Art, wie sie das tat.
»Ich finde, Sie sind so ein toller Lehrer«, sagte Lissy und strahlte ihn an. »Überhaupt finde ich Sie …«
Er hatte sich zur anderen Seite gewandt, denn die Bedienung kam endlich zu ihm, und er besprach nun mit ihr irgendwas wegen der Rechnung.
»Ich geh dann mal wieder zu den anderen«, sagte Lissy. Ihr Herz brannte. Sie hatte zu viel getrunken und musste aufpassen, was sie sagte und tat.
»Alles gut?«, fragte Vanessa, als Lissy sich gesetzt hatte.
»Klar. Läuft super.«

UM KURZ NACH ZEHN brachte Vanessa Lissy nach Hause. Als sie sie vom Auto weggehen sah, musste sie lachen. Und sie war bereits an der großen Kreuzung, da lachte sie immer noch. Dieses unscheinbare Entenküken glaubte ernsthaft, es genüge, sich ein Schwanenkostüm überzustreifen, um ein Schwan zu werden. Ich hab Neuigkeiten für dich, albernes Huhn, dachte sie. Man muss ein Outfit auch tragen können, um darin gut auszusehen. Und noch ein Tipp: Mit so einem kurzen Rock besser nicht zu tief bücken. Du gehst in die Hocke, wenn dir was runtergefallen ist. Alles klar?

Was für ein Spaß! Die dumme Bitch hatte sich den ganzen Abend nur lächerlich gemacht in diesen sexy Klamotten. Und wie sie sich an ihren geliebten Lehrer rangeschmissen hatte – ein Fest der Peinlichkeit! Vanessa hatte jede Einzelheit genossen, am meisten aber Steffens hilflosen Blick, wenn Lissy ihm mal wieder zu sehr auf die Pelle gerückt war. War es zu fassen: Ein paarmal hatte sie ihn sogar am Arm berührt! Sie hätte keinen Wein mehr trinken sollen, nachdem sie sich zu Hause schon mit Prosecco abgefüllt hatte. Wahrscheinlich lag sie gleich im Bett, umarmte sich selbst und dachte überglücklich und voller Stolz, das wäre ihr großer Abend gewesen. Ihr Durchbruch. Dabei war es ein einziges monströses Desaster.

Ihr Handy meldete eine SMS. Die Telefonnummer des Absenders war unterdrückt. Sie öffnete die Nachricht und las sie. Lächelte in sich hinein. Nicht so eilig, Herr Lehrer, dachte sie und legte das Handy weg. Dieses Stück inszeniere ich, und du wirst deinen Auftritt noch früh genug haben.

Zehn

WIE EINE SPINNE, die ein Netz baut und dafür einen feinen Faden an den anderen knüpft, beobachtete Vanessa das Wachsen all der Verbindungen, die erst aus ihrem Blickwinkel ein Muster ergaben. Vieles musste sie nur anstoßen. Zum Beispiel die Sache mit Finn. Woche für Woche wartete er geduldig auf diesen besonderen Anruf von ihr, von dem er sich nicht weniger als das Glück seines Lebens versprach. Je länger sie ihn warten ließ, desto dankbarer würde er alles aufnehmen, was sie ihn glauben lassen wollte. Er würde seinen Gefühlen vertrauen (und damit ihr), weil Gefühle immer ehrlich sind und recht haben. Dabei war sie es, die ihm diese Gefühle schenkte und ihn damit am Gängelband führte wie ein Hündchen. Dass sie es bei ihm so leicht hatte, lag nicht daran, dass er so jung und unerfahren mit Mädchen war. Steffen Wegmann, immerhin ein erwachsener Mann mit Familie, für den sehr viel mehr auf dem Spiel stand als nur ein gebrochenes Herz, machte ihr kein bisschen mehr Mühe. Je weniger sie ihm gab, was er wollte, desto dringender musste er es haben. Es würde für sie ein Leichtes sein, ihn später zu der Dummheit zu verführen, die er begehen musste, um seine Rolle in ihrem Plan zu erfüllen.

Natürlich war es ein Glück gewesen, dass sie mit Konni einen willigen Helfer gefunden hatte, der all das Wissen besaß, das sie ohne ihn erst mühsam hätte zusammentragen müssen. Sie hätte es sicher allein geschafft (das hatte sie immer), doch vieles wäre dadurch langwieriger und komplizierter geworden. Konni war ein aufmerksamer Beobachter, ein eifriger Sammler, der das Sammeln aus purer Leidenschaft betrieb. So viel wie möglich, am besten alles über andere zu wissen, ihre intimsten Geheimnisse zu kennen, gab ihm ein Gefühl von Macht, auch wenn er nicht vorhatte, jemals einen Vorteil daraus zu ziehen. Vielleicht bereitete ihm gerade das den größten Genuss: zu wissen, dass er jemandem jederzeit wehtun, ihn vielleicht sogar vernichten konnte. Nur manchmal machte er von seinem Wissen Gebrauch, so wie bei Lissy, indem er sich als *Bad_Teacher* ausgab. Ging es hier um Rache, oder war es nur ein böses Spiel? Vanessa hatte das Gefühl, dass die beiden irgendetwas verband. Dass Konni in dieses harmlose Ding verliebt war, glaubte sie nicht, aber es gab wohl etwas in ihrer gemeinsamen Geschichte, das bei ihm hängen geblieben war. Konni war auf seine Art ein äußerst feinfühliger, verletzlicher Mensch, und er vergaß nichts.

Manchmal fragte Vanessa sich, ob er vielleicht, genau wie sie, auch ein Netz baute, nur ein sehr viel größeres; eines, das die ganze Schule umschloss. Oder sogar noch viel mehr. Konnte es sein, dass sie ihrerseits nur eine Funktion in einem Plan erfüllte, den er verfolgte? Diese Vorstellung missfiel ihr. Deshalb beschloss sie, lieber nicht in diese Richtung weiterzudenken. Besser, sie konzentrierte sich auf ihr Projekt. Eine Sache schwelte dennoch weiter in ihr und bereitete ihr von Zeit zu Zeit leises Unbehagen: Konni hatte noch immer nicht gesagt, was der Preis für seine Hilfe war.

AN EINEM VERREGNETEN SONNTAG Anfang Mai meldete sich Vanessa bei Finn, um an diesem Faden in ihrem Geflecht weiterzuspinnen. Bis dahin hatte sie ihn mit verschwiegenen kleinen Botschaften und Geschichten angefüttert. Sachen aus ihrer Vergangenheit, die ihm das Gefühl geben sollten, dass er etwas Besonderes für sie war und dass sich die Beziehung zwischen ihnen entwickelte. Das meiste war erfunden, anderes eine Mischung aus Lüge und Wahrheit. »Ich erzähl das nur dir«, schärfte sie ihm stets ein, »also behalt es für dich.« Finn begann, ihr ebenfalls persönliche Dinge anzuvertrauen. Manches fand sie ein wenig peinlich. Anderes süß. Und es war bestimmt alles wahr.

Als Vanessa Finn anrief, saß er gerade mit Lissy im *Dolce Vita* bei einem Eisbecher. Sie waren im Kino gewesen, eine romantische Komödie, die Lissy unbedingt hatte sehen wollen, die sie aber nicht vom Hocker riss, und ihn sowieso nicht. Lissy war gerade Richtung Toilette verschwunden, da klingelte Finns Handy.

»Wir sollten endlich reden«, sagte Vanessa in sein Ohr. »Wann hast du Zeit?«

Finn verschwieg ihr, dass er gerade mit Lissy unterwegs war. Er wollte Vanessa sofort sehen. Endlich alles erfahren und klären. Damit es beginnen konnte: dieses Er-und-sie-Ding, das sich die ganze Zeit schon anbahnte.

»Wo soll ich hinkommen?«, fragte er.

Als Lissy wieder da war, log er ihr ins Gesicht und wurde nicht einmal rot dabei. »Meine Mutter hat gerade angerufen. Ihr Laptop ist abgeschmiert und mein Vater weg und nicht zu erreichen. Sie ist total panisch, weil alle ihre wichtigen Dokumente drauf sind. Tja, das kommt davon, wenn man kein Back-up macht. Ist es okay, wenn ich verschwinde?«

Lissy war nicht begeistert, aber sie verstand die Notlage. »Ich mach's wieder gut«, versprach er und küsste sie zum Abschied auf die Wange.

Dem heftigen Regen trotzend, schwang er sich aufs Bike, zog die Kapuze tief ins Gesicht und trat in die Pedale, dass das Pfützenwasser nur so spritzte. Vanessa wollte ihn im *Café im Turm* treffen. Ein Oma-Café, in das sich garantiert außer ihnen kein Jugendlicher verirrte. Das Risiko, dort jemand Bekanntem zu begegnen, war gleich null. So ganz verstand er nicht, was diese Geheimnistuerei sollte. Sie würde es ihm schon erklären. Kurz bevor er da war, spürte er, wie das Handy in seiner Hosentasche vibrierte. Vanessa? Um abzusagen? Er sah nicht nach, er war sowieso gleich da.

Der Turm im Namen des Cafés war ein alter Wachturm in der Stadtmauer, die es seit Ewigkeiten nicht mehr gab. Finn sah schon von Weitem den Toyota von Vanessas Mutter. Sie saß also bereits oben. Er atmete auf. Keine Absage. Nachdem er sein Rad abgestellt hatte, schaute er nach, wer angerufen hatte. Leon. Was wollte der? Egal, keine Zeit. Und keine weiteren Störungen. Er schaltete das Handy ab.

Na super, dachte er, als er seinem durchsichtigen Spiegelbild im Glas der Eingangstür gegenübertrat. Seine Hose war bis zu den Knien durchnässt, an der Regenjacke liefen Bäche herab, ein Teil der Haare war von der Kapuze zerdrückt, ein anderer klebte an seiner Stirn. Er fuhr mit den Fingern hindurch. Das machte es auch nicht viel besser. Ich komm zu unserem ersten echten Date und seh aus wie der größte Depp, dachte er.

Das war nicht mehr wichtig, als er Vanessa erblickte. Ihr verhaltenes Lächeln, mit dem sie ihn empfing. Er wusste nicht, was sie ihm sagen und wo das alles hinführen würde. Gar nichts mehr wusste er, nur, dass sie einfach wunderbar war.

»Geile Location«, sagte er und hängte die tropfende Regenjacke über die Stuhllehne. »Hier könnte ich alt werden.«

Sie bestellten beide bei einer dicklichen Bedienung Cola, »falls Sie so was Modernes haben«, fügte Finn hinzu.

Während sie auf die Getränke warteten, redeten sie über Belangloses, dann wurden sie still, bis Vanessa sich dafür entschuldigte, dass sie ihn mit dem Treffen so lange hingehalten hatte. »Es ist nur so schwer … über manche Dinge zu reden«, sagte sie. Sie schniefte, und Finn fragte sich, ob sie gleich weinen würde. Doch sie weinte nicht, sondern fuhr fort: »Ich weiß, alle halten mich für selbstbewusst und tough. Aber das bin ich nicht. Das ist gespielt.«

»Und was sind das für Dinge, über die du so schwer reden kannst?«, fragte er.

Sie erzählte nun von einem Typen, mit dem sie zusammen gewesen war, der sie misshandelt hatte. Emotional misshandelt. Was genau das bedeutete, behielt sie für sich. Als sie sich von ihm lösen wollte, stellte er ihr nach. Ein Nein bedeutete für ihn nichts. Er stieß Todesdrohungen aus. »Erst töte ich dich, dann mich, hat er gesagt.« Während sie erzählte, musste Finn an die Geburtstagskarte denken. Ob sie von ihm stammte?

»Ein Stalker«, sagte Finn mitfühlend, als sie in Schweigen verfiel. »Ich hab mir schon so was gedacht.«

»Wieso?«

Sollte er erwähnen, dass er die Karte gefunden hatte? Besser nicht.

»Keine Ahnung. Intuition.«

Sie ließ eine Träne aus dem Augenwinkel kullern. Kramte ein Taschentuch aus ihrer Hosentasche und putzte sich die Nase. Sie wirkte so schwach. So zerbrechlich. Das also ist die echte Vanessa, dachte er. Er war froh darüber, sie auch einmal von einer anderen Seite kennenzulernen. Froh und erleichtert, dass sie in dieser Verfassung nicht mehr ganz so einschüchternd auf ihn wirkte. Er konnte für sie da sein. Ihr helfen. Er war gut für sie. Sie wusste das. Sonst wäre er nicht hier bei ihr.

»Diese Erfahrung hat mich extrem vorsichtig werden lassen«, fuhr sie fort. »Also, was Jungs angeht. Es fällt mir schwer, jemanden an mich ranzulassen.«

»Kann ich total verstehen«, sagte Finn. Fast hätte er seine Hand auf ihre gelegt, ließ es aber sein.

»Vor allem jemanden, für den ich mehr empfinde als nur …«

Sie vollendete den Satz nicht.

Doch kein Wort hätte ihn tiefer bewegen können als dieses Schweigen.

»Ich bin für dich da«, sagte er mit belegter Stimme, »immer.«

Sie schlug die Augen weit auf, sah ihn an. »Ja, aber … Es kann dauern, bis ich so weit bin … bis ich mich wieder öffnen kann …«

Nun fasste er doch nach ihr, nach beiden Händen, und sie entzog sie ihm nicht, zuckte nicht einmal, nein, sie schmiegte ihre Hände in seine, und das machte ihn glücklich, denn es schien, als finde sie bei ihm Halt.

»Egal, wie lange es dauert, ich bin für dich da«, bekräftigte er.

Zwei Tränen. Kullerten aus ihren Augen. Über ihre Wangen. Tropften auf den Tisch.

Wie gerne hätte er diese und alle Tränen von ihren Wangen geküsst. Heute und für immer.

Vanessa blickte auf. »Ich will hier weg«, sagte sie.

»Und wohin?«
»Irgendwohin, wo wir allein sind.«

DERSELBE REGEN, der Finn auf seinem Weg zu Vanessa durchnässt hatte, trommelte ein paar Kilometer entfernt gegen Leons Fenster. Aus purer Langeweile hatte er versucht, Finn zu erreichen, aber nur die Mailbox erwischt. Zu Hause war er auch nicht. Was war da los? Er rief Lissy an. Vielleicht wusste die ja, wo er sich rumtrieb. »Bis eben waren wir im *Dolce Vita*«, sagte sie, »aber dann musste er weg. Heim zu Mama, angeblich weil ihr Laptop abgeschmiert ist. Wer's glaubt.«
»Und wo, meinst du, steckt er?«
»Wo wohl?«
Leon war klar, was sie meinte: Vanessa.
Das traf ihn zwar nicht wie die berühmte Faust in den Magen, aber doch wie ein Klaps auf den Hinterkopf. Er drehte sich erst mal einen Joint, um das für sich zu sortieren.
Nachdem Finn ihm, strahlend vor seliger Erwartung, erzählt hatte, dass er mit Vanessa praktisch auf die Zielgerade eingebogen war, hatte Leon die beiden bei allen Treffen und Unternehmungen der *Boys and Bitches* heimlich beobachtet. War schon die Morgenröte des aufziehenden Glücks am Horizont zu erkennen? Finn umschwirrte Vanessa mit Blicken, Komplimenten und Aufmerksamkeiten wie ein emsiges Bienchen die Blume, Vanessa ließ es sich gefallen, lächelte still in sich hinein, und das war's. Er hatte keine Sekunde lang geglaubt, dass Vanessa Finn jemals geben würde, was der sich erhoffte.
Jetzt sah es so aus, als habe er die Sache unterschätzt. Wie würde er es ertragen, seinen besten Freund mit dem Mädchen zu sehen, das

auch ihn auf eine unerklärliche Weise fesselte, in einer Mischung aus Zuneigung und Ablehnung? Und bei dem er das Gefühl nicht loswurde, dass er selbst von ihr genauso im Auge behalten wurde wie sie von ihm? Wusste Finn wirklich, worauf er sich einließ? Natürlich nicht. Wie hätte er? Niemand wusste das bei ihr.

Finn hatte ihm die böse Geburtstagskarte gezeigt, die er aus Vanessas Müll gefischt hatte, sogar mit Umschlag. Man wusste natürlich nie, wie so etwas gemeint war, da hatte Finn ganz recht, aber er würde sich bestimmt nicht wohlfühlen, wenn er so was bekäme. Vanessa jedoch wirkte kein bisschen beunruhigt oder gar eingeschüchtert. Also bedeutete es vermutlich nichts. Trotzdem hatte Leon sich die Nummer des Briefzentrums auf dem Poststempel gemerkt und später gegoogelt. Ihr früherer Wohnort musste irgendwo auf halbem Weg zwischen Frankfurt und Stuttgart liegen. Er hatte als Nächstes die Homepages sämtlicher Gymnasien in der Gegend abgeklappert. Im Hermann-Hesse-Gymnasium Kirchberg war er auf ein Foto der Theater-AG gestoßen, und auch wenn darunter keine Namen genannt wurden, hatte er Vanessa sofort erkannt. Außerdem gab es mehrere Aufnahmen von einer Sammelaktion ihrer Klasse für ein Flüchtlingsprojekt, auf denen sie zu sehen war, eines davon war ein Gruppenbild der ganzen Klasse.

Ein paar Tage danach hatte er Rico davon erzählt, und der wollte der Sache sofort auf den Grund gehen und am besten gleich hinfahren. Er und Leon als Ermittlerteam. »Hey«, meinte er, »man könnte eine Fernsehserie über uns machen. Ein Typ im Rollstuhl und ein Kiffer – das gab's noch nie! Titel: *Clever and Fart.*«

»Du meinst, smart«, verbesserte Leon.

»Nee, ich mein *fart.*« Er furzte ausgiebig. »Und jetzt weißt du auch, warum.« Er schüttete sich aus vor Lachen, so als wäre das der beste Gag aller Zeiten.

»Sehr verlockend«, erwiderte Leon trocken, »aber nein, danke.«

Nachdem Rico sich wieder eingekriegt hatte, sagte er: »Solltest du es dir anders überlegen, Alter, sag Bescheid. Ich könnte uns ein Auto mit Fahrer organisieren. Ich hab da eine Versicherung oder so, die zahlt so was. Ausflüge für mein seelisches Wohl. Begleitperson inklusive.«

Während er den ersten Zug von seinem Joint nahm, entschied Leon, dass er Vanessa nicht hinterherschnüffeln würde. Sie bestimmte seine Gedanken schon viel zu sehr. So durfte es nicht weitergehen. Nach dem Spring Break musste sie verschwinden. Oder er war weg.

DER REGEN FIEL NOCH DICHTER. Die Scheibenwischer schrubbten hörbar über die Windschutzscheibe. Immer wieder fuhr Vanessa durch tiefe Pfützen, dann spritzte das Wasser meterhoch neben dem Auto auf. Sie hatte nicht verraten, wo sie hinfuhren. »Eine Überraschung«, hatte sie gesagt, »du wirst es mögen.«

Ich mag alles, wo du bist, hatte er gedacht.

»Wie ist die Sache mit dem Stalker eigentlich ausgegangen?«, fragte er nach einer Weile.

»Mein Vater hat mit seinen Eltern geredet. Sie haben immer behauptet, dass alles meine Schuld ist. Mein Vater hat ihnen mit der Polizei gedroht, wenn noch mal etwas vorfällt.«

»Ihr wart gar nicht bei der Polizei?«

»Ich dachte, wenn er vorbestraft ist, ist seine Zukunft verbaut. Das wollte ich nicht.«

Obwohl der Typ sie gequält hat, schützt sie ihn, dachte Finn. Oder liebte sie ihn etwa noch?
Vanessa bog in einen Feldweg ein, der zu einer Baumgruppe führte, ein Stück dahinter stand schwarz der Wald. Wie Finn im Näherkommen bemerkte, befand sich bei der Baumgruppe ein kleiner Weiher, am Ufer stand eine einfache Holzhütte mit einem verwilderten Gemüsegarten außen herum. Eine Art Datsche.
»Was wollen wir hier?«, fragte er.
»Wir machen es uns gemütlich.«
Vanessa parkte den Wagen so hinter der Hütte, dass er nicht zu sehen war.
»Nachdem ich den Führerschein gekriegt hab, bin ich viel rumgefahren«, erklärte sie. »Da hab ich diesen Platz entdeckt. Ich war schon öfter hier und hab stundenlang am Ufer gesessen. Es kam nie jemand.«
»Cool«, sagte Finn.
Sie stiegen über ein Fenster ein, das nur zugezogen war. Die Ausstattung war einfach. Eine Küche mit Gasherd und Esstisch, wo man gemütlich sitzen konnte, ein weiteres Zimmer mit Bett und Schrank. Das Bett war mit rot-weiß karierter Bettwäsche bezogen. An der Wand tickte eine Uhr.
Vanessa fand in einem der Schränke einen Weinvorrat. Sie nahm eine Flasche. Weingläser waren keine da, nur normale, aber das machte nichts. In einer Schublade mit Besteck lag ein Korkenzieher. Finn öffnete die Flasche und goss ein. Die dickwandigen Gläser klangen dumpf aneinander. Sie schauten sich in die Augen, dann tranken sie. Der Wein schmeckte viel zu herb, Finn verzog das Gesicht. Er war eigentlich kein Weintrinker. Vanessa lachte und nahm einen zweiten, großen Schluck.

»Ich hör so gerne das Prasseln des Regens«, sagte Vanessa.
Ja, Finn mochte dieses heimelige Geräusch auch. Schweigend lauschten sie auf das Trommeln, das überall zu sein schien. Finn nahm kurz Vanessas Hand, sie drückte die seine, löste die Verbindung dann jedoch wieder. Er verstand. Ohne enttäuscht oder gar verletzt zu sein. Es war okay. Das hier war nur ein vorsichtiger Anfang. Er hatte Zeit.
Auf Vanessas erstes Glas Wein folgte ein zweites. Er trank nur in kleinen Schlucken, sie dagegen schnell und in großen Zügen. Vielleicht, weil die Nähe zu ihm sie nervös machte? Weil widerstreitende Gefühle, Wünsche und Ängste in ihrem Innern sie beunruhigten? Die Vorstellung gefiel ihm. Als sie nach dem zweiten Glas aufstand, wankte sie unübersehbar. Finn sprang ihr bei, um sie zu stützen, doch sie wies ihn ab. »Halb so wild.« Sie schnaufte erschöpft. »Ist dir auch so heiß?«, fragte sie dann. Sie zog ihren Pulli aus. Und auch gleich das Shirt, das sie darunter anhatte. Alles, was sie jetzt noch trug, war ihr BH. War das eine versteckte Aufforderung an ihn? Ein Angebot? Nein, sie schien sich überhaupt nicht bewusst zu sein, dass sie halb nackt vor ihm stand.
»Was dagegen, wenn ich mich kurz hinlege?«, fragte sie. »Mir ist irgendwie … schwummrig.«
»Klar. Ruh dich aus.«
Er wollte ihr helfen, sie stützen, doch sie wies ihn erneut ab. Sicherheitshalber folgte er ihr mit zwei Schritten Abstand. Bevor sie sich hinlegte, trat sie dicht vor ihn, nahm sein Kinn und sagte: »Weißt du eigentlich, wie wunderbar du bist, Finn? Jemanden wie dich muss ein Mädchen lieben, oder?« Dann küsste sie ihn auf den Mund. Es war mehr ein Schmatz als ein leidenschaftlicher Kuss, aber genug, um Finn glücklich zu machen.

Sie legte sich hin. Er ließ die Tür auf, falls sie etwas brauchte. So hörte er in der Küche, wie sie sich im Bett wälzte. Stöhnte. Das Knarzen von Holz und das Rascheln des Federbetts. Nach kaum einer Minute wurde es still. Nur ihr Atem, der gleichmäßig floss, und das Prasseln des Regens.

Sein Blick wanderte zum Fenster. Die Welt dahinter war zu einem einzigen verwaschenen Grau verschmolzen. Es gab nichts mehr außer ihm hier in dieser kleinen Küche und Vanessa nebenan in einem fremden Bett. Sein Blick fiel auf den Pullover, der schräg über der Lehne des Stuhls hing, auf dem sie vorhin noch gesessen hatte. Wanderte zu dem Shirt, das auf dem Boden lag. Er hob es auf. Es roch nach Deo und Schweiß. Er sog den Geruch ein. Dann hängte er es über den Pulli.

Verräterisch knarzte der Holzboden unter seinen Füßen, als er in die offene Tür zum Schlafzimmer ging. Dort versteinerte er schlagartig. Vanessa lag auf dem Rücken. Ein Arm hing aus dem Bett. Ihr Oberkörper war frei. Ihr BH lag auf dem Boden. Wann hatte sie ihn ausgezogen? Der Anblick ihres nackten Busens wirkte wie ein Bann auf ihn.

Er wusste später selbst nicht mehr, wieso er sein Handy aus der Hosentasche genommen und angefangen hatte, sie in dieser Position zu filmen. Obwohl sie sich nicht bewegte, wäre ein Foto zu wenig gewesen. Er brauchte alles: sie und das Trommeln des Regens, das kaum hörbare Knarzen der Dielen unter seinen Schritten. Er ließ das Kameraauge über sie gleiten, beginnend an ihrer ausgestreckten Hand, dann ihren Arm hinauf, über ihr im Strahlenkranz ihres Haares liegendes Gesicht mit dem kleinen punktförmigen Muttermal über dem Mundwinkel; weiter über ihren Hals hinab auf die Brust, wo er, auf der linken, ein weiteres Muttermal entdeckte, nur wenig größer als das im Gesicht. Er musste all das aufbewahren. Und die Bewegung, die das Kameraauge über ihren Körper machte, war wie ein Streicheln, eine Zärtlichkeit, die er ihr erwies. Doch irgendwann genügte auch das nicht mehr, er streckte die Hand nach ihr aus. Er fühlte sich nicht schuldig dabei. Nicht während er die Aufnahme machte. Erst später wurde ihm bewusst, was er getan hatte. Ein Teil von ihm bereute es.

AUF DER RÜCKFAHRT WAR ES TOTENSTILL im Auto. Vanessa spürte, dass Finn sich schämte. Machte es das besser? Sein Übergriff war unverzeihlich. Obwohl er nur in die Falle gegangen war, die sie ihm aufgebaut hatte. Sie hatte gewusst, wie sie den kleinen Spanner kriegte, und dass es schon beim ersten Versuch geklappt hatte, zeigte, wie gut sie ihn inzwischen kannte und beherrschte. Dennoch fühlte sie sich beschmutzt. Stillzuhalten und seine Berührung zu erdulden, hatte sie einige Überwindung gekostet. Sie hatte sich gewünscht, nur halb so betrunken zu sein, wie sie es ihm vorgespielt hatte. Das Wissen, welchen Preis er am Ende dafür bezahlen würde, half ihr über die Demütigung hinweg.
Sie hielt vor dem *Café am Turm* an.
»Es war echt schön«, sagte er zum Abschied.
»Fand ich auch. Und sorry, dass ich so weggetreten bin. Normalerweise vertrage ich Wein ganz gut.«
»Kein Problem. Ich muss mich entschuldigen.«
»Wofür?«
Er zögerte, anscheinend überrascht von der Rückfrage, sagte dann: »Ich hätte nicht zulassen dürfen, dass du trinkst. Schon wegen dem Auto.«
Normalerweise verabschiedeten sie sich mit Wangenküsschen.

Doch Vanessa blieb regungslos. Sie konnte jetzt keine noch größere Nähe zu ihm ertragen.

»Mach's gut.«

»Du auch.«

Er stieg aus.

Sie fuhr weiter, nahm nach einer Weile ihr Handy und rief Konni an.

»Hast du's?«, fragte sie nur, als er sich meldete.

»Hab's mir gerade geholt«, antwortete er. »Nett.«

Sie legte auf.

Elf

AUF DEN REGEN folgte weiterer Regen, dann kam kühler Wind, danach endlich ein Lichtblick mit etwas Sonne, danach wieder Regen. Und schließlich, es war schon Anfang Juni, kam der Sommer. Als er da war, brach die Kältestarre endgültig auf. Die Leute waren freundlich und lachten, die Türen der Geschäfte blieben offen, Cabrios machten das Verdeck auf. Doch wie ungerecht: Genau jetzt, als alles wieder in Bewegung kam, standen für die Schüler die meisten Klausuren, Tests und mündlichen Abfragen an. Endspurt vor dem Notenschluss. Die letzte Chance, Versäumtes aufzuholen, Lücken zu schließen und schlechte Leistungen auszubügeln.

Elif büffelte Tag und Nacht. Ohne es mitzukriegen, riss sie sich dabei Haare aus. Sie bemerkte es immer erst dann, wenn sie die Bücher zuschlug und die Haare wie feine Lesezeichen zwischen den Seiten heraushingen. Vor den Augen ihrer Freunde verwandelte sie sich ganz in einen Lernzombie und war durch nichts von ihrem Wahn abzubringen. Sie wollte, nein, sie musste hier dreizehn Punkte kriegen und da mindestens elf. Wieso war sie nur immer so extrem? Andere waren auch ehrgeizig, drehten aber trotzdem nicht so ab. »Ich bin zu dumm«, beschimpfte sie sich, »ich muss mir alles hart erarbeiten.« Lissy zwang sie zu Pausen

(»Einmal Shoppen pro Wochen reinigt die Seele!«), Leon schleppte sie in der Mittagspause aus der Bibliothek in die Cafeteria, damit sie etwas aß (für Fälle von Totalverweigerung hatte er Energieriegel dabei), Finn versorgte sie mit guter Laune, was vielleicht der schwerste Job von allen war. Benedict jedoch ermunterte sie in ihrem Ehrgeiz und verstand nicht, weshalb alle so taten, als würde Elif Selbstmord durch Arbeit begehen. »Das Leben ist nun mal nicht immer Party«, sagte er. »Manchmal heißt es, Arschbacken zusammenkneifen und durch.«

Eines Tages fand er eine leere Medikamentenschachtel bei Elifs Sachen. Ritalin. »Wozu brauchst du das?«, wollte er mit ernster Miene wissen.

»Zum Wachbleiben«, sagte sie und nahm ihm die Schachtel weg. »Nur für die Prüfungen. Aber keine Sorge, die Pillen sind alle, und neue gibt's nicht. Der Typ, von dem ich sie habe, ist weg vom Fenster.«

Die erwartete Moralpredigt blieb aus.

Es dauerte zwei Tage, dann hatte sie eine nagelneue Packung Ritalin. Von Benedict. Wo er sie herhatte, sagte er nicht. »Heutzutage ist jeder gedopt«, meinte er. »Entweder du spielst das Spiel mit, oder du verlierst. So einfach ist das.«

Vanessa kämpfte weiter mit Elif an der Mathe-Front. Je mehr sie sah, wie alle sich für ihre lernwütige Freundin einsetzten, desto bitterer wurde sie innerlich. Wieso riss jeder sich für Elif Arme und Beine aus, während es für sie nur einen Arschtritt gab? Doch sie spielte das Spiel mit, ohne jemals aus der Rolle der fürsorglichen Freundin zu fallen, im Gegenteil, sie ging richtig darin auf.

»Alles für den Spring Break«, flüsterte sie Elif zu, wenn sie mal wieder zusammenbrach und ermattet die Stirn auf die Schreibtischplatte knallen ließ. »Dann wird gefeiert, bis der Arzt kommt.« Mit den Flüsterworten kroch Vanessas warmer Atem unter Elifs dichtes Haar und verursachte ihr eine Gänsehaut. Wie gut es tat, sich das alles vorzustellen: Party. Coole Cocktails. Gebräunte Körper in Bewegung. Vanessa und sie und die anderen. Heiße Flirts am Pool. Noch war es ein Traum. Aber bald schon würde er Wirklichkeit werden.

Vorerst waren die Stunden mit Benedict die einzigen Verschnaufpausen, die sie sich gönnte und in denen sie mal nicht an Lernstoff und Noten dachte. Manchmal, wenn sie ihn ansah, fragte sie sich, wovon er eigentlich träumte. Natürlich hatte sie ihn das schon gefragt. Schon oft. Doch er sagte immer dasselbe: »Von unserer gemeinsamen Zukunft.« Ja, ja, davon träumte sie auch. Und sonst?

So, wie er Vanessa manchmal ansah, konnte Elif sich das vorstellen. Und wie er über Vanessa redete, verstärkte den Verdacht nur. Es gab nichts, was er an ihr gut fand. Angeblich. Er kritisierte ihre sexy Klamotten, ihr selbstbewusstes Auftreten, selbst ihre Hilfsbereitschaft. »Sie ist nicht der Typ, der sich für andere aufopfert«, meinte er. »Sie verfolgt eine Absicht.«

Woher wollte er das wissen?

»Als Banker lernt man Menschen einzuschätzen«, behauptete er, die Hände in den Hosentaschen, während sein Hemdzipfel aus dem offenen Hosenschlitz hing. Zum Schießen komisch. Sie trat zu ihm, zog an dem Zipfel und lachte. Er fand das nicht witzig.

Jemand, der alles an einem anderen negativ darstellt, verfolgt damit auch eine Absicht, dachte sie. Eine Täuschungsabsicht. Minus mal Minus ergibt Plus. Hoppla, war Mathe doch für was gut?

Sie fand seine durchschaubaren Verschleierungsversuche ja süß. Er kam ihr vor wie ein kleiner Junge, der nicht zugeben will, dass er vor dem Essen Schokolade genascht hat. Wobei Benedict niemals wirklich naschen würde. Er war kein Fremdgeher. Und wenn sie gerecht sein wollte, musste sie großzügig sein. Schließlich war sie diejenige, die Geheimnisse hatte und Lügen erzählte. Dass er wenigstens in Gedanken sündigte, erleichterte ihr Gewissen.

»SO WIRD DAS NICHTS, LISSY. Sei mal böse. Fies. Richtig gemein. Und dein Text sitzt auch noch immer nicht. Häng dich endlich mal rein!«
Jeder dieser Vorwürfe hätte für sich genommen schon gereicht, um Lissy fertigzumachen. Dass sie von Steffen Wegmann kamen, machte sie vernichtend. Wie Messerstiche ins Herz. Seit einigen Proben meckerte er nur noch an ihr rum.
»Hey, das ist Schultheater, nicht der Broadway!«, platzte es aus ihr heraus.
Damit lief sie heulend weg.
»Endlich seh ich mal eine echte Emotion!«, rief er ihr nach.
Sie ließ die Tür knallen.
Seit einem Monat probten sie das Stück nicht mehr nur an den üblichen Terminen, sondern zusätzlich an drei Abenden pro Woche. Trotzdem hatte Lissy das Gefühl, dass sie nicht besser, sondern immer schlechter wurde. Seine Kritik war ja berechtigt. Aber es war seine Schuld. Sie konnte sich einfach nicht mehr konzentrieren, wenn er dasaß und sie beobachtete. Wie sollte sie auch? Seit dem Abend im *Roxy* war er merkwürdig kühl, als *Bad_Teacher* hatte er sich völlig ausgeklinkt. Ohne Begründung. Na

ja, die konnte sie sich inzwischen denken. Ihre total verunglückte Anmache. Und sie war noch stolz auf sich gewesen, weil es so gut gelaufen war. Größter anzunehmender Irrtum, wie Finn sagen würde! Wieso nur hatte sie so viel getrunken? Sie hatte total die Kontrolle über sich verloren. Wenn Steffen Wegmann sie jemals gemocht hatte, hatte sie es gründlich vermasselt. Inzwischen fand er sie offenbar nur noch ätzend.

Aber musste er deshalb derart gemein zu ihr sein? Hasste er sie wirklich so sehr? War es ein Verbrechen, ihn zu lieben? Selbst wenn sie im *Roxy* ein wenig zu aufdringlich gewesen war, gab ihm das nicht das Recht, sie vor allen anderen zu demütigen. Was war eigentlich so toll an der Liebe? Sie machte einen total abhängig, und wenn man noch nicht einmal bekam, was man wollte, war man sowieso der allergrößte Arsch auf der Welt!

Lissy war durch einen Seiteneingang ins Freie geflohen und saß nun schniefend auf der untersten Treppenstufe. Jetzt heulte sie auch noch wie ein kleines Kind. Wenn dieses schlimmste Schuljahr ihres Lebens doch endlich vorbei wäre! Beim Spring Break, dachte sie, schütte ich mich zu, bis ich den ganzen Scheiß vergessen habe, und dann kralle ich mir einen knackigen Typen, und der darf mit mir machen, was er will. Im neuen Schuljahr würde sie eine andere sein, und wenn Steffen Wegmann sie dann wollte, würde sie ihn eiskalt abblitzen lassen.

Tut mir leid, Sie hatten Ihre Chance.

»Hey, alles okay?«

Sie zuckte zusammen. Sie hatte nicht bemerkt, dass jemand herausgekommen war. Es war Steffen Wegmann. Ausgerechnet. Sie spürte seine Nähe wie das Piksen von Tausenden kleiner Nadeln in ihrem Rücken.

»Geht gleich wieder«, sagte sie tapfer und wischte sich die Tränen aus dem Gesicht.
Er kam die Stufen herab und setzte sich viel zu dicht neben sie. Sie starrte auf ein Stück Rasen, das in der sich verdichtenden Dämmerung langsam unsichtbar wurde.
»Hör zu, Lissy«, sagte er. »Ich bin nur so streng zu dir, weil ich weiß, dass du viel besser bist als das, was du zeigst. In dir steckt so viel. Warum hältst du es zurück? Vergiss, was andere von dir denken könnten, und trau dich einfach mal. Ich meine das nicht nur in puncto Schauspielerei, sondern überhaupt.«
Jedes einzelne seiner Worte berührte eine Saite in ihrer Seele und brachte sie sanft zum Schwingen, bis ihr ganzes Inneres von einem weichen Vibrieren erfüllt war. Es drängte aus ihr heraus, und ehe sie es verhindern konnte, fing sie auch schon wieder an zu weinen. Die Tränen liefen einfach, und es war unmöglich, sie aufzuhalten. Sie verbarg ihr Gesicht in den Händen.
»Hey, hey, hey«, besänftigte er und legte den Arm um sie. »Ja, lass es raus, dann geht es dir besser.«
Als sie die Schwere seines Arms auf ihren Schultern wahrnahm, wurde ihr klar, dass sie nicht aus Trauer, Schmerz oder Verzweiflung weinte, sondern weil sie glücklich war. Zum ersten Mal nahm er sie wirklich wahr. Sie hob den Kopf, wandte sich ihm zu, sah ihn aus verweinten Augen an. Nach einem Moment des Zögerns schloss er sie in beide Arme. Sie drückte sich fest an ihn, er strich ihr über den Rücken, und es fühlte sich so richtig an und so gut wie nichts zuvor in ihrem Leben. Nach einer Weile versiegten ihre Tränen, sie löste sich von ihm, nicht ganz, sondern nur so weit, dass sie ihn ansehen konnte. Und da war er, dieser besondere Moment in einem Meer unbedeutender Momente; dieser

Moment, in dem alles Nachdenken aufhörte, in dem man einfach tat, was man tun musste – und sie tat es.

Sie küsste ihn.

Kein leidenschaftlicher Kuss, sie drückte nur hastig ihre Lippen auf seine, und ehe sie sich bewusst wurde, was sie getan hatte, war es schon vorbei. Er war überrascht, oder vielleicht tat er auch nur so, denn er musste die Magie zwischen ihnen gespürt haben. Hatte er nicht sogar ihren Kuss erwartet? Weil ein Kuss genau das war, was dieser Moment verlangte?

Oder hatte sie erneut alles falsch verstanden?

Erschrocken über sich selbst, sprang Lissy auf und rannte nach drinnen. Doch schon nach wenigen Metern blieb sie stehen. Wo sollte sie hin? Sie konnte jetzt nicht zu den anderen gehen, als wäre nichts geschehen, wenn sich in Wahrheit alles verändert hatte. Und was war mit ihm? Mit Steffen? Sie musste wissen, was er über das dachte, was eben passiert war. Was es für ihn bedeutete.

Nicht besonders eilig kam er herein und blieb bei ihr stehen. Sie schaffte es nicht, ihn anzusehen, starrte auf den Boden. Kein Wort wollte über ihre Lippen.

»Halb so wild«, sagte er in dem üblichen Lehrerton. »Du bist gestresst, da gehen einem schon mal die Pferde durch. Kein Grund, sich zu schämen.«

Sie schämte sich nicht. Außer, er brachte sie dazu. Wollte er das etwa?

»Wir tun so, als wäre nichts passiert, und machen einfach weiter«, sagte er. »Und keiner erfährt was von dem kleinen Ausrutscher.«

Sie zuckte hilflos mit den Schultern.

Ausrutscher – so nannte er es also.

War es wirklich nur das und sonst nichts? Nein!, wehrte sich alles in ihr. Die Umarmung, der Kuss – sie ließen sich nicht mehr aus der Welt schaffen.

Vanessa tauchte am anderen Ende des Ganges auf. Mit besorgter Miene. »Alles okay?«, fragte sie.

»Alles bestens«, sagte Steffen. »Es war nur ein bisschen viel. Für jeden von uns. Machen wir Schluss für heute.«

DER TOYOTA ROLLTE über die nächtliche Straße, zur Stadt hinaus. Auf freier Strecke bremste er ab und bog in einen Feldweg ein, von dem man wissen musste, dass es ihn gab, um ihn nicht zu übersehen. Langsam tasteten sich die Scheinwerfer vorwärts, fielen schließlich auf ein paar Bäume, umrundeten sie und beleuchteten eine kleine Holzhütte, die an einem Weiher lag. Ein Auto stand dort. Als der Toyota anhielt, der Motor erstarb und die Scheinwerfer erloschen, stieg jemand aus dem anderen Wagen aus. Ein Mann. Dieser Mann war Steffen Wegmann. Auch aus dem Toyota stieg nun eine Person aus. Eine junge Frau. Es war Vanessa.

Der volle Mond schien auf die beiden herab. Vom Weiher drang gelegentliches Glucksen zu ihnen. Vom Wald der Ruf eines Käuzchens. Sonst war es still. Steffen Wegmann zog einen Schlüssel aus der Hosentasche und sperrte die Tür auf. Vanessa folgte ihm. Nachdem er einen Sicherungsschalter umgelegt hatte, machte er Licht. Sie sahen sich an. Stumm.

»Ihr habt euch also geküsst«, sagte Vanessa.

»Woher weißt du das?«, fragte er.

»Sie hat es mir natürlich sofort erzählt. Ich bin eine ihrer besten Freundinnen.« Sie zwinkerte.

»Sie hat mich geküsst. Was heißt geküsst … Solche Küsse kriege ich auch von meiner kleinen Tochter.«

»Ach. Es hat dich kein bisschen angemacht?«

Er lächelte. »Vielleicht ein kleines bisschen. – Ein Schluck Wein? Ich brauche jetzt was zu trinken.«

Er ging zu dem Schrank mit dem Weinvorrat. »Hm«, machte er und sagte, zu sich selbst, nicht zu ihr: »Täusche ich mich, oder fehlt hier eine Flasche?«

Vanessa lächelte hinter seinem Rücken. »Na, so was. Einbrecher? Diebe? Ich bin entsetzt.«

Er holte eine Flasche heraus und öffnete sie. Als er ihr auch einschenken wollte, lehnte sie ab. »Der Wein sieht billig aus. Du hast keinen Geschmack.«

Steffen zog einen Mundwinkel hoch. »Findest du? Ich glaub schon. Na ja, vielleicht nicht bei Wein.«

Er streckte die Hand nach ihr aus, aber sie wich zurück.

»Du willst also ernsthaft behaupten, Lissy gefällt dir nicht?«, nahm Vanessa den Gesprächsfaden von vorhin wieder auf. »Ich seh doch, wie du sie anschaust.«

»Okay, sie hat schon was. Aber sie braucht noch ein paar Jahre. – Eifersüchtig?«

»Gar nicht.«

Er setzte sich, Vanessa ließ sich auf seinem Schoß nieder und legte die Arme um seinen Hals.

»Ich fand dich heute übrigens richtig gut«, sagte sie. »Erst der gemeine Regisseur, dann der einfühlsame Seelentröster. Klassisch, aber gut.«

Steffen zuckte mit den Achseln, ein feines Lächeln grub sich in seine Mundwinkel. »Ich mach aber nicht rum mit ihr, damit das klar ist. Das ist mir zu riskant.«

»Musst du nicht. Tu einfach nur so, als würdest du, wenn du dürftest. Lissy braucht das.« Nach einem Moment des Überlegens fuhr sie fort: »Bei mir hast du keine solchen Skrupel. Ich bin schließlich auch deine Schülerin.«

»Ja, aber du bist achtzehn. Und das Risiko wert.«

Vanessa lachte.

Er küsste sie und wollte auch gleich mehr, doch sie entzog sich seinen Armen und sprang auf.

»Wie lange willst du mich eigentlich noch hinhalten?«, fragte er.

»Ich halte dich nicht hin. Ich brauch nur etwas Zeit. Eine Affäre mit einem Lehrer – für mich ist das eine große Sache.«

Er verzog den Mund. »Ha-ha. Das ist ungefähr genauso wahr wie deine Behauptung, dass ich Lissy nur schöntun soll, damit ihr Selbstwertgefühl steigt. Du solltest mich nicht unter meinem Niveau verarschen, weißt du.«

»Hey, mir liegt das Wohl meiner Freunde am Herzen! Ich würde alles für sie tun!« Ihre Empörung war sichtlich nur gespielt.

»Wieso nur lass ich mich in euren Teeniekram reinziehen?«, seufzte er und nahm einen Schluck Wein.

»Ja, wieso wohl?« Vanessa lächelte und zog ihr Shirt hoch, aber nur bis knapp über den Bauchnabel. »Geduld«, hauchte sie und küsste ihn.

LISSY LAG MIT WEIT OFFENEN AUGEN im Bett und starrte an die Decke. Der Vollmond tauchte ihr Zimmer in ein milchiges Licht, das ihr Empfinden verstärkte, der Realität, in der sie bis vor wenigen Stunden gelebt hatte, entrückt zu sein. Etwas war passiert, das sie aus dieser Wirklichkeit herauskatapultiert hatte, hinein in etwas anderes, das ihr wild und chaotisch vorkam, beängstigend und aufregend.

Sie hatte Steffen Wegmann geküsst. Ihren Lehrer. Es war wirklich passiert. Aber glauben konnte sie es trotzdem nicht.
Sie hatte sich immer vorgestellt, wie es sein würde. Intensiv. Leidenschaftlich. Mit viel bebendem Herzschlag. Sinne, die ihr schwanden. Alles das, was sie aus Liebesromanen kannte.
Aber so war es nicht gewesen. Wenn sie recht überlegte, hatte sie in dem Moment, in dem es passierte, kaum etwas gespürt. Eigentlich gar nichts. Es war ja auch viel zu schnell gegangen. Erst danach …
Auf dem Heimweg waren ihre Knie wie Gummi gewesen, ihr Herz hatte wild gepocht. Widerstreitende Gefühle hatten in ihrer Brust getobt, und das taten sie noch.
Einen *Ausrutscher* hatte er es genannt. (Was für ein schreckliches, hässliches Wort!) Auf ihren Stress hatte er es geschoben. *Wir tun so, als wäre nichts passiert, und machen einfach weiter,* hatte er gesagt. Meinte er das wirklich? Oder musste er es nicht sagen, weil er ihr Lehrer war und eine Familie hatte? Für ihn stand einiges auf dem Spiel. Eigentlich sein ganzes Leben. Trotzdem hatte er es getan: sich neben sie gesetzt, sie in die Arme genommen, angesehen und die Magie zugelassen, die zu dem Kuss geführt hatte. Was immer er danach auch gesagt hatte, sie hatte in seinen Augen gesehen, was er wirklich fühlte und was er wirklich wollte: sie. Für alles andere würden sich Lösungen finden, sie verlangte ja nicht, dass er alles für sie aufgab. Nicht sofort.
Wie also würde es weitergehen? Sie würde um ihn kämpfen, gegen alle Widerstände. Der größte von ihnen war sicher seine Angst. Doch jetzt, da sie Gewissheit über seine Gefühle hatte, würden sie die Angst überwinden. Sie würden ein Paar werden. Ihre Liebe im Geheimen leben. Es war wohl klüger, mit weiteren Schritten bis

zu den Ferien zu warten. In der Schule waren jeden Tag tausend Augen auf sie gerichtet, da ließ sich nichts lange geheim halten. Lissy warf die Decke zurück und stand auf. Sie konnte jetzt nicht ruhig daliegen. An Schlaf war sowieso nicht zu denken. Sie trat ans Fenster und schaute auf den Mond, der voll und groß am Himmel stand. Plötzlich fiel ihr etwas ein, das Steffen vor einer Weile während einer Probe gesagt hatte. Dass sie alle zusammen ein Sommerfest machen könnten, er hatte eine Datsche an einem kleinen Weiher, die wäre genau passend für ein Grillfest. Eine Datsche an einem See. Wie schön musste es da im Sommer sein, in einer lauen Nacht. Sie sah sich schon dort mit ihm, sie hörte das Zirpen der Grillen, das Knacken der Äste in den Bäumen, das Rascheln in den Sträuchern. Sie würden nackt im Weiher baden, sich leidenschaftlich küssen, und ein Mondlicht, noch viel glänzender als dieses, würde auf sie herabscheinen. Sie würden aus dem Wasser kommen, er würde sie auf seinen Armen in die Hütte tragen, wo ein klappriges altes Bett stand, in das er sie legte, und dann …

Zwölf

IRGENDWANN WAR DIE LETZTE KLAUSUR geschrieben, das letzte Referat gehalten, die letzte Hausarbeit benotet. Nicht nur die Schüler atmeten auf, auch die Lehrer, ja manchem schien es, als würde das Schulgebäude selbst erleichtert aufseufzen. Jetzt waren nur noch eine Projektwoche, ein Sommerfest und eine Aufführung der Theater-AG zu überstehen. »Easy Peasy«, wie Finn sagte. Alles, was danach kam, war allein schon deshalb geil, weil es nicht Schule war!

FERIEN!!!

Elif war wie ausgewechselt. Von den Toten auferstanden. Das blühende Leben. Strahlend wie die Morgensonne kam sie am Tag eins nach dem Notenschluss auf Lissy zugerannt, die mit ein paar anderen Mädchen vor dem Schuleingang stand. »Du glaubst nicht, was Benedict mir zur Zeugnisvergabe schenkt!«, rief sie.

»Keine Ahnung. Einen goldenen Kugelschreiber?«

Sie stieß Lissy lachend in die Schulter. »Witzbold! Wir fahren nach Italien. Florenz und die Toskana, Venedig. Eine ganze Woche. Und er zahlt alles! Sein Geschenk, weil ich so fleißig war.«

»Ist doch total öde«, meinte eines der Mädchen. »Ich war mal mit meinen Eltern da in der Gegend. Nur Kirchen und Museen.«

»Ihr habt ja keine Ahnung«, sagte Lissy und ging mit Elif weg.
»Zum Spring Break bist du aber wieder da, oder?«
»Na klar. Ich hab Benedict erzählt, dass ich mit euch ein Wochenende campen gehe. Er hasst Camping. Also wenn er euch fragt: Wir zelten im Schwarzwald.«
»Schwarzwald?«
»Es muss weit weg sein, sonst kommt er noch nach. Und möglichst ohne Handyempfang.« Sie guckte plötzlich ganz schuldbewusst. »Bin ich ein böses Mädchen?« Ihr schlechtes Gewissen war nur gespielt. Sie war jetzt zu gut drauf für Selbstvorwürfe.
»Genauso böse, wie man sein muss, um mal richtig Spaß zu haben«, gab Lissy zurück.
Sie klatschten lachend ab.
»Und du – schon aufgeregt wegen nächster Woche? Große Premiere und so …?«
»Schon. Aber nicht so schlimm wie erwartet. Kommt vielleicht noch.«
Lissy befürchtete das nicht wirklich. Vor nicht allzu langer Zeit hätte ihr die Aufführung bestimmt schlaflose Nächte bereitet. Immerhin war es eine Abendveranstaltung vor Schülern, Eltern und Lehrern, über die auch in der Lokalzeitung berichtet werden würde. Doch diese Zeiten lagen hinter ihr. Seit sie Steffen geküsst hatte, hatte sie vor nichts mehr Angst. Sie fühlte sich stark und erwachsen. Steffen mochte glauben, es genüge, den Kuss totzuschweigen, um ihn aus der Welt zu schaffen. Das würde nicht gelingen. Und das wusste er auch. Jedes Wort, jede Geste, jeder Blick zwischen ihnen war durchtränkt davon. Sie beide waren wie zwei Züge, die aufeinander zurasten. Irgendwann würden sie sich treffen. Unweigerlich. Und der Aufprall würde gewaltig sein.

Die letzte Woche hatten sie beinahe jede freie Minute geprobt. Lissy hatte alles gegeben, und sie war gut gewesen, sogar richtig gut. Alle sagten das, selbst Steffen. »Da ist wohl ein Knoten geplatzt«, meinte er. Eine hässliche Beschreibung für das, was wirklich mit ihr geschehen war. Eine Knospe war aufgebrochen und erblüht – so hätte sie es beschrieben. Das Einzige, was ihr Sorgen machte, war die Zeit nach der Aufführung, wenn sie Steffen nicht mehr jeden Tag sehen würde. Konnte sie ihn einfach nach einem geheimen Date in den Ferien fragen? Waren sie schon so weit?

»Na, ihr beiden, was macht ihr?«

Lissy und Elif wandten sich um. Vanessa kam auf sie zu, in einem knallgelben Trägerkleid, das einfach nur der Hammer war. Ihr Haar war offen, ein rotgoldener Wasserfall, ihre Haut gebräunt, aber nicht zu sehr. Sie zog sofort alle Blicke auf sich, Elif war bei ihrem Anblick ganz aus dem Häuschen. »Ich hasse dich für dieses Kleid!«, rief sie, und dann fiel sie ihr um den Hals und küsste sie auf beide Wangen.

Lissy wusste nicht, wieso, aber Vanessa so zu sehen verdarb ihr die Stimmung. Irgendwas daran machte ihr Angst. Vielleicht die Frage, warum jemand wie Steffen sich in die süße kleine Lissy verlieben sollte, wenn es auch jemand so Aufregenden gab wie Vanessa.

Wie ein munterer Zitronenfalter flatterte sie in ihrem gelben Kleid durch den entspannten Schultag, an dem Kaffee trinken und essen während der Stunden erlaubt war und alle Lehrer sich von der netten Seite zeigten, selbst die, von denen man gar nicht vermutet hätte, dass sie eine hatten. Wo Vanessa auftauchte, war sie der Blickfang, sie musste nichts dafür tun. Niemand konnte sich ihr entziehen.

Nicht einmal Leon. Sie hatten am Vormittag zwei Stunden gemeinsam, und er hatte sich selbst ertappt, wie er sie aus der letzten Reihe betrachtete und dabei eingehend die Bewegung studierte, mit der sie von Zeit zu Zeit ihr üppiges Haar lockerte. Sie schob im Nacken ihre Hand darunter, hob es an und ließ es wieder fallen. Nicht nur er schaute hin, alle um ihn herum taten es. Sie hatte eindeutig die Absicht, die Jungs in den Wahnsinn zu treiben.

Als er mittags in die Cafeteria kam, sah er zuerst Finn, der schräg hinter der Pinnwand neben dem Eingang stand und mit dem Handy filmte. Leons Augen folgten der Blickrichtung des Handys und stießen – wenig überraschend – auf Vanessa. Sie saß seitlich zu ihnen, hatte die Beine übereinandergeschlagen und wippte mit einem Fuß, während sie mit Elif redete.

Leon stieß Finn an. »Hey, Alter«, sagte er, »du solltest das echt lassen.«

»Ach was«, meinte Finn gut gelaunt. »Im Grunde weiß sie ganz genau, dass ich sie filme, und sie genießt es. Schau sie dir doch an.«

»Ich meine auch nicht ihretwegen«, sagte er. »Willst du, dass dich jeder für einen Spanner hält?«

Es waren solche Situationen, die Leon in dem Gefühl bestärkten, dass hier etwas gewaltig aus der Bahn geraten war und dass er offenbar der Einzige war, dem das auffiel. Aber was sollte er machen?

LEON WOLLTE NICHT, dass der Wagen ihn zu Hause abholte, deshalb fuhr er mit dem Rad zu Rico. Es war noch früher Morgen. Seinem Vater hatte er gesagt, dass er den ganzen Tag weg sein würde, und wenn jemand anrief, sollte er einfach nicht rangehen.

»Was du nur immer treibst«, sagte sein Vater kopfschüttelnd und stellte den Fernseher an.

Der Wagen, ein Kombi eines Hilfsdienstes, war schon da, als Leon bei Rico einlief. Rico saß auf der Rückbank, der Rollstuhl lag zusammengeklappt im Kofferraum. Der Fahrer und Rico kannten sich offenbar gut, zumindest redeten sie miteinander wie alte Freunde. Sein Name war Dirk.

»Die Regel ist die«, sagte Rico, als sie losfuhren: »Kiffen im Auto ist verboten. Aber Dirk hält an, wenn wir wollen.«

»Doch nicht um die Uhrzeit«, sagte Leon.

»Hey, der Tag ist lang, Alter. Du hast hoffentlich genug mit.«

»Klar.«

Die Fahrt würde ungefähr drei Stunden dauern. Das Ziel war Kirchberg, die Stadt, aus der Vanessa hergezogen war.

»Und was ist noch mal der Plan?«, fragte Rico, während der Wagen stadtauswärts Richtung Bundesstraße rollte.

»Wir fahren zu der Schule«, erklärte Leon, »suchen jemanden, der Vanessa kennt, und fragen, wie sie so drauf war und was es für Geschichten über sie gibt. Einfach nur ihre Backstory checken.«

»Okay. Cool.«

Dirk fuhr einen ziemlich heißen Reifen, sodass sie ihr Ziel in weniger als drei Stunden erreichten. Als sie vor dem Hermann-Hesse-Gymnasium vorfuhren, war dort alles ruhig. Hier begannen die Schulferien drei Wochen später, sodass noch eifrig gelernt wurde. Leon stieg alleine aus. Er überließ Rico seine Joints. Was vielleicht keine gute Idee war, ungefähr so, als ließe man den Fuchs den Hühnerstall bewachen. Aber mit mehreren Joints in der Tasche auf ein fremdes Schulgelände zu spazieren, hätte auch ins Auge gehen können. Rico und Dirk wollten sich die Zeit in einer kleinen Parkanlage vertreiben, an der sie vorbeigekommen waren.

»Viel Glück, Alter«, sagte er zum Abschied. »Ruf an, wenn du fertig bist, wir holen dich ab.«

Als Leon alleine war, nahm er die Ausdrucke der Fotos von der Schul-Homepage aus seiner Umhängetasche. Er prägte sich die Gesichter von Vanessas ehemaligen Mitschülern genau ein, damit er sie später auf dem Schulhof wiedererkannte. Dann setzte er sich auf eine Bank an der Haltestelle der Schulbusse.

Er musste nicht allzu lange warten, bis es zur Pause bimmelte. Als der Schulhof sich gefüllt hatte, mischte er sich unters Volk. Die Pause war fast rum, als er endlich ein Mädchen wiedererkannte. Sie stand auf mehreren Fotos neben Vanessa, vielleicht war sie so was wie eine beste Freundin. Auch ihren Namen hatte er rausgekriegt: Sylvie Kramer, Gewinnerin irgendeines Sportpokals. Sie stand mit ein paar anderen zusammen und aß einen Apfel.

Die Schulglocke drohend im Nacken, ging Leon direkt auf die Gruppe zu. Keine Zeit für langes Vorgeplänkel.

»Hi, Leute, was geht?«, grüßte er. »Sorry, dass ich so reinplatze. Ich hätte 'ne Frage. Kennt einer von euch Vanessa Steinsdorf? Sie war bis zum Winter auf eurer Schule, dann ist sie weggezogen.«

»Und wer bist du noch mal?«, fragte das Mädchen mit dem Apfel. Sylvie Kramer. Die Vielleicht-beste-Freundin von Vanessa.

»Oh, sorry. Ich heiße Leon. Ich bin nicht von hier.«

Sylvie checkte ihn mit einem Blick ab. »Was willst du von Vanessa?«

»Nichts. Nur wissen, wie sie so war.«

Sylvie lächelte, aber es war kein fröhliches Lächeln. »Macht sie Ärger? Oder bist du in sie verknallt? Oder beides? Na klar.«

»Wie kommst du darauf, dass sie Ärger macht?« Das andere überging Leon lieber.
»Weil es das ist, was sie am besten kann.«
Ausgerechnet jetzt bimmelte die verdammte Schulglocke.
Shit!, dachte Leon. Er hatte das Gefühl gehabt, auf einem guten Weg zu sein.
Die Schüler wandten sich zum Gehen. Nur Sylvie blieb stehen. Sie schien zu überlegen. »Warte um eins vorne an der Bushaltestelle«, sagte sie. »Ich erzähl dir was über Vanessa.«

DER PARK WAR NICHT GROSS, sodass es kein Problem war, Rico und Dirk zu finden. Sie saßen beide im Gras, der Rollstuhl stand daneben. Rico hatte einen Joint im Mundwinkel hängen. Idiot, dachte Leon. Hier kamen dauernd Leute vorbei. Leon ließ sich bei ihnen nieder.
»Willste 'nen Zug?«, fragte Rico. Er war ziemlich breit.
Leon nahm den Joint, oder besser, was davon übrig war, und zog kräftig daran. Ein bisschen Rausch brauchte er jetzt, aber bis um eins musste er wieder klar sein.
»Du bist verknallt, oder?«, fragte Rico. »In diese Vanessa, meine ich. Stimmt doch?«
»Na und? Jeder ist in sie verknallt. Das sagt gar nichts. Man muss deshalb nicht gleich den Kopf verlieren.«
»Okay. Alles klar.«
Nichts war klar.
»Bist du zum ersten Mal verknallt?«, fragte Rico.
»Was spielt das für eine Rolle?«
»Ich frag nur.«
Leon war schon mehrmals verliebt gewesen, aber nie so richtig. Er

hatte Mädchen auf Partys geküsst, sie hatten gefummelt, mit ein paar hatte er auch geschlafen. Aber um auf diese besondere Weise glücklich zu werden, die er sich erhoffte, dafür war es nie genug gewesen. Irgendwas fehlte immer.

»Muss wieder los«, sagte er, nachdem sie alle eine Zeit lang geschwiegen hatten.

Um kurz vor eins war er an der Schule. Um eins klingelte es. Die Schüler strömten ins Freie, an der Bushaltestelle herrschte im Nu dichtes Gedränge. Ein Bus fuhr vor.

»Hey, Blindfisch, hier bin ich.«

Das war Sylvie. Sie winkte.

Sie gingen ein Stück weg von der Schule, erreichten einen kleinen Platz, in dessen Mitte ein Brunnen vor sich hin plätscherte. Dort setzten sie sich auf den Rand. Sylvie nahm eine dieser E-Zigaretten aus der Tasche. Leon hatte für die Dinger nichts übrig. Das war wie Tofuwurst. Entweder man aß Fleisch oder nicht. Entweder man rauchte, oder man ließ es bleiben. Er nahm seinen Tabak raus und drehte sich eine.

»Bevor ich dir was über Vanessa erzähle«, begann Sylvie, »erzähl du mir was von ihr. Was treibt sie so? Wie gut kennt ihr euch?«

»Sie ist vor einem halben Jahr aufgetaucht, und wir waren nett zu ihr. Aber irgendwann bestimmte sie alles. Wir gingen nur noch dahin, wo sie hinwollte. Und im Sommer fahren wir zu einer Spring-Break-Party an die Ostsee. Das hat alles sie klargemacht.«

Sylvie hatte beim Zuhören an ihrem komischen Zigarettending gezogen. »Das soll alles sein?«, sagte sie. »Dafür bist du so weit gefahren?«

»Woher willst du wissen, dass ich weit gefahren bin?«

Sie zuckte mit den Schultern und lächelte.

Alles klar, dachte Leon. Sie weiß, wo Vanessa jetzt wohnt. Sie ist die Absenderin der Hasskarte, die Finn gefunden hat. Oder zumindest eine von ihnen.

»Bei uns ist es ähnlich gelaufen«, sagte sie. »Vanessa will immer das Sagen haben. Aber das ist gar nicht das Problem.«

»Sondern?«

»Du kriegst die Schlampe nicht mehr los. Wie Herpes.«

»Versteh ich nicht ganz.«

»Vanessa ist total nachtragend. Wenn du meinst, du kannst irgendwas mit ihr klären oder so – vergiss es. Keine Ahnung, was da bei ihr schiefläuft. Sie will dich leiden sehen. Und ich rede jetzt nicht von verschmierten Heften und Reißnägeln auf dem Stuhl. Bei uns hier hat sie den Typen, hinter dem sie her war, derart heftig gedisst, dass er aus dem Fenster gesprungen ist. Bloß weil er nicht mit ihr zusammen sein wollte. Er hat's überlebt, aber richtig laufen kann er nicht mehr. Sie hat behauptet, er hätte sie vergewaltigen wollen. Zur Polizei ist sie damit nicht. Klar, weil's gelogen war. Ich hab sie hinterher gefragt, ob sie kein schlechtes Gewissen hat. Sie hat bloß gegrinst. Es macht ihr Spaß, andere fertigzumachen. Die ist eine Sadistin oder so was. Wahrscheinlich wartet sie nur darauf, dass ihr jemand einen Grund gibt, gekränkt zu sein.«

»Und was sollen wir tun?«

Sylvie zuckte die Schultern. »Seid nett zu ihr. Lasst sie eure Königin sein. Und hofft, dass sie irgendwann das Interesse an euch verliert. Wenn sie sich mit euch langweilt, sucht sie sich vielleicht andere Leute. Das ist die winzige Chance, die ihr habt. Aber ehrlich gesagt: Ich glaube nicht, dass es so laufen wird.«

Leon schwieg nachdenklich. Gute Nachrichten klangen anders.

Andererseits wirkte Sylvie nicht gerade objektiv. Es musste nicht so kommen, wie sie meinte.
»Spring-Break-Party also«, sagte sie in sein Schweigen hinein. »Hört sich nach Spaß an. Vielleicht komm ich auch, mit ein paar Freundinnen. Ich kann dir über Vanessa hinweghelfen, wenn das dein Problem sein sollte.« Sie blinzelte frech und rutschte vom Brunnenrand. »Ich muss los. Mach's gut, Alter. Man sieht sich hoffentlich.«

OBWOHL ES KEINE PFLICHT WAR, kamen die meisten Schüler der Oberstufe jedes Jahr zur Aufführung der Theater-AG. Viele brachten ihre Eltern mit. Es war der letzte Termin vor den Ferien, der mit Sekt und Häppchen für alle das Schuljahr abschloss. In der Turnhalle war eine Bühne aufgebaut worden, sogar mit einem richtigen Vorhang, hinter dem bis kurz vor Beginn des Stücks heftige Betriebsamkeit herrschte. Die Generalprobe am Abend zuvor war eine ziemliche Katastrophe gewesen, angeblich ein gutes Omen für die Premiere.
Lissy ging im Kopf ihren ersten Auftritt durch. Wenn sie gut reinkam, würde es wie von selbst laufen, davon war sie überzeugt. Sie hatte Lampenfieber, aber nicht so schlimm wie Steffen, der hektisch hin und her lief, Anweisungen gab, die keiner mehr brauchte, und tausendmal dasselbe sagte. Als alle fertig waren, ertönte ein Gong, erst wurde es diesseits des Vorhangs still, dann jenseits davon.
Lissy stand mit geschlossenen Augen da und öffnete sich für das Knistern in der Luft. Sie spürte es deutlich, nahm es in sich auf. Die Energie. Sie hatte keine Angst mehr. Sie wusste, dass sie gut sein würde. Nein, nicht nur gut. Sie würde alle umhauen!

Als der Vorhang sich öffnete und die Scheinwerfer aufflammten, trat sie hinaus auf die Bühne, mitten ins Licht, und sagte ihren ersten Satz: »Ich bin nicht die, für die alle mich halten.«

DER APPLAUS WAR RIESIG. Wie eine Meeresbrandung schwappte er aus den Zuschauerreihen auf die Bühne herauf. Das meiste davon gehörte Lissy. Sie hatte die Rolle nicht gespielt, sie war eins mit ihr geworden. Sie hätte selbst nicht erwartet, dass sie zu so einer Leistung fähig war. Dass das in ihr steckte. Weil der Beifall nicht aufhören wollte, musste sie immer wieder mit allen anderen zur Verbeugung vor das Publikum treten. Erst als der letzte Vorhang gefallen war, konnten die Mitwirkenden sich gegenseitig gratulieren. Tausend Umarmungen, tausend Küsse, tausend Schulterklopfer.

»Du warst so gut!«, lobte Vanessa sie und kniff sie in die Seite. »Ich bin total neidisch auf dich!«

»Du warst auch richtig gut«, gab Lissy zurück.

»Jetzt sei bloß nicht so gönnerhaft.« Sie lachte. »Obwohl, das darfst du heute sein. Das hast du dir verdient. Guck mal da drüben. Ich glaube, es will noch jemand an deine Brust.«

Steffen stand ein Stück abseits. Lissy hatte befürchtet, dass er sie mied, weil er bei allen anderen schon war. Aber anscheinend hatte er sie sich nur für den Schluss aufgehoben. Na klar! Sie war der Star!

Mit ausgebreiteten Armen kam er auf sie zu. Sekunden später lag sie an seinem Hals. In ihr war noch so viel Adrenalin, sie musste aufpassen, dass ihre Ausgelassenheit nicht überschwappte und sie ihm Dinge ins Ohr flüsterte, die sie später bereute. Wie zum Beispiel: Ich will heute Nacht mit dir schlafen.

»Du warst super, Lissy«, sagte er und drückte sie fest an sich. »Sensationell! Ich bin sprachlos!«
»Ohne Sie hätte ich das nie geschafft«, hörte sie sich selbst sagen, und sie hätte fast lachen müssen, weil es klang wie ein Satz aus einer Oscar-Dankesrede.
»Gehen wir noch kurz zu den anderen, bevor wir zu unserer eigenen Party verschwinden.«
Das war der Plan. Noch ein wenig Sekt trinken mit Eltern und Freunden, dann ab ins *Roxy* für die etwas großspurig After-Show-Party genannte Feier.

EINEN ALKOHOLFREIEN FRUCHTCOCKTAIL in der Hand, saß Vanessa zurückgelehnt am Tisch und betrachtete das muntere Durcheinander um sie herum. Die Musik aus den Lautsprechern war heute lauter als sonst. Ihr Augenmerk galt vor allem Lissy, die sich wieder mächtig ins Zeug legte, um Steffen zu beeindrucken. War er beeindruckt? Nicht so sehr, wie sie es wollte. Aber er war auch nicht völlig unempfindlich für die zarte Mädchenblüte vor seinen Augen. Interessant fand sie das, wirklich interessant.
»Na, läuft alles nach Plan?«
Konni zog sich einen Stuhl heran, mit der Lehne nach vorne, und setzte sich. Eigentlich mied er solche Feierlichkeiten. Dass er heute hier war, rechnete Steffen sich als Erfolg seiner Überredungskunst an. Das war Blödsinn.
Vanessa wusste, warum Konni wirklich hier war: ihretwegen.
»Es läuft«, antwortete sie auf seine Frage und nippte an ihrem Glas.
»Genießt du es?«
Sie zuckte mit den Schultern.

Natürlich genoss sie es, mit anzusehen, wie sich eines zum anderen fügte und ihr Plan sich erfüllte. Die Falschheit und Verstellung, mit der sie nun schon seit Monaten lebte, machte sie zornig. Und zugleich traurig. Sie konnte es kaum erwarten, all das Falsche und Verlogene endlich in sich zusammenbrechen zu sehen. Es war ihr stets eine Genugtuung gewesen, und so würde es auch diesmal sein. Doch die Frage blieb: Was dann? Wie weiter? Wo war das Echte und Ehrliche zu finden, nach dem sie sich sehnte? Bei wem?

»Freundschaft wird überschätzt«, sagte Konni.

»Kann sein. Aber du –« Sie beugte sich vor und sah ihn eindringlich an. »Du machst dir auch nur was vor.«

Vanessa stellte ihr Glas ab, stand auf, ging zu Lissy und riss sie von Steffen los, an dem sie immer noch hing wie eine Klette. »Tanzen wir, Süße«, flüsterte sie ihr ins Ohr. »Tanzen wir.«

»Wo denn?«, fragte Lissy. Es gab keine Tanzfläche.

»Na, hier.«

Vanessa platzierte Lissys Hände auf ihren Hüften, dann legte sie ihre Arme um Lissys Hals. So tanzten sie. Enger und enger. Sie mussten es nicht sehen, um zu wissen, dass alle Blicke auf sie gerichtet waren.

»Du liebst ihn sehr, oder?«, flüsterte ihr Vanessa irgendwann zu.

»Wie blöd«, gestand Lissy.

»Wenn etwas so stark ist, dann muss es sich erfüllen. Glaubst du nicht?«

Lissy schwieg.

»Ich wünschte, ich könnte dir helfen. Aber vielleicht gibt das Leben dir ja schon bald die große Chance. Du darfst dann nur nicht kneifen.«

Dreizehn

SEIT FERIENBEGINN GAB ES bei den *Boys and Bitches* nur ein Thema: die Spring-Break-Party an der Ostsee. WhatsApp-Nachrichten schwirrten hin und her, sogar Elif klinkte sich aus Italien ein. Wie sollte man sich am besten vorbereiten? Sollten sie lieber früher losfahren oder später? Wer nahm was mit? Durfte man eigene Getränke dabeihaben, oder musste man sein Zeug dort kaufen? Alle Fragen wurden von allen Seiten beleuchtet und ausgiebig diskutiert. Es wurde spekuliert, wie es sein würde. Die Unterkunft, die Musik, die Getränke, die Stimmung. Sogar die Götter schienen Lust auf diese Party zu haben, denn sie ließen rechtzeitig zu dem Wochenende die erste Hitzewelle des Jahres heranrollen. Mit der Aussicht auf Sommer und Sonne satt stieg die Partyfieberkurve gleich noch ein wenig höher.

Und dann war es endlich so weit: Der Tag der Abreise war da. Die Frische des Morgens ging gerade über in die angenehme Wärme eines weiteren Sommertages, als Vanessa im Toyota ihrer Mutter die Runde machte. Sie begann bei Elif. Die war erst seit zwei Tagen von ihrem Italien-Trip mit Benedict zurück. Sie hatte auf WhatsApp jede Menge Fotos gepostet, mit knappen Kommentaren oder bloß einem Smiley. Hauptsächlich idyllische Straßen, schnuckelige Cafés, Kirchen, Palazzi und malerische Landschaften.

Anders als verabredet stand Elif nicht unten an der Straße. Vanessa hupte genervt, stieg aus und öffnete den Kofferraum. Ein paar Minuten später stapfte Elif, bepackt wie ein Muli, aus der Haustür. Vanessas eben noch verkniffene Miene schaltete um auf gute Laune. Elif hatte einen riesigen Rucksack auf den Schultern, in den Händen eine Reisetasche, einen Schlafsack und noch eine Tasche. Ihr Bruder Mehmet hielt ihr die Tür auf, sonst machte er nichts. Er war nur wegen Vanessa runtergekommen. »Was geht?«, grüßte er sie mit diesem schiefen Lächeln, das er wohl für einen Ausdruck von Coolness hielt. Sie ignorierte ihn. Immerhin half er, Taschen und Rucksack im Kofferraum zu verstauen.

»Du bist ja bestens ausgerüstet«, sagte Vanessa.

»Was man zum Camping halt braucht«, antwortete Elif laut und ergänzte flüsternd, damit Mehmet es nicht hörte: »Der Scheiß fliegt bei Lissy wieder raus.«

»Klar.« Vanessa grinste verstohlen. Offiziell gingen sie ja in den Schwarzwald zum Campen.

»Bleibt sauber, Mädels«, sagte Mehmet und verzog sich wieder ins Haus.

KEINE ZEHN AUTOMINUTEN ENTFERNT starrte Lissy in ihren Koffer, der offen auf ihrem Bett lag. Hatte sie nicht viel zu viel Zeug eingepackt für ein Wochenende, an dem sie hauptsächlich in Bikini und Flipflops unterwegs sein würde? Sie ging alles noch einmal durch. Vier Bikinis, um Auswahl zu haben, verschiedene Tops, T-Shirts, Shorts, Röcke, Kleider, Leggins, zwei lange Hosen, Regenüberzug (man wusste ja nie), Schminkzeug, Haarbürste, Shampoo, Cremes, Duschgel. Sonnencreme, Après-Sun-Lotion. Flache Schuhe bequem, flache Schuhe schön, feste Schuhe, Flipflops, zwei Paar. Reichten drei Paar Söckchen? Eigentlich lief man ja die ganze Zeit barfuß. Unterwäsche: mehrere Slips und Tangas, BHs, Sport-BH (wofür noch mal?). Nagelpflege-Set, Nagellack und Nagellackentferner. Tampons (obwohl sie ihre Tage erst gehabt hatte, aber manchmal war der Teufel ein Eichhörnchen, wie ihr Vater immer sagte). Und dann, zu guter Letzt ... sie schob ihre Hand tief unter ihr ganzes Zeug ... eine Packung Kondome. Jumbopackung, versehentlich. Sie musste lachen, wenn sie daran dachte, wie belämmert sie im Drogeriemarkt vor dem Regal gestanden hatte, als sie merkte, dass es die in verschiedenen Größen gab. Woher sollte sie wissen ...? Sie hatte dann einfach irgendwelche genommen.

Ihr Handy fiepte. Eine SMS. Sie wollte gerade nachsehen, als es klopfte und ihre Mutter reinkam, mit einer kleinen Tüte in der Hand. Den ganzen Morgen schlich sie schon um sie herum wie eine Katze um den Brei und ließ die immer gleichen Sprüche ab. »Pass bloß auf dich auf« oder »Trink nicht so viel« oder »Mach keine Dummheiten«. Hektisch vergrub Lissy die Kondome im Koffer und wandte sich dann ihrer Mutter zu.

Die sah ihr tief in die Augen und sagte: »Ich bin nicht so alt, dass ich nicht wüsste, was auf solchen Partys los ist. Wenn wir dir erlauben, mit deinen Freunden da hinzufahren, ist das ein enormer Vertrauensvorschuss. Ich will das nicht bereuen. Verstehst du mich?«

Lissy rollte innerlich mit den Augen. »Ja, Mama. Ich bin ganz brav.«

Ihre Mutter räusperte sich. »Falls es mit dem Bravsein doch nicht so ganz klappt ...«

Was holte sie da aus ihrer Tüte? Eine Packung Kondome?

Lissy war gerührt, und gleichzeitig musste sie lachen. »Das ist so süß von dir, Mama.« Einen Moment dachte sie daran, ihrer Mutter zu zeigen, dass sie auch welche besorgt hatte, aber sie ließ es bleiben, denn wie sah das wohl aus? »Danke!«, sagte sie und umarmte ihre Mutter. »Du bist die beste Mama der Welt! Wahrscheinlich werde ich die Dinger eh nicht brauchen.«

Es hupte in der Auffahrt. Vanessa war da. Lissy legte die zweite Packung Kondome in den Koffer und machte ihn zu. Wenn sie nur zehn Prozent so viel Sex kriegte, wie sie Kondome hatte, lag ein megageiles Wochenende vor ihr.

Ihre Mutter half ihr mit dem Gepäck. Vanessa und Elif hatten schon das überflüssige Campingzeug aus dem Kofferraum geholt, gemeinsam schafften sie es nun in den Keller. Lissys Mutter erzählten sie, die Sachen sollten später für eine Hilfsaktion gespendet werden, bei der Lissy sich engagierte. Nach letzten Ermahnungen und einer allerletzten Umarmung war der Abschied überstanden. Lissy stieg hinten ein. Weil sie dünner war als Elif, hatte sie die zweifelhafte Ehre, den Sandwichplatz zwischen den Jungs einzunehmen.

Erst als sie schon losgefahren waren, fiel Lissy die SMS wieder ein, die noch ungelesen auf ihrem Handy wartete. Sie öffnete sie und las:

L_Bitch hat eine neue Nachricht von Bad_Teacher erhalten: Schönes Wochenende und geile Party. Wir sehen uns hoffentlich. Melde mich wieder für alles Weitere. Aber kein Wort zu niemandem! Ganz besonders nicht zu deinen Freunden!

ALS DER TOYOTA AM ENDE DER STRASSE auftauchte, balancierte Finn gerade zum Zeitvertreib auf der Bordsteinkante. Na endlich, dachte er. Vanessa hupte mehrmals, Elif und Lissy wink-

ten. Anscheinend waren die Mädels schon in Feierlaune. Das Kribbeln in seinem Bauch wurde stärker. Er freute sich auf die Party mit ihnen. Doch wie würde es mit Vanessa weitergehen? Seit dem Tag in der Datsche war nicht mehr viel gelaufen. Er hing irgendwo zwischen Himmel und Erde, und das drückte auf die Stimmung. Was, wenn Vanessa beim Spring Break mit anderen Typen rummachte? Sogar Sex hatte? Wie würde er damit klarkommen? Er wollte lieber nicht dran denken. Stattdessen hatte er Pläne gemacht. Plan A: Feierlaune und Alkoholeinfluss nutzen, um mit Vanessa endlich Fakten zu schaffen. Plan B: Wenn das nicht klappte, sich vor ihren Augen ein anderes Mädchen schnappen, vielleicht funktionierte ja die Eifersuchtsnummer.
Der Toyota hielt vor ihm an. Vanessa stieg aus und umarmte ihn. Sie sah supersexy aus in ihrem Tanktop und dem kurzen Rock und mit der Sonnenbrille im Haar. Wie ein Hollywoodstar.
»Hast du nicht mehr dabei als das?«, fragte sie angesichts seiner kleinen Tasche.
»Doch.« Er holte aus dem Schatten hinter der Buchsbaumhecke, die den Garten umgab, eine Kühltasche hervor. »Für unterwegs. Willst du gleich eines?«
»Hallo, ich bin die Fahrerin!«
»Okay. Und ihr beiden Hübschen?«
»Her mit dem Stoff!«, rief Elif und streckte die Hand aus dem Seitenfenster.
Finn reichte ihr eine Dose, warf seine Tasche in den Kofferraum und nahm die Getränke mit nach vorn. Er holte für sich und Lissy Bier heraus. »Auf, die Dosen!«, rief er. Alle drei ließen sie ihre Biere zischen. »Ladys, es ist mir eine Ehre, mit Ihnen zu bechern! Und jetzt runter das Zeug!«

»ES IST NUR DAS Wochenende«, sagte Leon zu seinem Vater. »Montag bin ich wieder hier. Essen steht im Kühlschrank. Und Frau Buchmeier weiß Bescheid. Sie ist immer zu Hause. Wenn also was ist, läutest du bei ihr.«

»Ich bin doch kein kleines Kind«, empörte sein Vater sich.

»Dann benimm dich auch nicht so.«

»Hab ich dir überhaupt erlaubt, wegzufahren? Ich bin der Herr im Haus, nicht du! Es wird gemacht, was –« Ein heftiger Hustenanfall erstickte alles Weitere.

Leon schulterte seinen Rucksack und nahm die Jutetasche, in der kleine Schnapsfläschchen klimperten. Er umarmte seinen Vater zum Abschied, dann verließ er die Wohnung. Dass sein Vater so unsicher war, lag nicht an der Staublunge oder daran, dass er seine Frau verloren hatte. Er hatte schon immer Angst vor dem Leben gehabt, und mit den Jahren war es schlimmer geworden.

Im Treppenhaus meldete Leons Handy eine SMS. Erst draußen auf der Straße schaute er nach.

Von unterwegs. Hoffe, wir sehen uns. Das wird heiß. Freue mich auf alle möglichen Schandtaten. XXO Sylvie.

Nach der Begegnung in Kirchberg hatte Leon sich mit Sylvie über Facebook befreundet, und seither schrieben sie sich ab und zu. Sie war witzig, und klug war sie außerdem. Und ein bisschen verrückt. Abgesehen davon kannte er sie nicht besonders gut, doch immerhin gut genug, um zu wissen, dass sie mit Schandtaten nicht bloß Sex & Drugs & Rock 'n' Roll meinte. Sie wollte, dass er ihr dabei half, ihre Rechnung mit Vanessa zu begleichen. Würde er das machen? Was hatte Vanessa ihm getan? Außer, dass sie alles an sich gerissen hatte? Es gab nichts heimzuzahlen, er wollte nur, dass sie verschwand und die Dinge so liefen wie früher. Aber

da die anderen sie inzwischen wieder super fanden, war das wohl Schnee von gestern. Seit Vanessa nett war, war sie endgültig zum Vollmitglied der *Bad Boys and Little Bitches* aufgestiegen.
Eine Hupe riss ihn aus seinen Gedanken. Vanessas Toyota rollte auf ihn zu.

SIE LIESSEN DIE PARTY SCHON auf der Fahrt anlaufen. Vor allem Finn war bereits in Feierlaune, er und Leon spielten sich die Gags zu wie Federbälle, Lissy trug dazwischen das Ihrige bei, und als das Pulver fürs Erste verschossen war, drehte Vanessa die Musik auf. Rock Classics zum Mitgrölen. Nur Elif ließ sich nicht von der ausgelassenen Stimmung anstecken und blieb seltsam in sich gekehrt. Doch das fiel nur Vanessa auf, die ihre Antennen in alle Richtungen ausgefahren hatte.
»Alles klar bei dir?«, fragte sie.
Elif nickte und lächelte bemüht. »Alles gut.«
Vanessa glaubte ihr nicht. Irgendwas war in Italien passiert. Irgendwas, das zum Problem werden konnte.
Als sie von der Autobahn abbogen, wiesen ihnen Hinweisschilder den Weg zum Ferienresort, in dem der Spring Break stattfand. Es waren so viele Autos dorthin unterwegs, dass der Verkehr auf der Zufahrtsstraße stockte. Auf halber Strecke deckten sie sich in einem Supermarkt mit Getränken und Vorräten ein.
Das Resort selbst war die meiste Zeit des Jahres eine normale Ferienanlage für Familienurlauber, mit einem großen Hotel in der Mitte und zahlreichen Ferienhäusern in der Umgebung. Nur für dieses Wochenende hatte es sich in eine Partylandschaft verwandelt. Alles war bestens organisiert: Schilder wiesen den Weg zum zentralen Check-in, wo sie Schlüsselkarten für die Unterkunft,

Partypässe und Infomaterial zum Ablauf und zur Sicherheit erhielten. Von dort aus ging es im Auto weiter zur Unterkunft, einem schmalen, zweistöckigen Häuschen mit Flachdach, das durch Bäume und Büsche von der Nachbarschaft abgeschieden war. Sehen konnte man die Nachbarn zwar kaum, dafür waren sie umso besser zu hören. Von verschiedenen Seiten plärrten Musikanlagen. Anscheinend feierten einige hier ihre eigene Party.

»Voll geil!« So lautete das einhellige Urteil über die Unterkunft. Zwei Schlafzimmer, ein Wohnzimmer mit Schlafcouch für zwei Personen, zwei Bäder, eine geräumige Küche, nach vorne und hinten raus gab es Balkone und Terrassen. Als Ausgleich für den Fahrstress bekam Vanessa das kleine Schlafzimmer für sich allein, während Lissy und Elif sich das andere teilten. Die Jungs mussten mit der Couch vorliebnehmen. »Kein Problem«, sagten beide. Sie hatten ohnehin nicht vor, besonders viel zu schlafen.

Alle waren gut drauf. Nur auf Elif wollte der Partyfunke nicht überspringen. Allmählich machte Vanessa sich ernsthaft Sorgen. Was war mit ihr los? Sie passte einen Moment ab, in dem Elif allein im Zimmer war, und klopfte an ihre Tür. Obwohl kein *Herein* kam, trat sie ein. Elif saß auf dem Bett und spielte mit ihrem Handy herum.

»Was willst du?« Sie klang gereizt.

»Wissen, warum du so mies drauf bist.«

»Ich sollte nicht hier sein.«

Vanessa ließ sich neben ihr auf der Bettkante nieder. »Wegen Benedict?«

Ein Nicken.

»Jetzt sei mal nicht so streng mit dir. Er ist auch nicht so streng mit sich.«

Elif horchte auf. »Was meinst du?«
»Ich hab's dir nicht erzählt, aber … Weißt du noch, als ich nach dem Lernen mein Handy bei ihm liegen gelassen hab? Ich bin doch noch mal zu ihm.« Sie ließ eine wohlbedachte Pause, ehe sie fortfuhr: »Es ist nichts passiert, aber wenn ich gewollt hätte …«
Genau für einen Moment wie diesen hatte sie damals die Sache mit dem Handy inszeniert. Dass sie allein bei Benedict gewesen war, war das einzig Sichere, das Elif wusste. Der Rest blieb im Unklaren. Die Kunst war es, nichts zu behaupten, aber vieles anzudeuten.
»Soll das heißen, Benedict hat dich angemacht?«
»Nein … also, nicht so richtig … Und ich hab auch gleich alles abgeblockt. Ich will nur sagen: Benedict ist kein Heiliger. Und drum musst du auch keine Heilige sein.«
Elif meinte nicht richtig zu hören. Was erzählte Vanessa denn da? Konnte ja sein, dass sie selbst glaubte, was sie sagte, weil ein Männermagnet wie sie es sich nicht anders vorstellen konnte. Aber wer Benedict kannte, der wusste, dass das nur ihre Einbildung sein konnte. Er war treu bis in den Tod.
»Benedict würde dich nie anmachen. Er will nur mich. Hätte er sonst –«
Sie sprach nicht weiter.
»Was?«, fragte Vanessa.
Elif überlegte, dann sagte sie: »Du darfst es aber keinem verraten. Es ist ein Geheimnis.«
»Ich schwöre.«
Sie räusperte sich und druckste noch ein wenig herum, ehe sie den Mut hatte zu sagen: »Benedict und ich … wir haben uns verlobt.«

Vierzehn

LAGE CHECKEN, nannte Finn das, was nach einem kurzen Vorglühen mit Wodka-Orange als Nächstes auf der Liste stand. Elif wollte in der Unterkunft bleiben, aber weil Vanessa kurz davor war, sauer zu werden, kam sie doch mit. »Ich seh mir nur das Meer an«, murmelte sie muffig. Es ging runter zum Strand, wo laut Programm die geilste Party des Planeten stieg. Und das war kein bisschen übertrieben. Was immer sie erwartet hatten, die Realität war größer, lauter, wilder. »Wie geil ist das denn!«, rief Finn und stieß Leon gegen die Schulter. »Siehst du die Lautsprecher, Alter? Hammerteile!« Es waren richtige Lautsprechertürme, die den Strand und die unzähligen Menschen darauf beschallten, mehrere DJs heizten mit House und Electro ein. Leon fand die Leute viel interessanter als die Lautsprecher. Vor allem die Frauen. Wow, dachte er beim Anblick von so viel nackter Haut. Bin ich im Himmel?

Wow, dachte auch Lissy, zugleich fasziniert und abgestoßen von dem Treiben. Wo bin ich da bloß reingeraten? War hier irgendjemand unter zwanzig? Oder gar unter achtzehn? Alle zeigten, was sie hatten, und auch, was sie wollten. Nur sie sah keiner an. Sie kam sich vor wie die uninteressante kleine Schwester von irgendjemandem, die bei den Spielen der Erwachsenen eigentlich nichts verloren hatte.

Elif konnte sich nicht über mangelnde Aufmerksamkeit beklagen. Sie waren kaum am Strand angekommen, da stürmte schon der erste Besoffene auf sie zu, quatschte sie voll, tatschte überall an ihr herum und wollte einen Kuss von ihr, »aber mit Zunge«, wie er grinsend meinte. »Geht's noch?«, fauchte sie ihn an. »Verzieh dich bloß, sonst kommt mein Freund und bricht dir die Nase!«
»Du brauchst dringend was zu trinken«, befand Vanessa. »Ich hol uns mal einen Eimer Sangria.«
»Hör auf, mir zu sagen, was ich brauche!«, fuhr Elif sie an. »Allen schreibst du immer vor, was sie tun sollen. Seit wann bist du hier der Boss?«
Elif schaute in die betretenen Gesichter ihrer Freunde. Immer ist jemand dabei, der rumzickt, las sie ihre Gedanken. Elif wollte nicht diese Zicke sein. Aber sie war's anscheinend. Scheiß drauf, dachte sie und sagte: »Ich geh tanzen.« Tanzen war schon immer ihr Notausgang.
Vanessa sah sich nach dem nächsten Ausschank um, und als sie einen entdeckt hatte, verschwand sie auch. Dass Elif aus der Rolle fiel, passte ihr überhaupt nicht ins Konzept. Verlobt, dachte sie wieder verächtlich. Mit siebzehn! Weil die Stimmung im Lokal so romantisch war! Sie rollte mit den Augen. Wie bescheuert konnte man eigentlich sein?! Aber Elif würde schon noch auf Touren kommen. Sollte sie sich ruhig erst mal in Stimmung tanzen, alles Weitere würde folgen.
Doch was, wenn nicht?
Sie brauchte unbedingt einen Plan B.
»Hey, ich helf dir«, riss Finn sie aus ihren Gedanken. Er war ihr nachgekommen, wahrscheinlich um zu verhindern, dass sich einer von den anderen Typen an sie ranmachte, die sie die ganze

Zeit schon anstarrten wie verhungernde Wölfe ein Kaninchen.
»Hab ich schon gesagt, dass du klasse aussiehst?«, sagte er.
»Nicht mit Worten.« Sie lächelte.
»Was darf's sein?«, fragte ein muskelbepackter Blondschopf hinter dem Tresen.
»Sangria«, bestellte Vanessa, »im großen Eimer.«
Er befüllte den Eimer aus einem Schlauch, steckte eine Handvoll Strohalme in Übergröße rein und schob das Ganze rüber. Vanessa legte das Geld hin, Finn nahm den Eimer. Als Vanessa sich umdrehte, sah sie, wie Leon sie beide mit dem Handy filmte. »Seit wann ist Leon der Spanner unter uns?«, fragte sie.
Die Spitze traf, Finn räusperte sich, ging aber nicht darauf ein. »Er hat seinem Kumpel Rico versprochen, dass er ein paar Eindrücke von hier mitbringt. Für Rico ist so was unerreichbar. Er sitzt im Rollstuhl.«
»Schon klar.«

OHNE ELIF ZOGEN DIE FREUNDE weiter zur zentralen Hotelanlage, wo es rund um die verschiedenen Pools ebenfalls hoch herging. Lissy hatte sich an der Sangria kräftig bedient, und die Wirkung blieb nicht aus: Die angesoffenen Typen um sie herum waren nicht mehr ganz so abstoßend, einige fand sie sogar ziemlich lustig. Und sie selbst war nicht mehr ganz so unsichtbar für die anderen, seit sie etwas mehr aus sich herausging. Die Party fing an, Spaß zu machen.
Sie bestellte sich an der Bar eine Whisky-Cola und startete einen Flirtangriff auf den Mann hinter dem Tresen, der allerdings ziemlich ins Leere lief. Schmollend schlürfte sie ihren Drink.

Da stieß Finn sie an. »Hast du gehört, was die eben durchgesagt haben? Die suchen Mädels für einen Wet-T-Shirt-Contest. Wär das nichts für dich?«
Wollte er sie verarschen, oder meinte er das ernst? Dem würde sie es zeigen! Und allen anderen auch. »Weißt du, was? Ich mach da jetzt mit!«, sagte sie und stellte ihren Drink hin.
Finn lachte. »Das will ich sehen!«
Ein Mädchen lief herum und suchte Teilnehmerinnen für das Spiel. »Ich, ich, ich!«, meldete sich Lissy wie eine übereifrige Grundschülerin und lief auf sie zu. »Film das mal für deinen armen Freund«, sagte sie im Vorübergehen zu Leon.
Finn und Leon sahen sich an und zuckten mit den Schultern. Wenn sie Spaß hatte … Waren sie nicht hier, um genau solchen Blödsinn anzustellen?
Es hatten sich noch ein paar Mädchen für den Wettbewerb gefunden. Sie tauschten ihre Tops gegen weiße T-Shirts und zogen darunter die Bikinioberteile aus. Eine nach der anderen wurde unter dem Gejohle der Leute mit riesigen Spritzpistolen nass gemacht, bis das T-Shirt wie eine durchsichtige zweite Haut an ihnen klebte. Lissy führte eine sexy Tanzeinlage auf, die damit endete, dass sie das nasse T-Shirt lüftete. Per Applaus wurde die Siegerin gekürt. Frechheit siegte nicht ganz, aber Lissy belegte immerhin einen guten zweiten Platz und wurde gefeiert. Das T-Shirt durfte sie als Andenken behalten.
»Na, wie war ich?«, fragte sie mit feuerroten Wangen, als sie wieder bei Finn und Leon war. »Hast du alles drauf, Alter?«
»Alles im Kasten«, sagte Leon mit breitem Grinsen, und Finn: »Du warst super. Lass mich noch ein bisschen gucken, bis dein T-Shirt trocken ist.«

»Idiot! Ich will in den Pool. Kommt ihr?«

Sie streifte ihre Shorts ab, unter der sie die Bikinihose trug, behielt das T-Shirt aber an und ließ sich so vom Beckenrand ins Wasser gleiten. Natürlich war sie betrunken, aber sie war auch süß und supersexy. Finn schaute zu Vanessa. Sie saß noch an der Bar und sprach mit einem Typen, den sie gekonnt auf Distanz hielt. Keine Gefahr.

»Ich geh schwimmen«, sagte er zu Leon. »Kommst du mit?«

Leon schüttelte den Kopf.

Lissy stand im Pool, um sie herum planschten Leute oder trieben auf Luftmatratzen. Das Wasser war nicht tief. Finn sprang rein und schlug fast auf dem Boden auf. Als er wieder hochkam, stand Lissy mit ausgebreiteten Armen vor ihm. Er drückte sie an sich.

»Du bist ziemlich dicht«, sagte er.

»Ich weiß. Aber es ist soooo toll …!«

Sie lösten sich voneinander, hielten sich noch ein wenig an den Händen. Wie süß ihr Lachen war. Kurz dachte er, sie werde ihn küssen, aber dann glitten ihre Hände aus den seinen, sie ließ sich ins Wasser sinken, bis nur noch ihr Kopf herausragte. Schließlich tauchte sie ganz unter.

ELIF WUSSTE NICHT, wie lange sie getanzt hatte. Die Musik, die der DJ auflegte, war so toll, dass ihr Körper sich von alleine bewegte. Wenn sie die Augen schloss, löste sich die ganze Welt in Klang und Rhythmus auf, und sie schwamm darin, beinahe schwerelos. Als sie nun die Augen wieder öffnete, sah sie die Sonne als feuerroten Ball über dem Horizont hängen, bereit, sich im Meer zu ertränken. Hammer, dieser Anblick, dachte sie.

Sie holte sich ein Bier und setzte sich damit ans Wasser. Das Meer, der Sonnenuntergang, die Beats hinter ihr – das alles war wunderschön.
Scheiße, ich bin gerade siebzehn und hab mich verlobt, wurde ihr dann bewusst.
Sie hatten es nicht getan, weil sie schon bald heiraten und eine Familie gründen wollten. Es ist nur der Ausdruck eines Versprechens, das wir uns sowieso gegeben haben, hatte Benedict gesagt.
Stimmte das?
Sie ließ Sand von der einen in die andere Hand rieseln und wieder zurück. Hin und her. Genau wie ihr Leben, das auch ein einziges Hin und Her war. Erst die wilde Phase, dann die Streberin. Würde sie den Stress noch ein Jahr durchhalten? Wollte sie es überhaupt? Oder kam jetzt wieder eine andere Phase? Sie hatte Lust, sich mal wieder so richtig gehen zu lassen. Und hatte sie es sich nicht auch verdient? Vielleicht hatte Vanessa ja recht. Alles halb so wild. Was beim Spring Break passiert, bleibt beim Spring Break.
Sie nahm einen Schluck Bier.
Wie sollte sie wissen, was in fünf oder zehn Jahren war, wenn sie nicht einmal wusste, was am Ende dieser Nacht lag? Niemand wusste das. Auch Benedict nicht. Aber er sagte Sachen, die danach klangen. Sachen wie: »Deine Zukunft ist vor allem das Ergebnis von Entscheidungen, die du heute triffst. Im Guten wie im Schlechten.«
Ein Typ fiel neben ihr in den Sand, wie aus dem Nichts oder aus den Wolken. »Chillst du, oder was machst du?«, fragte er. Dunkle Augen, dunkle Locken, athletischer Body. Zum Anbeißen.
»Ich mach gar nichts«, sagte sie.

»Geile Stimmung, oder?« Er hielt ihr seine Bierflasche hin. »Ich bin Lukas, aber alle meine Freunde sagen Luke zu mir.«
Sie stieß mit ihrer Flasche dagegen. »Elif.«
Sie quatschten eine Weile, dann verstummten sie angesichts der immer gewaltiger werdenden Pracht des Sonnenuntergangs. Irgendwann wandte sie sich Luke zu, sah ihn so lange an, bis er verunsichert fragte: »Was denn?«
»Nichts«, antwortete sie, setzte sich rittlings auf seinen Schoß und küsste ihn. Eine halbe Minute lang, vielleicht auch eine ganze. Dann stand sie auf und ging weg.

LEON, VANESSA, FINN UND LISSY waren vom Hotelpool zurück an den Strand gezogen, um zu tanzen. Es war längst dunkel, die bunte Light Show entrückte die Szenerie ins Unwirkliche. »Total abgespaced«, wie Finn sagte. Irgendwann konnte Lissy nicht mehr. Sie taumelte, die Beine sackten ihr weg, und schon lag sie zwischen den Tanzenden im Sand. Ihre Freunde schirmten sie im dichten Gedränge ab und hoben sie auf. »Einer von den Cuba Libres war wohl schlecht«, scherzte Finn. Gemeinsam brachten sie sie raus aus dem Getümmel, runter zum Strand, wo es ruhiger war, und setzten sie dort in den Sand.
»Lissy muss ins Bett«, entschied Finn und sah Vanessa an: »Hilfst du mir?«
Sie zögerte einen Moment, dann antwortete sie: »Klar.«
Wieso hat sie gezögert?, dachte er.
Egal. Hauptsache, er würde mit ihr allein sein.
»Und du, Alter, was machst du?«, fragte er Leon.
»Ich bleib noch und schau mir den Mond an.«
Leon sah zu, wie Vanessa und Finn Lissy aufrichteten, zwischen

sich nahmen und abzogen. Als sie weg waren, schrieb er Sylvie eine SMS.
Wo bist du? Sitze am Strand und bin ganz allein.
Er holte Tabak, Paper und ein Tütchen Gras aus der Seitentasche seiner Hose und fing an, einen Joint zu bauen. Er war gerade damit fertig, als sich jemand neben ihm niederließ. Sylvie.
»Hi«, sagte sie breit grinsend. »War grad in der Nähe. Ist der für mich?«
»Sei nicht so gierig. Du darfst mitrauchen.«
Sie sah toll aus. Ihr wildes, ungekämmtes blondes Haar, die spitze Nase, die rosigen Lippen. Auch der Rest war nicht schlecht.
Er zündete den Joint an, nahm einen tiefen Zug, reichte ihn ihr und sah zu, wie sie tief inhalierte.
»Wo ist Vanessa?«, fragte sie.
»In unserer Unterkunft. Es gab einen Totalausfall, um den sie sich mit einem Freund kümmert.«
»Du weißt, dass ich ihr was antun werde. Ich hab's geschworen.«
»Wem?«
»Ihr. Und mir selbst. Und du musst mir helfen.« Sie tippte mit ihrem zarten Zeigefinger gegen seine Brust.
Er zuckte mit den Schultern. »Sicher nicht heute Nacht. Heute Nacht werde ich dir was antun. Und du mir. Hoffe ich.«
Sie rauchten schweigend und blickten in den Mond, der das Meer versilberte.
Die Wirkung des Joints setzte ein. Nicht heftig, aber gut.
So viele Sterne!, dachte Leon. Und nur für uns. Alles nur für uns! Was für eine wunderbare Verschwendung!
Er legte den Arm um Sylvie, sie neigte sich zu ihm, sie küssten sich. Die Welt um sie herum verschwamm und verwirbelte: der

Sound aus den Lautsprechern, das Rauschen der Wellen, ihrer beider Atem, ihre Gefühle. Es war, als würde alles aufgehen in einem großen Kuss. Das begrenzte Leben küsst die Unendlichkeit. Oh Mann, dachte Leon, bin ich breit! Er spürte, wie jemand heranhuschte, ihm den nicht mal halb gerauchten Joint aus den Fingern pflückte und wieder verschwand. Ein Joint-Dieb. Was es alles gab. Egal. Sollte der Typ glücklich werden, er brauchte das Zeug nicht mehr. Er war genau da, wo er sein wollte.

ARME LISSY! Vanessa und Finn hatten sie kaum über die Türschwelle geschleppt, da ging es schon los. Sie schafften es gerade noch rechtzeitig ins Bad. Dort ließ Vanessa sie mit Finn allein. »Ich kann das nicht mit ansehen«, entschuldigte sie sich, »sonst muss ich auch kotzen.« Dann war sie weg. Die nächste Stunde hing Lissy über der Kloschüssel und spie sich die Seele aus dem Leib. Zwischen den einzelnen Attacken aus ihrem Inneren saß sie kraftlos auf den kühlen Fliesen und wiederholte immer wieder: »Ich wünschte, ich wäre tot.« Finn, der ihre Hände hielt und, wenn es wieder losging, die Haare, erwiderte stets sanft: »Das wünschst du dir nicht. Das geht vorbei.«

Vanessa lief unterdessen unruhig in ihrem Zimmer auf und ab. Sie machte sich Sorgen. Nicht um Lissy, die war ihr egal. Elif trieb sie um. Diese Fliege wollte einfach nicht ins Netz der Spinne. Ausgerechnet die! Aber es passte ja. Elif dachte nur an sich. *Können wir Vanessa nicht bis nach dem Spring Break halten,* äffte sie sie in Gedanken nach, *sie hat ein Auto, und das wäre superpraktisch.* Die zog ihr Ding durch, ohne Rücksicht auf Verluste. Und ihr selbst lief währenddessen die Zeit davon. Wenn sie bis morgen Abend nichts hatte, blieb ihr schöner Plan Stückwerk.

Wo steckte sie nur? Alle Versuche, sie zu erreichen, hatten nichts gebracht. Auch diesmal landete sie wieder nur auf der Mailbox.

»Hey«, sagte sie mit honigsüßer Stimme, »wo treibst du dich rum? Ich bin mit Finn im Haus. Lissy geht's nicht so gut. Vielleicht kommst du ja her, und wir ziehen später zusammen noch mal los. Melde dich auf jeden Fall!«

Es klopfte.

Finn.

»Ich hab sie ins Bett gebracht«, teilte er mit. »Sie schläft.«

Vanessa rang sich ein Lächeln ab. »Super.«

»Mit wem hast du telefoniert?«

»Elif. Aber nur die Mailbox. Ich mach mir Sorgen um sie.«

Er winkte ab. »Die schlägt sich durch. Da muss man sich keinen Kopf machen. Lust auf einen Drink? Wodka-Orange? Mit Eis?«

»Klar. Ich komme gleich.«

Er ließ die Tür offen. Sie lauschte seinen Schritten auf der Treppe hinterher. Wahrscheinlich dachte er, dass dies seine große Nacht würde. Noch ein paar Drinks, eines kommt zum anderen … Das Übliche eben.

Träum weiter, Loser!

Als Vanessa in die Küche kam, wartete Finn schon mit den Drinks. Er reichte ihr einen, das Eis klackerte in den Gläsern. Sie stießen an, tranken. Finn lächelte. Und wie er sie ansah. Das war ein anderer Blick als sonst. Er machte einen Schritt auf sie zu. Es sah ganz so aus, als würde er heute tatsächlich Ernst machen. Und zwar jetzt!

Doch bevor er etwas tun konnte, störten Geräusche von der Haustür die angespannte Stille.

Hoffentlich Elif, dachte Vanessa sofort, stellte ihr Glas hin und ging in den Flur. Finn folgte ihr.
Sie war es wirklich.
»Was macht ihr denn hier?«, fragte sie überrascht. »Ich dachte, ihr seid am Feiern.«
»Hast du deine Mailbox nicht abgehört? Die arme Lissy hat's gewaltig übertrieben, Finn und ich mussten sie ins Bett bringen. Und du, hattest du Spaß?«
Elif nickte. »War ganz okay.«
»Können wir kurz reden?«
Als die beiden ohne Finn vors Haus traten, ließ der Bewegungsmelder die Lichter entlang des Zugangswegs aufleuchten.
Elif kam Vanessa zuvor, indem sie zugab: »Ich weiß, dass ich mies drauf bin. Ich will auch niemandem den Spaß verderben. Echt nicht. Es ist nur …«
Ihr Blick ging ins nächtliche Dunkel zwischen den Büschen und verlor sich dort. In Gedanken war sie wieder in Italien, sie sah Benedict vor sich, wie er sie fragte, ob das zwischen ihnen für immer sei, und wie er sie dabei ansah aus funkelnden Augen, so voller Liebe und Vertrauen. Und was machte sie daraus? Eine riesengroße, fette Lüge. Vielleicht hatte sie ihn gar nicht verdient.
»Wieso kann ich kein besserer Mensch sein?«, fragte sie. »Ich will doch nur alles richtig machen. Damit niemand von mir enttäuscht ist. Aber anscheinend enttäusche ich irgendwie alle. Dauernd.«
»Es gibt nur eine, die du nicht enttäuschen darfst, und das bist du selbst.« Vanessa lächelte. »Hast du nicht doch Lust, noch ein wenig mit mir loszuziehen? Nur wir beiden Mädels? Die Typen lassen wir alle einfach links liegen. Wir können auch ohne die Spaß haben.«

»Und was ist mit Finn?«
»Der kann nachkommen. Wir sind ja nicht so.« Sie zwinkerte.
Elif lächelte. »Okay. Dann los.«

ES WAR SCHON WEIT nach Mitternacht, als Leon wieder ins Partygetümmel eintauchte. Allein. Sylvie teilte ihr Hotelzimmer mit einer Freundin, deshalb hatte er nicht die ganze Nacht bleiben können. Sie hatten sich auf ihrem Balkon zum Abschied einen Wodka genehmigt und einen Joint im Stehen. Ein langer Abschiedskuss. Erst hier, unter den vielen Leuten, bemerkte er, wie weit weg er vom realen Leben war. Er schwebte in einer Blase zwischen allem. Konnte alles sehen, ohne dass ihn jemand sah.
Als er am Whirlpool schon fast vorbeigeschwebt war, bemerkte er im Augenwinkel etwas, das ihn anhalten ließ. Zwei Mädchen, nur mit Bikinis und blubbernden Wasserperlen bekleidet, küssten sich. Auch wenn er die beiden nicht gut sehen konnte, kamen sie ihm doch auf Anhieb bekannt vor. Er ging einen Schritt auf sie zu. Die eine, das war doch – Elif! Und die andere, die ihn jetzt ansah, war Vanessa. Nein! Unmöglich! Er täuschte sich. Er wollte gehen, aber er konnte nicht. Das Mädchen, das wie Vanessa aussah, küsste das andere Mädchen, das wie Elif aussah, auf die Schulter. Diese Elif legte den Kopf zur Seite. Sie sah aus, als würde sie die Küsse genießen.
Mann, bin ich erledigt, dachte Leon und wischte sich über die Augen. Als er wieder guckte, waren die beiden immer noch da. Und sie sahen immer noch aus wie Vanessa und Elif.
Das ist genau die Art von Partyeindrücken, dachte er belustigt, auf die Rico scharf ist.

Fünfzehn

»NA, WIEDER VON DEN TOTEN AUFERSTANDEN?«, sagte Finn, grinste breit und biss in sein dick bestrichenes Nutellabrot.

Lissy antwortete nicht. Sie rückte nur die Sonnenbrille zurecht, zog den Schirm des Basecaps tiefer ins Gesicht und setzte sich zu Finn, Vanessa und Elif an den Tisch. Ihr Kopf fühlte sich an, als würden in seinem Innern Billardkugeln gegen die Schädeldecke schlagen. Sie hatte nur eine verschwommene Erinnerung an den letzten Tag, und vielleicht war das auch besser so.

»Kaffee?«, fragte Vanessa.

»Oh ja, bitte!«

Sie hatte jede Menge wirres Zeug geträumt, Steffen war gleich doppelt vorgekommen, als er selbst und als *Bad_Teacher*, außerdem Vanessa und Finn. Zum Glück hatte sie das meiste gleich wieder vergessen. Ausgerechnet heute, an ihrem großen Tag, fühlte sie sich wie durchgekaut und ausgespuckt. Sie würde Steffen treffen, und sie würden … Was auch immer. Besser, sie dachte jetzt an etwas anderes, zum Beispiel daran, wie sie so schnell wie möglich wieder fit wurde.

Vanessa schob ihr die Jumbotasse hin. Kaffee war ein guter Anfang für das Lissy-Reanimationsprojekt. Als ihr Blick auf die fettglänzende Wurst und den Käse in der Mitte des Tisches fiel, war das bisschen Appetit, das sie gehabt hatte, allerdings weg. Während sie den wohltuenden ersten Schluck Kaffee nahm, schlurfte Leon in Boxershorts auf die Terrasse. Er gähnte ausgiebig und rieb sich den Schlaf aus den Augen.

»Wo warst du denn gestern so lange, Alter?«, fragte Finn.

»Irgendwo halt«, gab Leon zurück.

»Treffer versenkt?«

Leon grinste bloß.

»Alter Falter!«, rief Finn lachend. »Gratuliere!«

Die Mädchen rollten mit den Augen. Jungs!

»Ist noch Kaffee da?« Leon ließ sich auf den letzten freien Stuhl fallen. »Wie geht's Miss Zweiter-Platz-im-Wet-T-Shirt-Contest?«, fragte er in Lissys Richtung.

»Oje«, sagte die nur und versteckte ihr Gesicht zwischen dem Schirm des Basecaps und dem Rand ihrer Jumbotasse. Daran hatte sie gar nicht mehr gedacht.

Leon nahm Vanessa und Elif in den Blick. »Kann es sein, dass ihr beiden Hübschen euch gestern noch eine Runde Wellness gegönnt habt?«

»Keine Ahnung, wo ich gestern überall war«, sagte Vanessa vieldeutig.

Elif sprang auf, verschwand nach drinnen und hinterließ minutenlanges Schweigen, das erst brach, als Vanessa verkündete: »Ich geh jetzt schwimmen.« Sie wandte sich an Finn: »Kommst du mit?«

»Klar.«

Offenbar wollte sie ihn dafür entschädigen, dass sie und Elif gestern Abend ohne ihn losgezogen waren. Erst war er deswegen ziemlich deprimiert gewesen, aber dann hatte er sich alleine ins

Getümmel gestürzt. Zwei fröhliche Holländerinnen und jede Menge Sangria hatten ihm über den Frust hinweggeholfen, er erinnerte sich dunkel, dass er und die Holländerinnen im Meer schwimmen waren. Danach hatten sie, betrunken, wie sie waren, am Strand ein wenig rumgemacht, aber irgendwann war er wohl weggetreten, denn als er wieder zu sich kam, waren die beiden fort. Er war nicht traurig darüber. Er dachte an Vanessa und wunderte sich, wie leicht und spielerisch es mit Mädchen gehen konnte, wenn viel Alkohol und keine großen Gefühle im Spiel waren.

Finn folgte Vanessa ins Haus, Lissy schloss sich ihnen an, um die zweite Wiederbelebungsstufe zu starten: ausgiebig duschen. Leon blieb jedoch nicht lange allein, denn Elif kehrte wieder zurück. Anscheinend hatte sie nur darauf gewartet, dass die anderen sich verzogen.

Sie sah zu, wie er Käse und Schinken auf ein Brötchen packte und dann schmatzend zu essen begann. Er merkte, dass ihr was auf der Seele lag, und er ahnte auch, was. Hätte er sich doch bloß die blöde Anspielung vorhin verkniffen. Wenn sie mit ihm darüber reden wollte, konnte sie das gerne tun. Wenn nicht, würde er sie bestimmt nicht löchern. Schon gar nicht sollte sie das Gefühl haben, sie müsste ihm was erklären oder sich für irgendwas rechtfertigen.

Elif räusperte sich. »Was du da … vielleicht gesehen hast … gestern … das …« Sie sprach nicht weiter.

»Wahrscheinlich hab ich gar nichts gesehen«, erlöste er sie. »Ich war total breit. Außerdem weißt du ja: Was beim Spring Break passiert, bleibt beim Spring Break.«

NUR NACH LANGEM SUCHEN fanden Vanessa und Finn am Strand einen freien Platz. Dicht und glänzend wie die Würstchen auf dem Grill lagen die Partyleichen in der Sonne. Die meisten chillten nach dem Feierstress der Nacht davor, andere schliefen ihren Rausch aus, während ihr Rücken in der Mittagsglut verbrannte, wieder andere hatten Getränke mitgebracht und machten nahtlos da weiter, wo sie vor ein paar Stunden aufgehört hatten. Vanessa musste ins Wasser, um sich abzufrischen, Finn wollte mit, doch sie bat ihn, bei den Sachen zu bleiben, sie hatten schließlich beide Geld und Handys dabei.

Vanessa schwamm, bis sie weit genug weg war vom Treiben an Land. Dann hielt sie an und ließ sich nur noch von den Wellen tragen. Elif war heute Morgen ziemlich verstört gewesen, als sie sich mit nüchternem Kopf daran erinnert hatte, was letzte Nacht im Whirlpool gelaufen war. Jetzt dachte sie wahrscheinlich, dass sie lesbisch sei, und vielleicht war sie das ja, doch das würde schon bald nicht mehr ihr größtes Problem sein. Also bereits jetzt ein Sieg auf ganzer Linie, auch wenn es noch eine Kleinigkeit zu erledigen galt. Aber das war nicht mehr ihr Part.

Und Finn? Was blieb an der Baustelle noch zu tun? Eigentlich war alles angerichtet für den großen Showdown und der Typ so was von erledigt. Tja, dachte sie, du hattest deine Chance, mir zu zeigen, dass du auf meiner Seite stehst, aber du hast dich anders entschieden. Pech für dich! Dass es letzte Nacht mit Elif so gut gelaufen war, machte ihr Lust, noch ein wenig mit Finn zu spielen. Je höher einer stieg, desto tiefer konnte er schließlich fallen.

Vanessa schwamm zurück.

Finn erwartete sie bereits voller Ungeduld. Nichts hätte ihre Schönheit besser spiegeln können als die Art, wie er sie ansah.

»Cremst du mir den Rücken ein?«, fragte sie, nachdem sie sich abgetrocknet hatte.
»Klar.«
Sie legte sich auf den Bauch. Er machte aus dem Eincremen eine große Massage-Nummer, und sie ließ ihn gewähren, denn eines musste man ihm lassen: Er war richtig gut darin. Du wirst einmal ein Mädchen sehr glücklich machen, dachte sie. Das heißt, falls sich jemals wieder eine mit dir abgibt – was nicht sehr wahrscheinlich ist, zumindest nicht in nächster Zeit. Sie belohnte ihn, indem sie dann und wann wohlig seufzte. Nach einer Weile musste sie an Leon denken. Es brauchte keine hellseherischen Fähigkeiten, um zu wissen, dass er die letzte Nacht mit einem Mädchen verbracht hatte. Was für ein Typ sie wohl war? Würden sie sich wiedersehen? War es eine schnelle Sache gewesen oder etwas Ernstes? Sie musste zugeben, dass sie ein bisschen eifersüchtig war.
»Wie geht es eigentlich mit uns weiter?«, unterbrach Finn ihre Gedanken.
Sie hatte sich schon gefragt, wann er wohl davon anfangen würde. Oder ob er genug Mumm hatte, sie einfach zu küssen. Nein, er wählte den sichersten Weg: das Gespräch. Sie war nicht überrascht. Nur gelangweilt.
»Ich finde es so toll, wie du mit der Situation umgehst«, sülzte sie mit wachsweichem Schmelz in der Stimme. »So geduldig. Total lieb. Ich hab noch nie einen so einfühlsamen Jungen erlebt.«
»Aber?«
»Kein Aber. Wie du dich verhältst, hat mir so geholfen, über alles hinwegzukommen. Mich den Menschen wieder zu öffnen. Ich möchte einfach –«
Weiter kam sie nicht, denn er beugte sich plötzlich vor und ver-

schloss ihren Mund mit einem Kuss. Im ersten Moment zuckte sie erschrocken zurück, doch er schob seine Hand in ihren Nacken und hielt sie mit sanfter Gewalt fest, und da gab sie auf. Sie hatte ja ohnehin vorgehabt, ihn ein wenig von der Frucht kosten zu lassen, die er später für immer verlieren würde. Wow, dachte sie nun, gar nicht mal schlecht, der Junge. Nicht dieses Zunge-bis-in-den-Rachen-Stecken Marke Steffen Wegmann.

Als sie ihre Lippen von den seinen löste, schaute sie in Augen, die vor Glück glänzten wie blank polierte Sterne. Sie hätte am liebsten laut gelacht. Wo hatte Finn auf einmal den Mut hergenommen? Es war nur leider zu spät. Er war, genau wie die anderen, längst verloren.

NACH DEM DUSCHEN FÜHLTE LISSY sich fast schon wieder wie ein richtiger Mensch. Damit sie ihr Date mit Steffen nicht vermasselte, nahm sie sich vor, es heute mit dem Alkohol langsamer angehen zu lassen. Sofern es überhaupt zu einem Date kam. Es war schon Nachmittag, und er hatte sich noch immer nicht gemeldet. Hatte er sie nur verarscht? Nee, glaubte sie nicht. Hatte er also kalte Füße gekriegt? Das schon eher. Enttäuschend war es so oder so.

Vanessa und Finn waren in einer auffallend gelösten Stimmung vom Strand zurückgekommen. Als Lissy fragte, was los wäre, behaupteten sie, es sei nichts. Doch das nahm sie ihnen nicht ab. So wie sie auch Elif nicht abnahm, dass bei ihr alles okay war. Wieso ging sie Vanessa dann aus dem Weg? Irgendwas war zwischen den beiden vorgefallen. Aber wenn man sie fragte, hieß es nur: Nicht dein Problem.

Während alle sich fürs Ausgehen fertig machten, schenkte Lissy sich in der Küche einen Drink ein (ein Spritzer Wodka und sehr viel Orangensaft) und setzte sich damit auf die Terrasse. Sie spielte auf ihrem Handy herum, als Leon sich zu ihr gesellte.

»Was ist eigentlich mit Elif und Vanessa los?«, fragte sie sofort. »Weißt du was? Du hast beim Frühstück so eine komische Anspielung gemacht.«

Leon überlegte kurz, dann sagte er: »Ich zeig dir was.«

Er holte sein Handy heraus, wischte darauf herum und hielt es ihr schließlich hin. Ein Film startete, auf dem sich zwei Mädchen in einem Whirlpool küssten. Das gibt's doch nicht!, dachte Lissy erschrocken.

»Sind das Elif und Vanessa?«, fragte sie ungläubig.

Leon nickte.

Bedeutete das, dass die beiden lesbisch waren? Was für sie kein Problem gewesen wäre, aber eine Riesenüberraschung.

»Wahrscheinlich waren sie bloß betrunken und haben rumgesponnen«, sagte Leon. »Was ausprobiert oder so.«

»Und sie wissen, dass du das Ganze gefilmt hast?«

Leon schüttelte den Kopf. »Du hast recht. Ich war nicht ganz klar in der Birne, als ich das gemacht hab. Weg damit.« Er löschte das Video. »Schon komisch«, sagte er dann, während er weiter auf sein Handy starrte. »Früher haben wir uns immer alles erzählt. Wann hat das mit den Geheimnissen eigentlich angefangen?«

»Hast du denn auch eines?«, fragte Lissy.

Er zuckte mit den Schultern. »Und du?«

Ihr Handy fiepte.

»Du hast eine SMS gekriegt«, sagte Leon. »Willst du nicht nachsehen?«

Und ob Lissy wollte. Trotzdem gab sie sich cool. Sie öffnete die

SMS und las: *L_Bitch hat eine neue Nachricht von Bad_Teacher erhalten: Bin angekommen. Nimm dir heute Abend ab 9 nichts vor. Treffpunkt folgt noch. Und kein Wort zu irgendjemandem!*

ELIF ZOG AN, was ihr von ihren Sachen als Erstes unter die Finger kam. Völlig egal, wie sie aussah. Für sie war die Party sowieso gelaufen. Am liebsten wäre sie sofort abgereist. Nur Lissy, Leon und Finn zuliebe blieb sie. Sie wollte ihnen nicht mit einer Riesenszene die Stimmung verderben. (Außerdem war es kompliziert, alleine hier wegzukommen.) Vanessa jedenfalls konnte ihr gestohlen bleiben. Diese heimtückische Schlange! Was hatte die eigentlich für ein Problem?

Wäre sie bloß letzte Nacht nicht noch einmal mit ihr losgezogen. Davor war sie völlig mit sich im Reinen gewesen. Nachdem sie diesen Luke geküsst und es ihr nichts bedeutet hatte, hatte sie endgültig gewusst, was sie wollte: mit Benedict glücklich sein.

Bis Vanessa gekommen war und alles auf den Kopf gestellt hatte. Im Nachhinein wirkte es so, als habe sie das von Anfang an vorgehabt. Nur warum? Mit welchem Ziel? Was wollte sie beweisen? Dass Elif lesbisch war und Benedict eine Verirrung? Nein, die Sache im Whirlpool war die Verirrung gewesen. Obwohl es sich in dem Moment gar nicht so falsch angefühlt hatte. Aber eben auch nicht richtig. Eine untergründige Spannung, die sich zwischen ihr und Vanessa aufgebaut hatte, hatte sich entladen. Solche Dinge passierten, das musste nichts bedeuten. Hatte es etwa für Vanessa mehr bedeutet? Bestimmt nicht. Oder doch? Wieso war sie dann hinterher einfach verschwunden und hatte sie, Elif, in ihrer Verwirrung allein gelassen? Es interessierte sie kein bisschen, wie es in einem anderen aussah. Sie wollte die Kontrolle

haben. Beweisen, dass sie mit einem machen konnte, was sie wollte.
Es klopfte. Gleich darauf trat Vanessa ein.
»Was willst du?«, fuhr Elif sie an.
»Mit dir reden. Wegen gestern.«
Elif verschränkte die Arme vor der Brust. »Es gibt nichts zu reden«, behauptete sie.
Vanessa kam näher.
»Wirklich nicht? Warum bist du dann sauer auf mich?«
Elif schwieg.
»Was ist schon passiert? Wir haben getrunken, wir waren gut drauf, da kommt man schon mal auf komische Gedanken. Mehr war nicht.« Sie ließ eine Pause, ehe sie hinzusetzte: »Oder?«
Was sollte dieses dumme *Oder?* bedeuten?
»Du bist auf diese blöde Idee gekommen, nicht ich!«, hielt Elif ihr entgegen.
»Und du hast es genossen«, sagte Vanessa lächelnd. »Macht dir das Angst?«
Elif sah Vanessa an. Was sollte dieses dumme Grinsen? Spontan überkam sie das Verlangen, ihr eine reinzuhauen. Doch stattdessen rauschte sie aus dem Zimmer und schloss sich im Bad ein.

NACHDEM ER EIN PAAR STUNDEN mit seinen Freunden gefeiert hatte, klinkte Leon sich aus. Sylvie hatte geschrieben, sie wolle ihn treffen. Der Zeitpunkt hätte kaum besser gewählt sein können, denn die Stimmung war die ganze Zeit auf der Kippe, ohne dass man ahnen konnte, wohin sie sich neigen würde. Elif zickte Vanessa dauernd an, Finn mischte sich ein und machte es noch schlimmer, und Lissy wirkte irgendwie abwesend, so als brüte sie etwas aus.

Sylvie wartete vor dem Hotel auf ihn. Sie hatte eine große Umhängetasche über der Schulter, aus der der Zipfel eines Badetuchs hing. Anscheinend war sie schwimmen gewesen. Als sie ihn sah, trat ein Lächeln auf ihr Gesicht. Sie kam ihm entgegen, schlang ihre Arme um seinen Nacken und küsste ihn. Sie roch nach Sonne, Sand und Meer.

»War schön gestern mit dir«, sagte sie.

»Fand ich auch.«

»Wir können das gerne wiederholen.«

»Cool. Bin dabei.« Er küsste sie auf den Hals. Sie schmeckte nach Salz.

»Aber diesmal nicht bei mir. Meine Freundin ist gerade mit jemandem hoch. Können wir zu dir?«

»Äh … ich weiß nicht. Jetzt ist zwar niemand da, aber es könnte jederzeit jemand kommen. Vanessa zum Beispiel.«

Sylvie lachte. »Das macht es noch aufregender.«

»Na gut. Ist aber ein kleines Stück zu laufen.«

»Kein Problem, ich bin der sportliche Typ.«

»Soll ich deine Tasche nehmen? Die sieht schwer aus. Was hast du da alles drin?«

»Oh, ein Gentleman bist du auch noch! Ist aber nicht nötig, ich schaff das schon.«

Als sie da waren, konnte Sylvie gar nicht aufhören, die Unterkunft zu preisen. »Ist ja voll cool hier«, sagte sie. »Baust du uns einen Joint? Ich spring kurz unter die Dusche, wenn's erlaubt ist. Muss das Salz abwaschen.«

»Nur zu. Das Jungs-Bad ist unten, oben ist für Mädchen.«

»Ich will duschen, wo du duschst.«

Sie war kaum weg, da schrieb Leon Finn eine Nachricht: *Bin im Haus und nicht allein. Hältst du mir den Rücken frei, für eine Stunde oder so?* Die Antwort ließ nicht lange auf sich warten. *Klar, Alter. Aber eine Stunde? Schätzt du dein Stehvermögen nicht zu optimistisch ein? :-D*

Leon fing an, den Joint zu bauen. Er war gerade fertig, als Sylvie zurückkam, mit nichts an außer ihrem Lächeln. Er überließ ihr den ersten Zug. Sie nahm auch gleich noch einen zweiten.

»Zeigst du mir ihr Zimmer?«, fragte sie, während Leon rauchte.

»Vanessas Zimmer?«

Sie nickte.

»Nee, wieso denn?«, gab er unwillig zurück.

»Jetzt komm schon.«

Sie sprang auf, rannte nach oben und sah sich alles an. Er fragte sich allmählich, ob sie nur wegen Vanessa bei ihm war. »Das ist es, oder?«, sagte sie, als sie die letzte Tür geöffnet hatte.

Er blieb mit verschränkten Armen im Flur stehen.

»Wir nehmen ihr Bett«, bestimmte sie unbeeindruckt, ließ sich hineinfallen, streckte beide Arme aus und rief: »Jetzt schmoll nicht und nimm mich! Ich gehöre ganz dir!«

Sechzehn

»HAST DU ’NE AHNUNG, wer Leons geheimnisvolles Date ist?«, fragte Vanessa.

Finn zuckte nur die Schultern. »Der Kenner schweigt und genießt.«

Er legte seine Hand an ihre Taille. Der Kuss hatte ihn beflügelt. Er wich kaum mehr von ihrer Seite. Obwohl sie ihm das Versprechen abgenötigt hatte, alles für sich zu behalten. Die Grenzen seiner Geduld waren allmählich erreicht. Und ihr gingen die Argumente aus. Wie gut, dass sie nicht mehr lange durchhalten musste. Ein paar Stunden noch, dann war sie aus der Nummer raus.

»Ich muss mal kurz für kleine Mädchen«, entschuldigte sie sich und machte sich davon.

Kaum außer Sichtweite, atmete sie tief durch. Nun war er also da, der große Tag, auf den sie seit vielen Monaten hinarbeitete. War sie aufgeregt? Und wie! Aber nicht aus Sorge, es könnte etwas schiefgehen. Alles war bestens vorbereitet. Es war eher die Aufregung eines Künstlers vor der Vollendung eines Werks.

Nie zuvor hatte sie sich für eine Rache so viel Zeit genommen. An sich und ihrem Plan gezweifelt hatte sie in all den Wochen und Monaten jedoch nie. Wieso auch? Sie wusste ja, dass die angebliche Freundschaft nur auf Täuschung und Heuchelei beruhte. Der Schmerz darüber hatte zwar irgendwann nachgelassen, doch er war zu kaltem Hass geworden, und der hatte noch viel mehr nach einer angemessenen Reaktion verlangt.

»Hi, Vanessa. Bereit für den großen Showdown?«

Der Typ, der Vanessa so ansprach, hatte eine Baseballmütze auf, deren Schirm tief ins Gesicht gezogen war, dazu eine Sonnenbrille mit riesigen Gläsern. Außerdem trug er kakifarbene Cargohosen und ein schmutzig braunes Hemd.

»Konni?«, fragte sie.

»Du siehst toll aus, wenn ich das sagen darf.«

»Und du ziemlich ungewohnt in dem Outfit. Was machst du hier? Wir haben gesagt, kein persönlicher Kontakt. Was, wenn dich jemand sieht?«

»Niemand sieht mich. Ich bin unsichtbar.«

»Ja, aber die anderen sind gleich da drüben.«

Er zuckte bloß mit den Schultern. »Entspann dich. Alles wird passieren, genau so, wie du es willst. Ich warte auf dein ›Go‹, dann geht deine ganz private Party ab.« Er trat einen Schritt näher und grinste. »Und du kannst dir schon mal eine Belohnung für mich überlegen.«

»Was willst du denn?«

»Überrasch mich!«

PLÖTZLICH WAREN ALLE WEG. Finn war nur kurz zur Toilette ins Hotel verschwunden und kehrte dann an den Pool zurück, wo er vorher mit Elif, Lissy, Vanessa und ein paar neuen Bekannten getrunken und gefeiert hatte, doch da war niemand mehr. Waren die anderen vielleicht zum Tanzen runter an den Strand? Oder sich den Sonnenuntergang ansehen? Wieso hatte ihm keiner was gesagt? War auch nicht die feine Art, einfach abzuhauen, fand er. Am meisten enttäuschte ihn Vanessa. Seit dem Kuss entzog sie sich ihm mehr denn je. Was sollte er davon halten? Und wo steckte eigentlich Leon? Der konnte doch nicht immer noch mit seinem Aufriss zugange sein. Sicherheitshalber schickte Finn ihm eine SMS: *Warnung! Mädels alle ausgeflogen. Keine Ahnung, wohin. Treffen wir uns?* Es kam keine Antwort.

Finn ging runter zum Strand. Wenn Lissy und Elif ihre eigenen Wege gingen, war ihm das nur recht. Dann war Vanessa hoffentlich entspannter. Und offener. Nur: Wo steckte sie? Er schrieb ihr eine SMS, aber sein Handy blieb still.

Ein leises Unbehagen beschlich ihn. Wann sollte er ihr sagen, dass er sexmäßig noch nicht so viel Erfahrung hatte? Wenn er ehrlich war: eigentlich keine, abgesehen von ein bisschen Fummeln. Musste er ihr das überhaupt sagen? Na, wahrscheinlich dachte sie es sich eh schon. Ihm war mulmig zumute. Er hatte so eine unsterbliche Riesenlust, mit ihr diesen Schritt in dieser wunderbaren Nacht zu tun. Und wieso nicht? Sie liebte ihn. Das würde ihm Sicherheit geben. Einfach entspannt an die Sache herangehen, dachte er sich. Alles wird gut.

Unter den Tanzenden fand er endlich Elif. Er musste sie schütteln, damit sie auf ihn aufmerksam wurde. Sie sah ihn an, als hätte er sie aus dem Tiefschlaf geweckt, und schien erstaunt, dass Vanessa und Lissy nicht neben ihr tanzten. »Eben waren sie noch hier«, sagte sie. »Keine Ahnung, wo sie hin sind. Vielleicht kommen sie ja gleich wieder.« Dann tanzte sie weiter.

Finn kam nicht darüber hinweg, dass Vanessa ihn einfach stehen gelassen hatte. Was sollte das? Galten ihre Worte vom Mittag schon nicht mehr? Oder machte es ihr so große Angst, dass es nun konkret wurde mit ihnen beiden?

Er ging runter zum Meer, um sich dort den Sonnenuntergang anzusehen. Überall saßen oder lagen Pärchen, manche schienen vergessen zu haben, dass sie nicht unter sich waren, so ungeniert tauschten sie Zärtlichkeiten aus. Er hatte sich eben hingesetzt und den ersten Schluck von seinem Drink genommen, als das Handy eine neue SMS meldet.

Sie kam von Leon. Na endlich, Alter, dachte er.

Wusstet ihr schon, dass der witzige Finn ein Spanner ist? Und ein Grabscher? Glaubt ihr nicht? Dann seht euch das kleine Video an. Das hat er aufgenommen. Ohne Wissen des Mädchens. Er mag sie nämlich am liebsten wehrlos. Das bringt ihn auf Touren. Wie jeden Spanner.

Sollte das ein Scherz sein? Wenn ja, dann war es kein guter. Finn startete das Video, dem als eine Art Vorspann ein Grinse-Smiley mit dem Titel *Bad Boy* vorausging. Wahrscheinlich irgendein bescheuerter Clip aus dem Internet.

Es dauerte ein wenig, bis Finn begriff, was er da sah, dann aber traf es ihn wie ein Hammerschlag auf den Kopf, kombiniert mit einem Faustschlag in die Magengrube. Er selbst hatte das Filmchen gedreht. An jenem verregneten Tag im Mai. In der Datsche. Die schlafende Vanessa. Am Ende seine zitternde Hand, die sich nach ihrem Busen ausstreckt, ein Finger, der das Muttermal darauf berührt.

DIE ANWEISUNG WAR KLAR: am Hotel vorbei, auf einen Lieferantenweg und diesem folgen, bis davon eine nicht asphaltierte Straße abzweigte, die in ein Kiefernwäldchen führte. Dort würde er im Auto auf sie warten. Es war noch hell genug, um alles gut zu sehen. Über den Rückweg im Dunkeln machte Lissy sich keine Gedanken. Wahrscheinlich würde sie die Nacht bei ihm verbringen. Ob im Auto oder woanders, ihr war alles recht, solange er nur bei ihr war. Dass er sich von der Spring-Break-Party fernhielt, verstand sie. Er musste ja damit rechnen, dass noch mehr Schüler von ihrem Gymnasium hier waren (ein paar von ihnen hatte sie tatsächlich schon entdeckt).

Ihr Handy meldete eine SMS. Von Steffen? Gab es eine Änderung? Sagte er ab? Bitte nicht!

Sie schaute nach. Die Nachricht stammte von Leon. Sie öffnete sie und las: *Wusstet ihr schon, dass der witzige Finn ein Spanner ist? Und ein Grabscher? Glaubt ihr nicht? Dann seht euch das kleine Video an. Das hat er aufgenommen. Ohne Wissen des Mädchens. Er mag sie nämlich am liebsten wehrlos. Das bringt ihn auf Touren. Wie jeden Spanner.*

Was sollte das denn bedeuten? War das wieder einer ihrer Scherze? Sie hatte jetzt keinen Nerv für so was. Ohne sich den Clip anzusehen, steckte Lissy das Handy wieder ein.

Das Hotel lag inzwischen weit hinter ihr, aber die Musik war auch hier noch zu hören. Wo war nur dieser verdammte Weg? War sie schon zu weit gelaufen? Sie schaute sich um. Da entdeckte sie ihn. Gott sei Dank!

Sie beeilte sich und hatte schon bald die ersten Bäume erreicht. Wie würde es sein, ihn wiederzusehen? Würden sie gleich übereinander herfallen? Nein, sicher nicht. Sie würden erst ein wenig reden. Irgendwann würde er ihr vielleicht durchs Haar streichen oder über die Wange, um sie dann zu küssen. Es würde ein anderer Kuss sein als der erste. Wilder. Gieriger. Leidenschaftlicher.

Über ihr steckten die Bäume die Köpfe zusammen wie tuschelnde Freundinnen. Hier unten war es schon fast Nacht. Ein gutes Stück

vor ihr sah sie etwas. Ein Auto? Sie kniff die Augen zusammen. Ja, ein Auto. War es auch seines?
Ihr Atem wurde schneller. Sie schwitzte vom Laufen. Sie musste ruhig werden. In normalem Tempo ging sie weiter. Je näher sie kam, desto deutlicher konnte sie das Auto erkennen. Ein Kombi. Aber nicht so einer, wie Steffen ihn besaß. Auch die Farbe passte nicht. Er war grau, der von Steffen dunkelblau. Also war er es nicht? Eine Schrecksekunde, dann der rettende Gedanke: Mr Supervorsichtig kam natürlich nicht in dem Auto hierher, das alle seine Schüler kannten. Er hatte sich einen Mietwagen genommen.
Sie ging weiter. Unter ihrem Tritt knackte ein Zweig. Ein Huschen zwischen den Bäumen. Sie hatte keine Angst, außer der, dass Steffen sie versetzte.
Schließlich erreichte sie das Auto. Niemand da?
»Hallo?«, sagte sie in die Stille.

TOTAL ERSCHÖPFT GAB ELIF irgendwann auf. Sie wusste nicht, wie lange sie getanzt hatte. Sie brauchte was zu trinken, am besten ohne Alkohol.
Ihr Handy vibrierte in der Gesäßtasche ihrer Shorts. Sie nahm es heraus. *Benedict*, stand im Display. Wieso rief er sie an? Sie hatte ihm doch gesagt, dass sie da, wo sie hinfuhr, keinen Empfang haben würde. Wegen des verräterischen Hintergrundlärms ging sie besser nicht ran, sondern ließ ihn auf die Mailbox sprechen. Nun bemerkte sie, dass er schon öfter versucht hatte, sie zu erreichen; außerdem hatte sie eine Reihe von SMS gekriegt, die meisten von ihm, eine von Leon. Was war los? War etwas Schlimmes passiert?
Sie hörte die Mailbox ab.

Erster Anruf, Benedict, wütend, wie sie ihn noch nie gehört hatte: *Das ist das Letzte, Elif! Mir erzählst du was vom Schwarzwald. Dabei bist du sonst wo und hurst rum! Venedig ist dir scheißegal? Hat es dir nichts bedeutet? Ich … ich …* Aufgelegt.

Zweiter Anruf, Benedict, noch wütender: *Ich hasse dich, du blöde Schlampe! Wieso hast du das gemacht? Dieses Miststück Vanessa! Ich mochte sie nie! Aber dass du es mit ihr treibst … Ich schick dir das Video von Leon, damit du gar nicht anfängst zu leugnen!*

Dritter Anruf, Benedict, nur noch verzweifelt: *Ich hab an dich geglaubt, Elif! Oh Mann … wie konntest du …? Hat dir irgendwas von dem, was war … hatte das irgendeine Bedeutung für dich? Ich versteh's nicht. Ich weiß nicht, wie … Ist auch egal. Fakt ist: Es ist vorbei. Aus. Ruf nicht hier an. Du bist für mich gestorben.*

Was hatte das zu bedeuten? Was war da los?

Benedict hatte von einem Video von Leon gesprochen. Was meinte er?

Sie tippte die SMS von Leon an, las: *Wusstet ihr schon, dass der witzige Finn ein Spanner ist? Und ein Grabscher? Glaubt ihr nicht? Dann seht euch das kleine Video an. Das hat er aufgenommen. Ohne Wissen des Mädchens. Er mag sie nämlich am liebsten wehrlos. Das bringt ihn auf Touren. Wie jeden Spanner.*

Was sollte das nun wieder?

Sie startete den Video-Clip. War das Vanessa, die da nackt im Bett lag, anscheinend schlafend? Und dann die Hand, war das die von Finn? Sah so aus, das Shirt kannte sie, auch wenn sie nur den Ärmel sah. Es gehörte definitiv Finn. Schrecklich. Wie konnte er so was machen?

Doch was hatte das mit ihr zu tun? Warum ging Benedict sie deshalb an?

Da merkte sie erst, dass es noch ein anderes Video gab, das an eine von Benedicts SMS angehängt war. Sie startete es, und da verstand sie. Das Video zeigte Vanessa und sie im Whirlpool, wie sie sich küssten. Sie wirkte dabei nicht überrumpelt. Sie machte mit. So, als wolle sie das auch. So, als gefalle es ihr.
Ihre Knie wurden plötzlich ganz weich, sie sackte auf den Boden. Das konnte nur ein böser Traum sein. Es sollte aufhören. Sie wollte aufwachen. Sofort!
Aber sie wachte nicht auf. Das passierte wirklich!
Sie musste Benedict alles erklären. Ihm sagen, dass sie ihn liebte und dass Venedig noch galt. Mehr denn je! Am ganzen Körper zitternd, rief sie ihn an. Ließ es läuten. Er ging nicht ran. Sogar die Mailbox hatte er abgestellt. Er wollte nichts mehr von ihr hören.

FINN IRRTE WIE EIN VERFOLGTER herum. Er mied Menschen, weil er glaubte, jeder habe das Video gesehen, er fühlte sich angestarrt und verurteilt. Auch in die Unterkunft wollte er nicht, aus Angst, den anderen zu begegnen. Vor allem Vanessa. So trieb er sich am Ende des Strandes herum, wo die Felsen begannen und niemand mehr war. Dauernd klingelte sein Handy. Familie, Bekannte von zu Hause, alle versuchten, ihn zu erreichen. Offenbar hatte Leon das Video an Finns komplette Kontaktliste geschickt. Finn nahm nicht ab und schaltete das Handy irgendwann aus. Wie hatte Leon das bloß angestellt? Wie war er an das Video gekommen? Leon war ja kein Superhacker oder so was, der mal eben in fremde Smartphones und Computer eindringen konnte. Wahrscheinlicher war, dass er es irgendwann an sich genommen und das Video und die Kontakte auf sein eigenes Handy übertragen hatte. Doch egal wie, das Video war in der Welt, und er war vernichtet.

Er setzte sich auf einen Felsen. In der Dämmerung nahm das Meer ein tiefdunkles Blau an, auf dem hier und da kleine silberne Wellenkämme aufschienen. Wie gerne wäre er in diese dunklen Tiefen abgetaucht. Am besten für immer. Wer würde jetzt noch etwas mit ihm zu tun haben wollen, nachdem er als Spanner und Grabscher geoutet war?

Er konnte es nicht einmal abstreiten. Er hatte den Film gemacht, er hatte Vanessa berührt. Aber er war keiner von diesen kranken Typen. Er hatte es getan, weil er sie liebte. Weil er sie begehrte. Trotzdem war es falsch gewesen. Er wusste es jetzt, und er hatte es schon gewusst, als er die Aufnahme gemacht hatte. Nun bezahlte er für diesen Fehler. Geschah es ihm nicht recht?

Vanessa ...!

Bestimmt hatte sie das Video auch schon gesehen. Er musste sie finden. Oder sie wenigstens anrufen und ihr alles erklären. Damit sie ihn nicht verachtete. Was sie natürlich tun würde. So wie er selbst sich verachtete. Es gab keine Worte dafür, wie dumm er gewesen war und wie leid ihm das alles tat. Er ließ das Handy, das er aus der Hosentasche geholt hatte, sinken.

Ausgeträumt der Traum. Alles, was er sich erhofft hatte.

Dicke Tränen liefen über seine Wangen. Schluchzend vergrub er das Gesicht in den Händen. Er wollte nur noch sterben. Tot sein.

TROTZ DER WACHSENDEN DUNKELHEIT hatte Vanessa Lissy schon von Weitem kommen sehen. Über Steffens Schulter hinweg. Sie hatten sich ein Stück vom Auto entfernt, sodass man sie vom Weg aus nicht gleich entdeckte. Steffen hatte eine Decke ausgebreitet, auf die sie sich nun niederließen. Vanessa streifte ihre Schuhe ab, Steffen nahm ihre nackten Füße, hob ihre Beine hoch und küsste ihre Knie.

»Ich bin verrückt nach dir«, sagte er.

Er ließ ihre Beine los, strich mit einer Hand an der Außenseite ihrer Schenkel nach oben bis unter ihren knappen Rock.

»Na, na, na«, machte sie und klopfte ihm auf die Finger. »Nur nichts überstürzen.«

Seine Augen blitzten auf. Ein Funken Zorn unter all dem fiebrigen Verlangen. »Was heißt hier überstürzen?! Du hältst mich schon seit Wochen, ach, seit Monaten hin. Wo hast du das nur her? Wie kann man noch so jung und schon so durchtrieben sein?«

Sie lächelte. »Das liegt mir wohl im Blut.«

Sie hörte das Knacken eines Astes. Ungefähr von dort, wo das Auto stand. Lissy war also ganz nah.

»Na komm«, sagte sie und fuhr ihm durch das lockige Haar, »bevor du noch durchdrehst. Ich will dich ja auch.«

Sie ließ sich filmgerecht in seine Arme sinken.

»Hallo?«, kam es da vom Auto her.

Steffen hörte es nicht, er war zu beschäftigt damit, ihr feuchte Küsse ins Gesicht zu drücken.

Vanessa stieß einen lauten Seufzer aus. Das musste Lissy doch hören. Und richtig, sie kam näher. Als sie auf zehn Meter heran war, fuhr Vanessa hoch.

»Steffen!«, rief sie und machte sich von ihm los. »Schau mal!«

Nur widerwillig löste er sich von ihr und drehte sich um. Dann fiel ihm fast die Kinnlade aus dem Gesicht.

»Lissy! Was machst du denn hier?«

Sie sah aus, als hätte sie zwei Gespenster vor sich. Stand da, völlig

gelähmt und sprachlos. Ein Anblick für Götter. Am liebsten hätte Vanessa das Handy gezückt und sie fotografiert.
Dann wurde sie doch wieder lebendig, wie ein Wirbelwind fuhr sie herum und rannte davon. Bestimmt flennte sie. War verzweifelt. Am Boden zerstört. Also genau da, wo Vanessa sie haben wollte.
»Was war das denn?«, fragte Steffen perplex.
»Das frag ich dich«, gab Vanessa zurück.
»Wie bitte? Woher soll ich das denn wissen?«
»Sie hat gesagt, dass sie eine Verabredung hat. Das war mit dir? Ich fass es nicht!«, spielte Vanessa die Empörte. Sie musste Steffen jetzt elegant loswerden, und zwar so, dass er sich künftig von ihr fernhielt. Er hatte seinen Part erfüllt.
»Tickst du noch richtig?«, fuhr er sie an. »Ich treff mich doch nicht mit dir und lad Lissy dazu ein.«
»Na, vielleicht hattest du ja einen flotten Dreier im Sinn.«
»Ach komm! So ein Blödsinn! Das kannst du nicht ernsthaft annehmen.«
Vanessa sprang auf. »Zufällig war sie jedenfalls nicht hier. Vielleicht hat sie sich ja bloß im Tag vertan. Wär sie erst morgen dran gewesen? Jeden Abend eine andere Schülerin, die du vernaschst? Ist das dein Motto?«
Steffen stand auch auf. »Das ist kompletter Schwachsinn!«
Er wollte sie packen, doch sie entriss ihm ihren Arm und machte einen Schritt nach hinten. »Ich will gar nicht wissen, was hier genau los ist. Aber verarschen lass ich mich nicht. Halt dich in Zukunft bloß fern von mir, klar?! Sonst erfährt deine Frau, was du so alles treibst. Du widerst mich an! Und jetzt muss ich mich um meine Freundin kümmern, der du das Herz gebrochen hast.«

Vanessa fuhr herum und machte sich mit großen Schritten davon. Ein filmreifer Abgang war das. Folgte er ihr? Sie drehte sich nicht um, lauschte nur, ob sie irgendwas hörte. Nein, da war nichts. Sie stellte sich vor, wie er dastand, der begossene Pudel, und die Welt nicht mehr verstand. Dann hörte sie das Knallen einer Autotür und das wütende Aufheulen des Motors. In einem Affenzahn jagte er heran. Einen Moment lang fürchtete sie, er könnte sie überfahren, deshalb trat sie hinter die Bäume. Doch er schoss nur wie eine Gewehrkugel an ihr vorüber.

LISSY HATTE GENUG von allem. Sie wollte nur noch ins Bett und sich ausheulen. Mit einer Flasche Wodka im Arm. Zunächst hatte sie sich ins Getümmel gestürzt, sie hatte ein paar Drinks genommen und einen Typen nach dem anderen angemacht, aber so richtig war keiner auf sie angesprungen, und als dann doch einer wollte, wollte sie nicht mehr. Es war zum Verzweifeln.

Auf dem Weg zur Unterkunft sah sie immer wieder dieses schreckliche Bild vor sich: Steffen, der Vanessa im Arm hielt und gierig küsste.

Nichts ergab Sinn! Wieso bestellte Steffen sie in den Wald, wenn er sich dort mit Vanessa traf? Oder war *Bad_Teacher* doch nicht Steffen? Der Gedanke erschreckte sie, und umso mehr, wenn sie überlegte, was sie ihm alles geschrieben hatte. Aber wer könnte sonst dahinterstecken, und welche Absichten verfolgte er? Wollte er ihr wehtun? Auf jeden Fall hatte er von Steffens und Vanessas Treffen gewusst. Nur woher? Die beiden hatten es sicher nicht an die große Glocke gehängt. Nein, das ging nicht auf. *Bad_Teacher* musste Steffen sein. Wie auch immer, sie wollte sich den Kopf nicht länger zermartern. Im Gegenteil. Sie würde alles dafür tun,

den ganzen Mist so schnell und so gründlich wie möglich aus ihrer Erinnerung zu löschen.
Sie hatte gehofft, dass sie die Unterkunft für sich allein hätte, doch als sie die Tür öffnete, hörte sie Schluchzen. Es kam aus der Küche. Lissy folgte den Lauten und stieß auf eine herzzerreißend weinende Elif, die vor einem Glas Wodka saß, daneben die Flasche. Von draußen wehte durch die offene Tür der aufpeitschende Sound der Strandparty herein.
»Was ist denn mit dir los?«, fragte Lissy.
»Benedict hat Schluss gemacht. Weil jemand ihm ein Video von hier geschickt hat, auf dem ich mit Vanessa drauf bin. Und weißt du, wer es ihm geschickt hat? Leon!«
»Das gibt's nicht.«
»Der Typ ist total durchgeknallt. Vielleicht hat er irgendwelche Drogen eingeworfen, keine Ahnung. Hast du das Video von Finn gesehen, das er an alle rumgeschickt hat?«
»Wer? Leon?«
»Sag ich doch!«
Lissy erinnerte sich an die SMS, die sie nicht geöffnet hatte. Sie holte das nach, sah sich das Video an. Atemlos. Vanessa. Und Finns Hand. Das war … unglaublich!
»Ich hab Leon schon angerufen«, sagte Elif, »aber er geht nicht ran. Würde ich an seiner Stelle auch nicht machen.«
Was war in dieser Nacht nur los? Irgendwie schien alles auf einmal über sie und ihre Freunde hereinzubrechen, wie ein Wolkenbruch an fiesen, vernichtenden Gemeinheiten.
»Und du?«, fragte Elif. »Hattest wenigstens du eine tolle Nacht?«
»Wenn's so wäre, wäre ich wohl nicht hier. Nee, eine Nacht zum Vergessen trifft's eher.«

»Willst du darüber reden?«
Etwas in ihr sträubte sich dagegen. Sie schämte sich. Und sicher hatte Elif momentan keinen Bedarf an noch einer verunglückten Lovestory.
»Eigentlich nicht«, sagte sie.
»Okay. Dann gehen wir das Projekt Vergessen an.«
Elif nahm ein Glas von der Anrichte, füllte es bis zum Rand mit Wodka und hielt es Lissy hin: »Trink aus. Du bist im Rückstand.«

»JETZT GEHT DIE PARTY RICHTIG LOS«, rief Margo, eine von Sylvies Freundinnen, mit schwerer Zunge. Leon zog nun schon eine ganze Weile mit Sylvie, ihrer Mädchenclique und einigen Typen, die sie sich angelacht hatten, von einer Party Area zur nächsten. Sie standen alle auf Trinkspiele, die stets auf dasselbe hinausliefen: Man musste so viel wie möglich trinken, und zwar so schnell wie möglich. »Wer ist dran?«
Leon hatte sich bis jetzt gedrückt. Er trank zwar gerne mal was, ruhig auch über den Durst, doch er fand es uncool, sich gewaltsam ins Koma zu saufen. Wo blieb dabei der Spaß?
»Wie steht's mit dir, Alter?« Margo hielt die Flasche in seine Richtung.
»Danke, ich verzichte.«
»Das gilt nicht!«
»Ich muss pissen.«
Er stand schnell auf und ging davon, doch er kam nicht weit, denn er rannte fast jemanden um, und dieser Jemand war – Vanessa! Der Schreck wurde noch größer, als Sylvie ihm hinterherkam, sodass sie und ihre größte Feindin sich ohne Vorwarnung gegenüberstanden.

»Na, das ist ja eine Überraschung«, sagte Vanessa. »Ihr beide?«
Sylvie trat breitbeinig vor Vanessa hin. »Ja, wir beide. Was dagegen?«
Vanessa würdigte sie keines Blickes, sie sah nur Leon an. »Weißt du, mit wem du dich hier abgibst?«
»Er weiß alles«, antwortete Sylvie, ehe Leon etwas sagen konnte. Sie kam richtig in Fahrt. »Vor allem über dich. Was du für ein eiskaltes Miststück bist. Du machst keinem mehr was vor.«
Vanessa redete weiterhin nur mit Leon. Sie geriet immer mehr in Rage. »Du bist der hinterhältigste Arsch, der mir je begegnet ist. Erst willst du mich einfach so abservieren, und dann gehst du mit meinem größten Feind zusammen. Und wahrscheinlich glaubst du ihr alle Lügen, die sie über mich erzählt. Aber du kannst so viele Geheimtreffen machen, wie du willst, hier oder im *Roxy* oder meinetwegen auf dem Mond, es wird dir alles nichts helfen. Mach ruhig weiter mit dieser Schlampe rum, deine Freunde lernen gerade dein wahres Gesicht kennen.«
Abservieren? Geheimtreffen? Im *Roxy*? Leon zählte eins und eins zusammen und kam zu einem klaren Ergebnis: Sie wusste Bescheid, was im Winter gegen sie gelaufen war! Mist!
Nur eines verstand er nicht. »Mein wahres Gesicht? Was soll das denn heißen?«
»Das wirst du früher sehen, als dir lieb ist.«
Sylvie drängte sich dazwischen und packte Vanessa am Handgelenk. »Erst mal klären wir unsere Sache!«, schrie sie sie an.
»Ach, lass mich doch in Ruhe mit deinem Scheiß.« Vanessa stieß sie so heftig weg, dass sie zu Boden fiel, und verschwand zwischen den Leuten, die sich um sie versammelt hatten.
Nachdem Sylvie sich aufgerappelt hatte, wollte sie sofort hinter-

her, doch Leon hielt sie fest. »Lass gut sein«, sagte er. »Das bringt nichts.«

»Ich könnte die Schlampe umbringen!«, zischte Sylvie.

»Ach was, könntest du nicht. Und das wirst du auch nicht.«

»Aber irgendwas müssen wir tun! Sie darf nicht einfach so davonkommen!«

Leon ging nicht darauf ein. Ihn beschäftigten andere Dinge. Seit wann wusste Vanessa, was im Winter hinter ihrem Rücken gelaufen war? Wer hatte es ihr gesagt? Und wichtiger noch: Was würde sie tun? Oder was hatte sie schon getan?

Sylvie stieß ihn an und riss ihn aus seinen Gedanken.

»Und wie geht's jetzt weiter?«, fragte sie.

Siebzehn

KAM DIESER WUMMERNDE RHYTHMUS von außen, oder war er nur in ihrem Innern? Jedes einzelne *Bumm* ein Schlag an ihre Schläfen. Elif wollte die Augen öffnen. Es ging nicht. Sie drehte sich auf die Seite. Bruchstücke von Bildern, Reste von Worten und Sätzen trieben durch ihren Kopf. Manches fügte sich zusammen. Anderes nicht. Ein Schmerz. Oder nur das Echo davon. Irgendwas war passiert. Sie wusste nicht, was.

Wodka. Sehr viel Wodka. Das war passiert.

Und sonst? Was noch?

Besser nicht dran rühren.

Sie musste ins Bad.

Endlich schaffte sie es, die Augen zu öffnen.

Viel zu viel Licht! Viel zu grell!

Sie kniff die Lider wieder zu, bis auf kleine Schlitze.

Mühsam setzte sie sich auf. Alles tat weh, am meisten ihr Kopf.

Nie wieder trink ich Alkohol, schwor sie sich.

Auf der anderen Seite des Bettes lag Lissy, regungslos, wie tot.

Sie stand auf. Wankte um das Bett herum Richtung Tür. Das Wummern, das sie geweckt hatte, kam doch von draußen. Beruhigend.

Die Augen gewöhnten sich an das Licht. Aber ohne Kontaktlin-

sen blieb alles verschwommen. Wo war die Brille? Sie hatte keine Lust zu suchen und tappte weiter.
Im Flur fiel ihr auf, dass die Tür zu Vanessas Zimmer offen stand. Etwas Großes, Dunkles lag auf dem Boden. Sie konnte nicht erkennen, was es war.
Die Kraft in ihren Beinen reichte genau bis zum Klo, dort sackte sie nieder. Während sie dasaß, den schweren Kopf in die schwachen Arme gestützt, versuchte sie, aus den Bruchstücken ihrer Erinnerung den letzten Abend zu rekonstruieren. Sie hatte ziemlich heftig getrunken. Mit Lissy. Noch jemand? Was war eigentlich mit Leon und Finn? Pennten die, oder waren sie gar nicht nach Hause gekommen?
Benedict. Der Name kam ihr in den Sinn. Nein, Benedict war sicher nicht dabei gewesen letzte Nacht. Er war gar nicht hier. Aber irgendetwas war mit Benedict. Nur was?
Dann fiel es ihr ein.

LISSY WURDE VON EINEM SCHLUCHZEN geweckt. Sie hob den Kopf etwas aus dem Kissen und horchte. Wer war das? Ihre Hand tastete auf die andere Seite des Bettes. Leer. Elif war weg, die Tür stand offen. War sie es, die weinte? Oder Vanessa? War die überhaupt hier? Ihr war so, als hätte sie sie letzte Nacht kommen hören, sie und Elif waren schon im Bett gewesen, aber sicher war sie sich nicht. Vielleicht hatte sie das auch bloß geträumt. Sie hatte viel geträumt, und nichts davon konnte angenehm gewesen sein, so gerädert, wie sie sich fühlte.
Sie stand auf, wankte barfuß aus dem Zimmer.
»Elif? Vanessa?«
Keine Antwort, nur dieses Schluchzen. Es kam aus dem Bad.

Sie bemerkte, dass die Tür zu Vanessas Zimmer weit offen stand und Vanessa auf dem Boden lag. Auf dem Bauch. Die Haare ausgebreitet über Gesicht und Schultern wie ein Tuch. Sie trug ihr XXL-Shirt, in dem sie immer schlief, sonst nur einen Slip. Mit einem Schlag war alles wieder da. Vanessa und Steffen. In enger Umarmung. Dabei war es ihre Verabredung gewesen! Mit *Bad_Teacher*! Der vielleicht gar nicht Steffen war, sondern irgendein sadistischer Mistkerl, der sie die ganze Zeit nur verarscht hatte.
»Vanessa! Wie konntest du –«, rief sie und machte ein paar große Schritte auf sie zu.
Um gleich wieder stehen zu bleiben. Wieso bewegte Vanessa sich nicht? Atmete sie überhaupt?
Lissys Herz schlug plötzlich wie wild. Etwas stimmte hier nicht. Stimmte ganz und gar nicht.
»Vanessa?«
Noch immer kein Wort. Keine Regung.
»Sag doch was ...!«
Sie ging neben ihr auf die Knie. Berührte sie am Arm, um sie wach zu rütteln, und zog die Hand sofort wieder zurück. Der Körper war kalt. Ihr Blick fiel auf das Bett. Die Decke war zurückgeschlagen. Auf dem Laken: Blut.

DIE GANZE NACHT HATTE FINN dem Kommen und Gehen der Wellen gelauscht. Hatte sich ihm überlassen, wie man sich dem Rhythmus eines Musikstücks überließ, und dabei in den Nachthimmel geschaut. So viele Sterne. So weit weg. Was zählten, gemessen an dieser Unendlichkeit, schon seine kleinen irdischen Probleme? Er war nur ein Sandkorn in der Sahara. Diese Gedanken hatten ihn ruhiger werden lassen, sodass er zwischen den Felsen sogar eingeschlafen war. Es war nicht mehr wichtig, dass sein bester Freund Leon, dem er noch vor Kurzem sein Leben anvertraut hätte, ihn vor aller Welt bloßgestellt hatte. Aus Eifersucht. Wenn der coole Leon das Mädchen nicht kriegte, sollte es auch der alberne Finn nicht haben. War das der Plan gewesen? Er war bestimmt aufgegangen. Die Sache mit Vanessa war vorbei, bevor sie richtig begonnen hatte. Vielleicht ging sie sogar zur Polizei. Er war jetzt ein Ausgestoßener, einer, auf den man mit dem Finger zeigte, über den man hinter vorgehaltener Hand tuschelte. Niemand würde noch etwas mit ihm zu tun haben wollen.

Wie sollte es weitergehen? Zunächst musste er Vanessa finden. Ihr alles erklären. Nicht, um irgendetwas zu retten, das nicht mehr zu retten war. Sie sollte nur wissen, dass er nicht das war, wofür ihn jetzt alle hielten. Anschließend würde er an alle, die Leons SMS bekommen hatten, eine Erklärung schicken mit einer Entschuldigung. Und dann würde er Leon verprügeln. Vielleicht fing er damit an. Je nachdem, wie es sich ergab.

Finn verließ seine Zuflucht zwischen den Felsen und machte sich auf zur Unterkunft. Na, sieh mal einer an, wen haben wir denn da, dachte er, als er ein Stück vor ihm unverhofft Leon entdeckte. Anscheinend hatte der Mistkerl dasselbe Ziel wie er, und er hatte es ziemlich eilig. Dem würde er zeigen, was er von ihm hielt!

Finn hatte ihn rasch eingeholt. »Hey, du Arsch!«, schrie er. Ehe Leon kapierte, was los war, sprang er ihn schon von hinten an und riss ihn um, sodass sie zusammen zwischen den Büschen einer Grünanlage landeten. Ein Fausthieb in die Seite, einer in den Bauch, einer ins Gesicht. Die Knöchel schmerzten, als sie auf Knochen trafen.

Es gelang Leon, ihn wegzustoßen und sich so zu befreien. Schneller, als man es ihm zugetraut hätte, war er auf den Beinen. Anscheinend war er ausnahmsweise mal nicht zugedröhnt.

»Hast du 'n Knall?«, schrie er. »Was soll der Scheiß?«

»Das fragst du noch?!«

Finn stürzte sich wieder auf ihn, aber diesmal konnte Leon ausweichen, sodass er ins Leere lief und eine Mülltonne umrannte, die ihren Inhalt auf den Weg verstreute. Nun war es Leon, der angriff. Er warf sich von hinten auf Finn, drückte ihn mit aller Kraft nieder und hielt ihn am Boden fest.

»Schluss jetzt!«, brüllte er. »Für so was haben wir keine Zeit! Wir haben genug Probleme!«

Was meinte er damit? Wahrscheinlich gar nichts. Er wollte nur ablenken.

Bevor Finn sich von ihm frei machen konnte, keuchte Leon in sein Ohr: »Vanessa ist tot.«

ELIF WAR KEINE HILFE. Seit Lissy Leon angerufen und gedrängt hatte, dass er so schnell wie möglich zu ihnen kam, saß sie in ihrem Zimmer und heulte. Dass er nach dem, was er letzte Nacht angerichtet hatte, ein rotes Tuch für sie war, verstand Lissy ja. Andererseits lag Vanessa tot in ihrem Zimmer – und Elif dachte nur an ihr Liebesdrama.

Lissy ging in die Küche, um zu warten. Auf Leon. Und auf die Polizei, die sie inzwischen auch verständigt hatte. Die Terrassentür stand offen. War das die ganze Nacht so gewesen? Sah ganz danach aus. Mist, dachte sie, zog sie zu und drehte sogar den Schlüssel um. So als könnte sie den Mörder nachträglich ausschließen und alles ungeschehen machen.

Und wenn der Mörder gar nicht von draußen gekommen war?

Eine Gänsehaut lief über ihren Rücken.
Ach was, dachte sie dann. Absurd.
Plötzlich hatte sie wieder das Bild vor Augen: Vanessa, wie sie mitten in ihrem Zimmer lag – tot. Und am Abend zuvor, quicklebendig, im Wald, mit Steffen. In seinen Armen. Feine Nadelspitzen drangen in ihr Herz. Vanessa wusste ... hatte gewusst, was sie für Steffen empfand. Wie wichtig er ihr war. Ja, sie hatte sie sogar in ihren Gefühlen für ihn befeuert. Ihr Mut gemacht. Wieso hatte sie das getan, wenn sie selbst ihn wollte? Oder längst mit ihm zusammen war?
Bin ich so cool, weil ich froh bin, dass sie weg ist?, fragte Lissy sich. Weil ich selbst ihr gestern noch den Tod gewünscht hab?
Hatte sie das? Wahrscheinlich. Sie wusste es nicht mehr. Wer hätte es nicht getan, nach so einem Schock?
Aber es war natürlich schrecklich, dass Vanessa tot war. Zu gerne hätte sie um sie weinen können. Das hätte ihr bestimmt geholfen, sich nicht so zu fühlen, als stimme etwas nicht mit ihr. Als sei sie innerlich kalt. Ein gefühlloses, rachsüchtiges Miststück.
Vom Eingang her drangen Geräusche zu ihr. Das musste Leon sein. Endlich! Sie lief in den Flur. Er war es, und er brachte Finn mit. Die beiden sahen aus, als hätten sie eine ziemlich üble Nacht hinter sich. Vor allem Finn.
»Wo ist sie?«, fragte Leon außer Atem.
»Oben. Wir dürfen nichts anfassen, hat die Frau vom Notruf gesagt.«
Er lauschte, hörte das Schluchzen. »Ist das Elif?«
»Heult schon den ganzen Vormittag«, erklärte Lissy. »Du kommst ihr besser nicht unter die Augen, sonst gibt's noch einen Toten.«
Leon schaute verdutzt. »Was? Versteh ich nicht.«

»Ach komm. Nach dem, was du veranstaltet hast?«
Er kapierte noch weniger. Wieso sah sie ihn so an? Was hatte er getan? Finn wollte ihn verprügeln, Elif ihn umbringen. Und er war sich keiner Schuld bewusst. Egal, es würde sich schon aufklären. Vanessa war jetzt wichtiger.
Lissy ging voran. Als Leon merkte, dass Finn zögerte, legte er ihm die Hand auf den Oberarm. »Alter, du musst nicht …« Finn schüttelte verärgert die Hand ab und folgte Lissy. Leon blieb hinter ihnen.
»Oh nein!«, rief Finn, als er Vanessa erblickte.
Gesicht und Schultern waren von ihrem Haar bedeckt. Ein Bein war angezogen. Ein Arm lag am Körper, der andere war abgewinkelt. Sie wirkte so friedlich. So als schliefe sie nur und könnte jeden Moment aufwachen. Wie Dornröschen.
Doch sie würde nie mehr aufstehen. Kein Kuss und kein Zauber würde sie erwecken.
Zögernd machte Finn ein paar kleine Schritte auf sie zu. Gestern noch hatte er ihre jetzt so fahle Haut berührt, hatten ihre Lippen ihn geküsst. Nun war sie für immer fort. Seine Kehle, seine Brust, alles schnürte sich zusammen, er bekam kaum noch Luft, bis die Anspannung sich in einem Schrei entlud. Er vergrub das Gesicht in den Händen. Lissy fing ihn in ihren Armen auf. Nun kamen auch ihr die Tränen. Ob es wegen Vanessa war oder aus Mitgefühl für Finn, wusste sie selbst nicht, es war auch egal.
»Ich habe sie geliebt«, schluchzte er. »Und sie mich auch.«
Schweigend streichelte Lissy ihm über den Rücken.
Nur kurz legte Leon ihm die Hand auf die Schulter, wahrscheinlich merkte er es nicht einmal. Dann ging er an ihm und Lissy vorbei, trat ins Zimmer, neben Vanessa, und schaute auf sie herab.

Zuletzt hast du so blass ausgesehen, als du deinen ersten Joint geraucht hast, sagte er in stummem Zwiegespräch zu ihr. Erinnerst du dich?

Nein, sie erinnerte sich an gar nichts mehr.

Dafür erinnerte er sich. Auch daran, wie sie in seinem Zimmer gewesen war, total fertig, wie er ihr Kaffee gegeben und eine Haarsträhne aus dem Gesicht gewischt hatte.

Wieso nur musste von da an alles so beschissen laufen?

Doch musste es das wirklich? Hatte es keine andere Möglichkeit gegeben?

Man könnte so viel tun, um sich zu verstehen, dachte er, aber man lässt es, und irgendwann ist es zu spät, und alles, was einem bleibt, sind Trauer und Schuld.

Leon wischte sich Tränen aus dem Gesicht. Erst jetzt registrierte er unter ihrem Haar, im Nacken, eine von einem tiefdunklen Fleck umrahmte Platzwunde. Anscheinend hatte sie dort einen Schlag bekommen. Er schaute sich um und bemerkte das Blut im Bett.

»Seht euch das mal an«, sagte er.

Lissy löste sich von Finn, der sich wieder etwas gefangen hatte, und kam ins Zimmer. »Hab ich schon gesehen.«

»Findest du das nicht seltsam?«

»Was?«

»Viel Blut im Bett. Wenig Blut an Vanessa. Kein Blut dazwischen.«

»Hm«, machte Lissy. »Was sagt uns das?«

»Keine Ahnung. Ich finde es einfach nur komisch.«

Sie gingen wieder nach unten. Das machte es ein wenig leichter.

»Warst du hier, als es passiert ist?«, fragte Leon.

Sie nickte. »Mit Elif. Wir haben ziemlich gebechert gestern und waren total hinüber. Wir haben nichts mitgekriegt. Heute Morgen … eher Mittag … hab ich sie gefunden. Da war sie schon …« Lissy erinnerte sich mit einem Schauder daran, wie sie Vanessa berührt hatte. »… ganz kalt.«

IRGENDWANN HATTE ELIF keine Tränen mehr. Sie musste wissen, was die anderen besprachen. Schließlich ging es auch sie an. Als sie in die Küche trat, verstummte das Gespräch. Lissy und Leon standen neben der Anrichte, Finn saß, den Kopf in die Hände gestützt, am Tisch und starrte apathisch vor sich hin.
Als Elif Leon sah, schoss ihr das Blut heiß in den Kopf. »Warum hast du das getan?«, fragte sie mit brüchiger Stimme.
»Spinnst du?!«, rief er. »Ich war das nicht! Wie kommst du auf so einen Schwachsinn?! Ich war doch gar nicht hier letzte Nacht!«
»Was?« Erst nach einigen Sekunden wurde ihr klar, dass er von Vanessa sprach. »Nein, ich meine nicht Vanessa. Obwohl … vielleicht warst du das ja auch. Ich rede von Benedict. Von dem Film, den du ihm geschickt hast.«
»Hä? Was für ein Film?«
Da erwachte Finn aus seiner Erstarrung. »Von mir hast du auch ein Video rumgeschickt. Okay, es war scheiße von mir, das überhaupt zu machen, aber …«
»Leute«, begehrte Leon auf, »könnt ihr mir mal sagen, wovon ihr redet?«
»Du hast Vanessa und mich im Whirlpool gefilmt«, erklärte Elif, »und das Video an Benedict geschickt. Ich nehme mal an, aus Rache, weil du gedacht hast, Vanessa ist in mich verknallt und nicht in dich.«

Leon brauchte ein wenig, um das zu verarbeiten. »Okay, ich hab euch beide gefilmt«, gab er dann zu, »aber ich habe das Video wieder gelöscht. Lissy hat es gesehen.«
Lissy nickte. »Das stimmt.«
»Auf keinen Fall habe ich irgendjemandem irgendwas geschickt«, stellte Leon noch mal klar. »Was immer da abging letzte Nacht, ich hab damit nichts zu tun! Ich schwör!«
Elif wirkte nicht überzeugt und Finn auch nicht, was Leon ziemlich enttäuschte. Von seinen Freunden hätte er mehr Vertrauen erwartet.
»Okay«, sagte er und nahm sein Handy heraus, »wenn ich was verschickt hätte, müsste das ja wohl auch hier zu finden sein.«
»Das beweist gar nichts«, meinte Finn. »Dann hast du es eben hinterher gelöscht.«
Unbeirrt öffnete Leon den Ordner mit allen versandten SMS. Ihm wurde siedend heiß. »Wartet ... Die Nachrichten wurden wirklich von meinem Handy aus verschickt.«
»Du bist echt das Letzte«, brauste Finn auf, während Elif ihn voller Verachtung ansah.
»Ich weiß nicht, wie das passiert ist«, verteidigte sich Leon. »Vielleicht wurde ich gehackt. Oder wir alle. Ich war das jedenfalls nicht!«
»Hör doch auf!«, rief Finn.
Leon hob beschwörend die Hände. »Leute, wie lange kennen wir uns? Okay, ich war unzufrieden, wie alles in der letzten Zeit gelaufen ist. Mit Vanessa und so. Aber ich bin doch nicht der Typ, der andere fertigmacht, weil die ihr eigenes Ding machen wollen. Schon gar nicht meine besten Freunde. Mal im Ernst: Vertraut ihr mir wirklich so wenig?«

Leons Worte machten Elif nachdenklich. Es stimmte schon. Leon wäre eigentlich der Letzte gewesen, dem sie so eine Gemeinheit zugetraut hätte. Kein anderer hatte sie in ihrer wilden Phase, als sie total abzustürzen drohte, so sehr dabei unterstützt, ihr Leben auf die Reihe zu kriegen. Auch Finn kam ins Grübeln. Es hatte immer wieder mal Knatsch zwischen ihnen gegeben, aber Leon hatte nie ihre Freundschaft infrage gestellt. Sicher, er konnte auch mal gemein sein, doch einen anderen zu vernichten, das traute er ihm eigentlich nicht zu.

Da fiel Leon etwas ein, und mit einem Mal ergab alles einen Sinn.

»Ich glaub, ich weiß, wer all das Zeug über euch in Umlauf gebracht hat«, sagte er. »Ist nicht toll, das in so einem Moment zu sagen, aber …«

»Wer denn?«, fragte Elif.

»Vanessa.«

Finn sprang auf. »Tickst du noch richtig? Ausgerechnet ihr willst du das anhängen?! Jetzt, wo sie sich nicht mehr wehren kann? Das ist echt das Letzte!«

»Hör mir doch erst mal zu. Ich hab Vanessa gestern Nacht getroffen. Ich war mit Sylvie zusammen. Dem Mädchen, mit dem ich hier öfter unterwegs war. Die beiden kennen sich von früher, und mit ihr und ihren Freunden hat Vanessa damals auch üble Nummern abgezogen. Vanessa war total angepisst, als sie mich mit Sylvie gesehen hat, und da hat sie ganz merkwürdige Sachen gesagt. Dass meine Freunde mein wahres Gesicht kennenlernen würden. Ich wusste nicht, was sie meinte. Jetzt ergibt das Sinn. Und ist es nicht auf eine Art genial? Sie macht euch fertig und lässt es so aussehen, als würde ich dahinterstecken.«

»Bullshit!«, rief Finn. »Sie hatte überhaupt keinen Grund, irgendeinem was anzutun. Es lief doch super mit uns allen.«
»Eben nicht. Das war nur Show. Sie wusste von unserem Treffen damals im *Roxy*. Was wir besprochen haben. Dass wir sie nach dem Spring Break … na, wisst ihr ja. Und das wollte sie uns heimzahlen.«
»Woher hätte sie das wissen sollen? Nur wir vier waren dabei«, wandte Elif ein.
Leon sah Finn an. »Vielleicht von dir?«
»Nein! Ich hab ihr nichts erzählt! Das schwöre ich!«
»Okay, ist ja auch egal«, wiegelte Leon sofort ab. »Jedenfalls wusste sie davon. Und laut Sylvie ist … war Vanessa eine, die niemals vergisst und niemals vergibt.«
Sie fielen in betretenes Schweigen. Es fühlte sich nicht gut an, über jemanden, den man eben noch betrauert hatte, solche Dinge zu erfahren.
»Wenn Vanessa uns wirklich fertigmachen wollte«, brach Leon die Stille, »dann hatte jeder von uns ein Motiv, auf sie loszugehen. Außer Lissy. Keine Ahnung, was sie dir antun wollte, sie hat es wohl nicht mehr geschafft, die Sache durchzuziehen. Glück gehabt.«
Lissy lächelte bemüht.
»Wir wussten letzte Nacht doch noch gar nicht, dass sie es war«, widersprach Elif. »Für uns warst du der Schuldige.«
»Aber vielleicht denkt die Polizei ja, dass wir es doch wussten.«
»Und wennschon. Die müssten uns was beweisen, nicht umgekehrt.«
»Ja, klar …«
Elif brauchte einen Moment, bis sie begriff, worauf er hinauswollte: Vielleicht hatte ja einer von ihnen wirklich erfahren, was

Vanessa losgetreten hatte, war dann ausgerastet und hatte sie geschlagen. Einer, der jetzt schwieg.
»Hört mir zu«, sagte Leon in beschwörendem Ton und sah einen nach dem anderen an. »Egal, was letzte Nacht hier passiert ist, es war keiner von uns. Verstanden? Keiner von uns. Sprecht es mir nach. Es war keiner von uns!«
»Es war keiner von uns«, sagten sie im Chor.

Achtzehn

DIE POLIZEI SICHERTE alle Zugänge zu dem Ferienhäuschen. Junge Leute in leichter Sommerkleidung oder in Badesachen standen hinter dem rot-weißen Absperrband, reckten die Hälse und versuchten, wenigstens ein kleines bisschen von dem zu erhaschen, was im Innern vor sich ging. Jemand war tot, so viel verriet der Leichenwagen vor der Tür. Ein Mädchen, wie es hieß. War es ein Unfall? Oder Mord? Ein Eifersuchtsdrama? Oder eine Überdosis von irgendeiner Droge?

Hauptkommissarin Katharina Beitz ließ sich auf dem Weg vom Auto hin zur Leiche von dem Polizisten, der die ersten Maßnahmen am Tatort geleitet hatte, über den Sachstand aufklären. Das Opfer, Vanessa Steinsdorf, achtzehn Jahre alt, war mit Genickbruch aufgefunden worden. Todeszeitpunkt vermutlich zwischen vier und fünf Uhr morgens. Eine ergiebige Blutspur fand sich im Bett, die aber laut Arzt schwerlich vom Opfer stammen konnte, denn die Leiche wies keine dazu passenden Verletzungen auf. Gefunden worden war sie von den Freundinnen Alissa Thiele und Elif Feyzioglu, beide siebzehn Jahre alt. Sie teilten die Unterkunft mit der Toten. Außerdem wohnten dort die jungen Männer Finn Ehlers und Leon Wittner, ebenfalls siebzehn Jahre alt. Die Mädchen befanden sich zum Tatzeitpunkt im Haus, hatten aber nach reichlich Alkoholgenuss tief geschlafen. Die jungen Männer hatten die Nacht andernorts verbracht. Eine der Terrassentüren habe die ganze Nacht offen gestanden, sodass sich jedermann problemlos Zutritt habe verschaffen können. Alle vier Zeugen warteten auf die polizeiliche Befragung. Ihre Eltern waren verständigt worden und auf dem Weg.

Katharina Beitz studierte den Tatort eingehend. Erst dann widmete sie sich der Leiche. Ein schönes Mädchen. In der Blüte ihrer Jahre, mit einem Leben vor sich, das ungelebt bleiben würde. So viele Möglichkeiten einfach verloschen. Es brach einem das Herz.

Sie war gespannt auf die vier jungen Leute und den ersten Eindruck, den sie machen würden. Er war ihr für ihre Bewertung besonders wichtig.

Die vier waren ihr sympathisch. Normale junge Leute, aus – vermutlich – guten Verhältnissen. Leon Wittner, kräftig, nicht unbedingt sportlich, vielleicht ein bisschen phlegmatisch, mit diesen hängenden Schultern und den etwas traurigen Augen. Wuschelige Haare. Er stand abseits von den anderen, eigentlich gar nicht mehr im Raum, sondern hinter der offenen Tür auf der Terrasse. Finn, der andere Junge, saß neben den beiden Mädchen auf der zu einem Doppelbett umgebauten Schlafcouch. Schlank, feine Hände, stylisher Haarschnitt. Schöne blaue Augen. Wenn alles an Leon Wittner rundlich wirkte, so erschien es bei ihm eher spitz. Seine Nase, sein Kinn, selbst die Ohren. Die Mädchen: Elif, die türkische Abstammung unübersehbar, schwarze Haare und Augen, die eine Brille umrahmte. Sie wirkte älter, als sie war, oder zumindest reifer, als sie für ihr Alter sein sollte. Hübscher Mund mit leicht aufgeworfenen Lippen, sexy Rundungen. Schließlich das dünne Mädchen, Alissa Thiele, glatte blonde Haare, eine auffallend reine, helle Haut, grüne Augen. Sie sah sogar ein bisschen jünger aus, als sie war.

»Sie beide haben Ihre tote Freundin gefunden?«, fragte die Kommissarin. »Wer war zuerst bei ihr?«

Alissa Thiele hob den Finger, als säße sie in einer Schulbank.

»Dann fangen wir bei Ihnen an. Gehen wir nach nebenan. Da können wir ungestört reden.«

KATHARINA BEITZ SETZTE SICH INS AUTO, um zurück ins Präsidium zu fahren. Eine merkwürdige Geschichte war das, die ihr die vier jungen Leute erzählt hatten. Sie fing sehr gewöhnlich an. Vier Kinder, die dicke Freunde wurden und es blieben, als sie zu Jugendlichen wurden. Dann kam eine neue hinzu, die alle toll fanden, bis auf einen: ausgerechnet der sympathische Leon Wittner. Ihm stank, dass sich plötzlich alles um die Neue drehte. Immer zorniger sei er geworden, und zwar nicht auf Vanessa, sondern auf seine alten Freunde, für die das, was sie bisher hatten, anscheinend nichts mehr bedeutete. Deshalb dachte er sich eine Rache aus, verschickte Videos, um Finn und Elif zu schaden, und so weiter. Er war (anscheinend) der einzige der vier Freunde, der ein Motiv gehabt hätte, Vanessa etwas anzutun, doch ausgerechnet er hatte ein Alibi. Er war die ganze Nacht mit einer Sylvie Kramer, ihren Freundinnen und einer Reihe von Zufallsbekanntschaften zusammen gewesen (er hatte eine Liste von Namen aufgeschrieben), und an der Stelle wurde es richtig interessant, denn ausgerechnet diese Sylvie Kramer war wiederum eine alte Feindin der Toten. Es war auch kein Zufall, dass sie sich beim Spring Break getroffen hatten, sie standen schon eine Weile in Kontakt, wegen Vanessa, die offenbar eine dunkle Seite gehabt hatte. Leon und Sylvie waren sich bei der Party rasch nähergekommen und ausgerechnet in Vanessas Bett sehr, sehr nah.

Was hatte diese Geschichte, die so freimütig erzählt worden war, mit Vanessas Tod zu tun? Nichts, wie man sie glauben machen wollte. Und vielleicht stimmte das ja. Es war nur eine der üblichen Eifersuchts- und Intrigengeschichten unter Jugendlichen, so wie sie alltäglich und überall vorkamen, ohne dass es Mord und Totschlag gab. Doch in diesem Fall hatte es Mord und Totschlag gegeben. Was war letzte Nacht also wirklich passiert?

Die einfachste Lösung war diese: Vanessa war eine Schönheit, und ein Biest war sie auch. Sie verdrehte den Männern den Kopf, aber sie war wählerisch, und nicht jeder fand sich damit ab, wenn er nicht zum Zug kam. Vielleicht war ihr wirklich ein Fremder nachgeschlichen, durch die offene Terrassentür in das Ferienhaus eingedrungen, um sich zu holen, was ihm seiner Ansicht nach zustand. Der Alkohol hatte ein Übriges getan. Es war zum Streit gekommen, zu Handgreiflichkeiten, der Mann hatte sie in seinem Zorn geschüttelt und gestoßen, sie war mit dem Genick unglücklich gegen die Kante einer Kommode geknallt und wohl sofort tot gewesen. Er selbst musste auch verletzt worden sein, das hätte zumindest das Blut im Bett erklärt. Obwohl es merkwürdig war, dass sich keine weiteren Blutspuren im Haus befanden, nicht einmal in Vanessas Zimmer. Hatte er die Wunde mit einem Stück Stoff umwickelt, einem Handtuch zum Beispiel oder einem T-Shirt? Seltsam blieb diese Sache mit dem Blut im Bett dennoch. Sie passte nicht ins Bild.

Eine alte Regel, an die Katharina Beitz sich stets hielt, besagte: Wenn es eine komplizierte und eine einfache Lösung für ein

Rätsel gibt, ist meist die einfache die richtige oder zumindest die wahrscheinlichste.
Andererseits: Das Leben war kompliziert, und es geschahen die unwahrscheinlichsten Dinge.

Neunzehn

LISSY KLINGELTE UND KLOPFTE gleich danach an die Wohnungstür. »Ich bin's – Lissy!« Sie lauschte. Drinnen Schritte. Stimmen. Es dauerte eine Ewigkeit, bist die Tür endlich aufging. Leider war es nicht Elif, sondern ihre Mutter.

»Du weißt, dass Elif bis auf Weiteres niemanden sehen darf«, sagte sie und fügte mit einem strengen Blick hinzu: »Schon gar niemanden von euch.«

Lissys Augen wurden feucht und ihre Stimme zittrig. »Ja, schon … aber … ich muss unbedingt mit ihr reden … wegen Vanessa. Wir waren doch gemeinsam im Haus, als … wir haben sie praktisch gemeinsam gefunden … und ich muss sie bloß was fragen …«

»Hör zu, Lissy«, versetzte Elifs Mutter, ihr vertraulicher Ton wirkte angestrengt, »ich weiß, dass ihr beiden eine schlimme Erfahrung gemacht habt. Das tut mir schrecklich leid. Wirklich. Trotzdem ist es besser, wenn erst mal jede für sich versucht, Abstand dazu zu kriegen. Im Kreis der eigenen Familie. Meinst du nicht?«

Lissy zuckte mit den Schultern und senkte den Blick.

»Ich mag dich, Lissy, und die anderen auch. Das weißt du. Aber wie das mit dieser Party gelaufen ist – und ich meine nicht die Sache mit Vanessa –, das ist schon eine herbe Enttäuschung. Das trifft euch alle. Es kann nicht so weitergehen, wie es war, das ist hoffentlich klar.«

Lissy schnaufte schwer. »Es tut uns so leid.«

»Wir reden irgendwann später darüber. Mach's gut.«

Die Tür schloss sich vor ihrer Nase.

So ein Mist!

Lissy ging eine Etage tiefer und setzte sich dort auf die Treppe. Sie hatte die klitzekleine Hoffnung, dass Elif doch noch rauskam.

Was sie zu Elifs Mutter gesagt hatte, war nicht nur ein Vorwand gewesen. Seit dem Wochenende fühlte Lissy sich enger denn je mit Elif verbunden. Nur wenige Meter von ihnen entfernt war jemand getötet worden. Sie hatten zwar nichts davon mitbekommen, aber irgendwas war an ihnen – zumindest an ihr – hängen geblieben. Wie ein Geruch, den man nicht loswurde. Sie musste wissen, ob Elif auch diese merkwürdigen Träume hatte, jede Nacht immer zur selben Zeit aufwachte und dann nicht mehr einschlafen konnte.

Tagsüber dachte Lissy kaum an die tote Vanessa. Stattdessen guckte sie Filme, spielte Spiele auf dem Handy oder las in einem Buch. Nichts davon berührte sie wirklich, es war alles irgendwie dasselbe, aber die Zeit verging. Nachts aber, wenn sie wach lag, kamen die Gedanken und ließen sie nicht mehr los.

Für Lissy war inzwischen klar: Vanessa steckte auch hinter *Bad_Teacher*. Der Chat mit ihm hatte zwar schon vor ihrem Auftauchen angefangen, aber sie konnte sich ja später irgendwie eingeklinkt haben. Vielleicht über ihren unbekannten Hacker-Freund. Lissy hatte ihr schließlich von ihrem Online-Flirt erzählt. Damit war auch klar, dass das Zusammentreffen mit ihr und Steffen beim Spring Break kein Versehen oder Missverständnis gewesen

sein konnte. Sie war in den Wald bestellt worden, um das zu sehen, was sie gesehen hatte.
Lissy horchte auf, als über ihr eine Wohnungstür aufging. Kam Elif runter? Sie erhob sich. Schritte auf der Treppe. Leider nicht die von Elif, das erkannte sie sofort. Und richtig. Es war Mehmet.
»Du bist ja immer noch da«, sagte er.
»Ich verschwinde schon.«
»Nicht wegen mir.«
»Ich muss eh los.«
Gemeinsam gingen sie runter.
»Die Alten spinnen gerade total. Das legt sich wieder.« Nach kurzem Schweigen fügte er hinzu: »Übrigens echt krass, was mit Vanessa passiert ist. Hat mich echt ergriffen, weißt du, im Herzen.« Er fasste sich an die Brust. »So eine schöne Frau. Einfach tot.«
»Ach, und wenn sie hässlich gewesen wäre, wär's nur halb so wild, oder wie?«, empörte sich Lissy.
Sie riss die Haustür auf und eilte davon.
Männer waren manchmal so zum Ausrasten!

»WENN DU IRGENDWAS GETAN HAST, Leon … egal, was es ist … Du kannst mir alles erzählen. Hörst du?«
Leons Vater stand ein bisschen verloren in der Tür, als er das sagte, doch Leon war trotzdem gerührt von seinen Worten und überhaupt davon, wie sehr er sich bemühte, für ihn stark zu sein. Und das all die Tage schon, seit er vom Spring Break zurück war. Er war mit zur Polizei gekommen, wo Leon seine Aussage zu Protokoll gab, und ging einkaufen, damit Leon nicht vor die Tür musste. Sogar die Reporter, die immer wieder anriefen, wimmelte er ab. Leon sah ihm an, wie viel Überwindung ihn das alles kos-

tete. Wie sehr es ihn ermüdete, nicht nur körperlich. Es wäre auch nicht nötig gewesen. Leon hätte das schon geschafft. So, wie er immer alles geschafft hatte. Aber er nahm dieses Opfer seines Vaters an.

»Ich danke dir, Paps«, sagte er und ließ sich von seinem Vater umarmen. »Das bedeutet mir viel. Ich hab dich lieb.«

»Ich dich auch, Junge. Ich dich auch.«

Sie hatten beide Tränen in den Augen.

Trotzdem hielt Leon es nicht mehr lange mit seinem Vater aus. Er mochte es nicht, dass jemand sich Sorgen um ihn machte, und nun saß er seit vier Tagen mit einem Mann in der Wohnung, der sich andauernd Sorgen machte. Und wenn er sich keine Sorgen machte, dann Vorwürfe, dass er als Vater versagt hatte. Vielleicht hatte er das ja, vielleicht auch nicht. Leon war es egal. So egal, wie es ihm inzwischen war, auf der Straße schief angesehen und von Reportern angequatscht zu werden. Er wollte, nein, er musste hier raus!

Doch wo sollte er hin? Zwischen den *Boys and Bitches* herrschte Funkstille. Elif hatte totales Ausgangs- und Kommunikationsverbot, Lissy und Finn waren mit sich selbst beschäftigt. Vermutlich mit derselben Frage, die auch Leon nicht losließ. Allen Beschwörungen zum Trotz war nicht auszuschließen, dass einer von ihnen Vanessa getötet hatte. Die Art, wie sie umgekommen war, sprach eher für ein Unglück als für einen Mord. Ein Sturz nach einem kräftigen Stoß. Vielleicht hatte Finn eine Auseinandersetzung mit ihr gehabt wegen des Videos? Oder Elif wegen der Sache im Whirlpool? Selbst Lissy war nicht auszuschließen. Sie war schon immer eine Geheimniskrämerin gewesen, und in den letzten Monaten war sie es noch mehr geworden. Es konnte irgendwas vorgefallen sein, über das sie nicht sprach. Der Einzige, den er definitiv ausschließen konnte, war er selbst.

Wenn es einer von den anderen war, war es auf jeden Fall besser, nichts darüber zu wissen. Schon gar nicht, solange die Polizeiermittlung auf Hochtouren lief. Was man nicht wusste, konnte man nicht verraten. Aus Schwäche oder weil man sich verquatschte. Es war sicherer, wenn nur einer von ihnen lügen musste. Manchmal fragte er sich, ob es was für ihn geändert hätte, wenn einer seiner Freunde schuld an Vanessas Tod gewesen wäre. Wahrscheinlich. Aber zerbrochen wäre die Freundschaft daran nicht.

Und wem von ihnen traute er so was zu? Keinem. Jedem.

Leons Rad stand hinter dem Haus. Als er damit auf die Straße rollte, sprach niemand ihn an, und es sprang auch keiner aus einem Auto und lief mit Block und gespitztem Bleistift auf ihn zu. Anscheinend verloren die Reporter schon das Interesse an der Story. Die Anrufe waren auch weniger geworden. Gut so.

Also wohin? Zu Rico? Nicht heute. Seine dummen Sprüche hätte er im Moment nicht ertragen. Er fuhr einfach drauflos. Nach einer Weile fiel ihm etwas ein, das er tun konnte und das sogar Sinn hatte.

AUCH NACH VIER TAGEN stand Finn noch unter Schock. Er redete kaum, hatte auf nichts Lust und hockte die ganze Zeit nur in seinem Zimmer und hörte Musik von Björk, die er vor Kurzem für sich entdeckt hatte.

Wenigstens war die Sache mit dem Spannervideo aus der Welt geschafft. Leon hatte eine Entschuldigung an alle geschickt, die es bekommen hatten, zusammen mit der Erklärung, dass die Auf-

nahme für ein Musikvideo von Finn gedacht war und Vanessa natürlich gewusst hatte, dass sie gefilmt wurde. (Letzteres war sicher nicht gelogen. Im Nachhinein war ihm klar geworden, wie gestellt die Situation in der Datsche war. Ihre plötzliche Müdigkeit. Dass sie sich ausgezogen hatte, um sich hinzulegen. Eine Falle, die sie ihm gebaut hatte, und er war blind reingetappt.) Die meisten schrieben zurück, sie hätten sich gleich so was gedacht, und machten Witzchen. Zum Glück war nichts davon an die Presse gedrungen, die Klatschjournalisten hätten daraus sicher eine üble Story zusammengerührt.
Inzwischen waren alle Fotos und Videos, die er von Vanessa besessen hatte, von seinem Handy gelöscht. Zuerst war er entschlossen gewesen, sie auch von seinem Laptop zu entfernen, doch das hatte er bis jetzt nicht übers Herz gebracht. Die Aufnahmen waren alles, was ihm von ihr blieb. Um sich von ihnen zu trennen, musste er sich erst klar werden, ob Vanessa ihm, trotz allem, was sie getan hatte, noch etwas bedeutete.
Manchmal vermisste er sie. (Oder vielleicht nur seinen Traum von ihr.) Dann wieder war er voller Zorn und Abscheu. Wieder und wieder ließ er die gemeinsame Zeit Revue passieren. Wäre alles anders gelaufen, wenn er ihr damals von dem Gespräch im *Roxy* erzählt hätte? Hätte es etwas geändert, wenn sie alle damals offen mit ihr geredet hätten? Vermutlich hätte sie sich trotzdem gerächt, doch sie wäre wohl noch am Leben. Die Auseinandersetzung bis nach dem Spring Break zu verschieben, weil man Vanessa dafür brauchte, war jedenfalls gemein gewesen. Hier waren sie alle schuldig an ihr geworden, und er, der behauptete, sie zu lieben, ganz besonders.
Wann hatte sie wohl davon erfahren? Und von wem? Es musste

jemand gewesen sein, der an einem der Nebentische gesessen und mitgehört hatte. Vielleicht ihr Helfer im Hintergrund, den sie zweifellos gehabt hatte? Der Typ, der für sie Handys hackte und von ihnen aus falsche Nachrichten verschickte, während sie so tat, als amüsierte sie sich mit ihren Freunden? (Sie hatten inzwischen alle einen Virenscanner auf ihren Handys installiert – das hätten sie alle besser mal früher machen sollen! –, und der hatte den Trojaner auch gefunden und gelöscht.)

Viele Rätsel, die Vanessa umrankten, würden wohl für immer ungelöst bleiben. Besser, er lernte, damit zu leben. Doch wie sollte das gehen? Wie sollte er dieses Bild aus seinem Kopf kriegen: Vanessa, die leblos dalag in ihrem Schlafshirt; das Haar wie ein rotgoldner Strahlenkranz? Wie sollte es nach so einem Schrecken wieder ein normales Leben für ihn geben? Noch dazu, wenn vielleicht doch einer seiner Freunde dafür verantwortlich war. Jemand, dem er jeden Tag begegnete.

Es war keiner von uns, wiederholte er das Mantra, das Leon ausgegeben hatte. Es war keiner von uns!

GEDULDIG WARTETE LEON an der Einfahrt des Sparkassenparkplatzes, in Sichtweite von Benedicts Wagen. Die Bank hatte längst zu, als sein Besitzer endlich aus einem Seiteneingang kam. Leon stieg aufs Rad und fuhr zu ihm. Benedict wirkte nicht gerade erfreut darüber, ihn zu sehen.

»Hast du 'ne Minute?«, fragte Leon.

»Wenn's sein muss.«

»Es geht um die Sache vom letzten Wochenende.«

Benedicts Lippen waren nur noch Striche. »Du bist hoffentlich nicht sauer, dass ich mich für deinen kleinen Augenöffner nicht bedankt hab. Ich finde, das ist keine Sache, die Dank verdient. Sorry.«

»Kein Widerspruch. Was ich gemacht hab, war bescheuert und unverzeihlich.«

»Und?«

»Es geht nicht um mich, sondern um Elif. Klar, du bist verletzt, Alter, trotzdem kann man über alles reden. Elif liebt dich. Ich weiß zwar nicht, was sie an dir findet, aber es ist so. Und die Nummer im Whirlpool … es war Vanessa, die Elif dazu gedrängt hat. Wie zu allem anderen. Elif war die ganze Zeit mies drauf, weil sie dir nicht die Wahrheit gesagt hatte.«

Benedict winkte ab. »Lass gut sein. Ich bin selbst schuld. Es gab Anzeichen, die ich nicht sehen wollte.«

»Was denn für Anzeichen?«

»Na ja, einmal hab ich die beiden gemeinsam aus der Dusche kommen sehen. In meiner Wohnung! Versteh mich nicht falsch. Mir ist es völlig egal, wer mit wem, also Junge und Junge, Mädchen und Mädchen, zu dritt, zu viert. Intolerant bin ich nur, wenn mein Mädchen mit jemand anderem rummacht, egal mit wem. Aber das ist es noch nicht mal allein. Neulich erfahre ich, wie sie früher drauf war. Du weißt es wahrscheinlich eh. Ich rede von den Partys, den Alkoholexzessen und dem Rummachen. Also, ganz ehrlich, an der Frau ist doch alles gelogen.«

»Sie hat nur gelogen, um dich zu kriegen und zu behalten«, wandte Leon ein. »Sie liebt dich. Das weiß ich ganz sicher.«

»Darauf ist geschissen. Ist schon okay, dass du sie verteidigst. Hilft nur nichts.«

Benedict zog seine Autoschlüssel aus der Hosentasche und entriegelte mit einem Knopfdruck die Türen.

»Soll das heißen, du gibst ihr keine zweite Chance?«
»Nee, wieso? Die erste Chance war schon eine zu viel.«
Fassungslos sah Leon zu, wie er einstieg und wenig später mit röhrendem Motor davonbrauste.
»Arschloch«, murmelte er.
Elif konnte froh sein, dass sie ihn los war. Sie hatte was Besseres verdient.

ENDE DER WOCHE KAM LISSY die Idee, es wäre wohl angebracht, Vanessas Mutter gemeinsam einen Kondolenzbesuch abzustatten. (Eigentlich waren es ihre Eltern, die das anregten, doch wie hätte sie Nein sagen können?) Deshalb postete sie in der WhatsApp-Gruppe einen Aufruf: *An alle Boys and Bitches! Sollten wir nicht Vs Mutter besuchen? Für sie ist das total hart, sie könnte etwas seelische Unterstützung gebrauchen. Was meint ihr?*
Finn: *Sollten wir wohl tun.*
Leon: *Okay.*
Von Elif kam nichts.
Lissy bat ihre Mutter, Elifs Eltern anzurufen und zu fragen, ob sie mitdurfte. Lissys Eltern hatten nur zu den Eltern von Finn näheren Kontakt, Elifs Eltern kannten sie kaum und Leons Vater gar nicht, weil der weder bei den Elternabenden noch bei anderen schulischen Veranstaltungen erschien. Elif bekam die Erlaubnis nur unter einer Bedingung: Ihre Mutter würde sie begleiten. Sie war es auch, die den Termin verabredete.
Zum ersten Mal seit dem Spring Break waren die *Boys and Bitches* wieder vereint. Stumm begrüßten sie sich. Gab es sie noch als Gemeinschaft?
Während der Fahrt wurde lange kein Wort gesprochen. Bis Elifs

Mutter sagte: »Dass ihr euch um die arme Mutter sorgt, ist gut. Sonst denkt ihr ja nicht so viel an eure Eltern. Leider.«
Elif wandte den Kopf ab, schaute aus dem Seitenfenster.
»Elif wollte nicht zu der Party mitkommen«, nahm Finn sie ritterlich in Schutz. »Wir mussten sie überreden. Es ist unsere Schuld.«
»Natürlich ist es auch eure Schuld!«, erwiderte sie barsch.
»Mama«, sagte Elif nur genervt.
Es brachte nichts, sich mit angepissten Eltern zu streiten, fand Lissy. Deshalb legte sie beschwichtigend ihre Hand auf Finns Unterarm, als dieser auf den Vorwurf etwas entgegnen wollte. Er ließ es bleiben, und das große Schweigen kehrte zurück.
Als sie die Adresse erreicht hatten, wurde aus Unbehagen Angst. Was sollte man zu Vanessas Mutter sagen? Leon nahm Lissys Hand, Lissy die von Finn. Zum ersten Mal schauten sie sich gerade in die Augen. Tonlos flüsterte Leon: Es war keiner von uns. Die anderen beiden nickten.
Elifs Mutter parkte den Wagen ein und stellte den Motor ab. Alle fragten sich, ob sie im Auto warten würde, und auch wenn es gerade kein reines Vergnügen war, mit ihr in einem Raum zu sein, waren sie doch erleichtert, als sie ausstieg.
Sie ging sogar voran und drückte die Klingel. Das erwartete Summen des Türöffners blieb aus. Stattdessen öffnete sich über ihnen im ersten Stock ein Fenster. Vanessas Mutter steckte den Kopf heraus.
»Wollen Sie nicht aufmachen?«, fragte Elifs Mutter.
»Ganz bestimmt nicht!«, schallte es zurück. »Glaubt ihr, ich weiß nicht, was ihr mit Vanessa gemacht habt? Glaubt ihr, sie hat mir das nicht erzählt? Ihr könnt euch euer Mitgefühl sparen!«

Betreten schauten sie alle hoch zu der Frau mit dem wirren Haar und dem aschgrauen Gesicht. Ihr Hass traf sie beinahe wie etwas Körperliches, das von da oben auf sie herabgefallen war.

»Hören Sie«, versuchte Elifs Mutter sie zu beruhigen, »wir verstehen Ihren Schmerz. Wenn Sie die Kinder nicht sehen wollen, wieso haben Sie dann –«

»Sie sollen das hier zurückhaben!«, schrie Vanessas Mutter, und schon flog etwas aus dem Fenster, das Finn im ersten Moment an eine Träne erinnerte, allerdings so groß wie ein Handball. Dann erkannte er es: Es war die Schneekugel. Sein Geburtstagsgeschenk.

Im nächsten Moment zerschellte sie auf dem Bürgersteig, Splitter und Wasser spritzten meterweit, sodass alle zusammenzuckten und ein paar Schritte nach hinten machten.

»Sind Sie verrückt?«, empörte sich Elifs Mutter. »Sie können doch nicht mit Sachen nach uns werfen!«

Das Fenster schlug zu.

Finn sah die Figuren, die verstreut zwischen Scherben und Splittern in der Pfütze lagen. Er sammelte sie auf. Alle fünf.

»Nicht, Finn«, warnte Elifs Mutter. »Du verletzt dich noch.«

Zwanzig

LISSY SCHRECKTE HOCH. Rang nach Luft. Um sie herum Dunkelheit. Ein Traum. Es war nur ein Traum gewesen. Sie atmete auf, ihr Herzschlag beruhigte sich. Sie hatte geträumt, dass sie und ihre Freunde in einem Meer oder einem See schwammen, sie waren alle am Ende ihrer Kräfte, und Rettung war nicht in Sicht. Die Strömung trieb sie auseinander, sodass jeder beim Sterben alleine sein würde. Was für eine schreckliche Vorstellung!

Als sie sich aufsetzte, merkte sie erst, dass ihr Schlafshirt an ihr klebte. Es war völlig durchgeschwitzt. Sie zog es aus und warf es auf den Wäschestapel in der Ecke, der ihre Mutter jedes Mal wahnsinnig machte, wenn sie in ihr Zimmer kam. Ein Blick auf die Uhr: kurz nach vier. Seit sie vom Spring Break zurück waren, wachte sie jede Nacht um diese Zeit auf. Vielleicht, weil Vanessa um diese Zeit gestorben war? Eigentlich glaubte sie nicht an solchen Mystikkram. Uhren, die stehen blieben, wenn jemand starb. Mütter, die ein Zeichen bekamen, wenn ihrem Kind etwas zugestoßen war. Sie war ein viel zu rationaler Mensch, um für solche Geschichten empfänglich zu sein. Aber vielleicht hatte es damit ja auch gar nichts zu tun. Vielleicht hatte sie unterbewusst Vanessas Todeszeitpunkt mitgekriegt. Blieb die Frage, was noch alles in ihrem Unterbewusstsein verborgen war.

Lissy zog ein frisches Shirt an und ging nach unten in die Küche, um sich eine Flasche Wasser aus dem Kühlschrank zu holen. Das letzte Traumbild kam ihr wieder in den Sinn. Ihr fiel ein, woher es stammte: die Figuren aus der von Vanessas Mutter zerschmetterten Schneekugel, wie sie dagelegen hatten in der großen Pfütze. War das nun das Ende der *Boys and Bitches*? Ging von hier aus jeder nur noch seinen eigenen Weg? Auf jeden Fall war nichts mehr so wie davor, und es würde auch nicht mehr so werden. Zu viel war passiert, und damit meinte sie nicht nur Vanessas Tod.

Lautlos durchquerte Lissy die Küche. Die kühlen Fliesen unter ihren nackten Fußsohlen fühlten sich gut an. Genau wie die Kälte, die ihr wenig später aus dem Kühlschrank entgegenkam, nachdem sie die Tür aufgezogen hatte. Sie nahm ein Wasser heraus und trank gleich aus der Flasche.

Schon komisch, dachte sie, irgendwie driften wir auseinander, und gleichzeitig sind wir enger verbunden denn je.

Sie hatten gemeinsam die Polizei belogen. Oder zumindest einen Teil der Wahrheit verschwiegen. Den Teil, der sie verdächtig gemacht hätte. Sie hatte keine Skrupel deswegen. Eine Freundin oder einen Freund zu schützen, gehörte sich einfach. Und so, wie es aussah, war es kein heimtückischer Mord gewesen, sondern eher ein Unglück. Im Übrigen glaubte sie ohnehin nicht daran, dass es einer von ihnen gewesen war. Aber falls doch, war es gut, dass sie nicht wusste, wer.

Plötzlich durchbrach ein lauter Knall die Stille. Lissy erschrak so heftig, dass sie die Wasserflasche fallen ließ. Sie zerschellte auf dem Boden. Für einen Moment, nur eine Sekunde oder weniger, war sie im Ferienhaus, in der Nacht, in der Vanessa gestorben war, auch da hatte ein Knall sie aufgeschreckt, und da war noch mehr,

doch sie konnte nicht sagen, was oder wen sie sah und hörte, alle Bilder in ihrem Kopf lagen hinter einem Nebel.
Lissy schüttelte sich und war wieder im Hier und Jetzt. Zugluft hatte die offen gelassene Tür ihres Zimmers zugeschlagen, das war alles. Sie fröstelte. War das, was eben in ihr aufgeblitzt war, wirklich eine Erinnerung gewesen? Oder nur ein Phantasiebild? War es das, was sie jede Nacht schwer träumen und dann aufschrecken ließ? Was drängte da an die Oberfläche? Sie wollte es lieber nicht wissen.
Ich muss aufpassen, dass ich nirgends reintrete, dachte sie, als sie die Scherben und Splitter auf dem Boden sah.

MÜDE KNIRSCHTE DIE ALTE SCHAUKEL, als Leon sich draufsetzte. Letztes Mal war er im Winter hier gewesen. Mit Vanessa. Jetzt war es Sommer, und Vanessa war tot. Das Leben konnte manchmal schon eine ziemlich krasse Scheiße sein. Sie hatte damals sein Gras nicht besonders gut vertragen. Heute war es witzig, wie sie buchstäblich in den Seilen gehangen hatte, aber damals hatte er Angst um sie gehabt. Wären die Dinge anders gelaufen, wenn er sie beim Abschied geküsst hätte? Sicher. Wäre sie noch am Leben? Möglich. Aber vielleicht wäre jemand anders tot.
Sein Handy klingelte. Die Nummer kam ihm bekannt vor. War das nicht diese Kommissarin? Ihr Name fiel ihm nicht ein.
»Beitz, Kripo«, meldete sie sich. »Ich hätte da noch eine Frage.«
»Okay.«
»Das Blut, das wir im Bett gefunden haben: Wir wissen inzwischen, dass es nicht von Vanessa stammt. Auch nicht vom Täter. Es ist Schweineblut. Fällt Ihnen dazu was ein?«

»Nee«, sagte Leon verdattert.
»Wirklich nicht?«
»Nein!«
»Falls doch, rufen Sie mich an.«
»Gibt es sonst was Neues?«
»Sehen Sie es mir nach, dass ich Sie nicht über den Ermittlungsstand informieren kann. Oder wollen Sie mir etwas sagen?«
»Ich? Nein. Was denn?«
Nachdem sie aufgelegt hatte, kamen seine grauen Zellen langsam in Bewegung und fingen an, eins und eins zusammenzuzählen. Er rief Sylvie an, doch ihr Anschluss war belegt.
Sylvie hatte ihm beim Abschied gesagt, dass sie gerne mit ihm in Kontakt bleiben wolle, eigentlich aber kein Mädchen für eine Fernbeziehung sei. Er war nicht allzu enttäuscht deswegen, er hatte mit so was gerechnet. Und sie war ja auch nicht seine große Liebe.
Er versuchte es nach ein paar Minuten noch einmal, diesmal nahm sie ab.
»Hi«, sagte sie, und sie klang nervös. »Hat dich diese bescheuerte Kommissarin schon angerufen?«
»Ja. Wegen dem Schweineblut in Vanessas Bett. Jetzt mal ehrlich, Sylvie: Du warst das, oder?«
»Ich? Spinnst du?«
»Hattest du nicht diese Tasche dabei, als wir in Vanessas Zimmer waren, mit deinen Badesachen? Und du musstest unbedingt noch mal zurück ins Zimmer, als wir schon am Gehen waren, weil dir angeblich irgendein Haargummi gefehlt hat.«
»Okay, ja«, wurde Sylvie laut, »ich hab ihr eine Flasche Schweineblut ins Bett gekippt. Irgendwas musste ich doch tun! Aber

das binde ich der Polizei nicht auf die Nase. Sonst denken die noch …«

»Wenn du ihnen was verschweigst, denken die sich erst recht was. Du musst ihnen alles sagen, Sylvie. Sie finden es sowieso raus.«

LISSY RÜHRTE MIT DEM STROHHALM in ihrem Erdbeershake und schaute dabei die ganze Zeit angespannt auf die Straße. Wo blieb Elif nur? Vor zwanzig Minuten hatte Mehmet sie angerufen und gefragt, ob sie Elif gleich im *Roxy* treffen könne. Er klang wie ein Geheimagent in gefährlicher Mission. Und nun saß sie hier, während die beiden schon zehn Minuten überfällig waren. Ob was schiefgegangen war?

Da bog ein Auto ziemlich sportlich in die Straße ein und hielt mit quietschenden Reifen vor dem Café. Elif stieg aus, Mehmet fuhr weiter. Wegen des heißen Wetters saßen die meisten Leute an den Tischen draußen, während es drinnen fast leer war. Deshalb musste Elif nicht lange suchen, um Lissy zu finden.

Elif trug ihre Brille, und Lissy fand, dass sie ihr gut stand. Weniger gut gefielen ihr die fettigen Haare und die ausgeleierten Klamotten. War sie so überstürzt aufgebrochen, oder ließ sie sich gehen?

Lissy sprang auf und umarmte sie. Elif war so glücklich, sie zu sehen, dass sie anfing zu heulen. Auch Lissy stiegen Tränen in die Augen.

»Wir haben nicht viel Zeit«, sagte Elif, nachdem sie sich gesetzt hatte. »Mehmet holt mich in spätestens einer halben Stunde wieder ab.«

»Echt krass, wie deine Eltern dich behandeln. Du bist doch keine Schwerverbrecherin.«

»Wer weiß das schon.«
Lissy horchte auf. »Was soll das denn heißen?«
»Ich hab so merkwürdige Träume.«
»Die hab ich auch. Ist doch klar. Jemand wurde ermordet, wir haben nur wenige Meter davon entfernt geschlafen.«
»Haben wir das? Geschlafen, meine ich.«
Lissy zuckte zurück. »Äh … ja …«
»Wie kannst du da sicher sein? Weißt du noch, wie du ins Bett gekommen bist? Oder ob wir durchgeschlafen haben?«
»Ich … denke schon … Wir waren praktisch bewusstlos.«
Elif dämpfte die Stimme. »Ich war so sauer auf Vanessa. Dass wir im Whirlpool … das ging nur von ihr aus. Und deshalb hat Benedict mit mir Schluss gemacht. Ich meine … vielleicht war ich wach, als sie gekommen ist. Vielleicht hab ich Streit mit ihr angefangen und sie …«
»Quatsch!«, fiel Lissy ihr ins Wort. »Das würdest du wissen. Garantiert.«
Elif ließ sich nicht beirren. »Ich hab das gegoogelt. Das gibt es, dass Leute sich an so was nicht mehr erinnern. Sogar wenn sie nicht betrunken sind. Verdrängung und so. Abspaltung. Echt.«
Lissy schüttelte heftig den Kopf. »Das ist doch Blödsinn. Dann könnte ich auch schuld sein.«
»Du? Wieso du? Du hattest ja keinen Grund.«
»Stimmt«, sagte Lissy schnell. »Hatte ich nicht.«

LEON HOCKTE IN SEINEM BEQUEMEN SESSEL und schaute sich auf dem Handy die Fotos und Filme an, die er beim Spring Break gemacht hatte. Durch die weit aufgerissenen Fenster drückte die Hitze herein, und mit ihr kamen die Straßengeräusche: das Bimmeln von Fahrradklingeln, jemand rief irgendwas, ab und zu fuhr ein Auto vorbei. Von nebenan der Fernseher und die Hustenanfälle seines Vaters. All das ging an Leon vorbei, er war ganz hineingesogen in die Szenerie, die er betrachtete. Eigentlich suchte er in allen Aufnahmen nur Vanessa. Sich jetzt in sie zu verlieben, wäre nicht nur ein wenig zu spät, dachte er selbst, es wäre auch eine Dummheit. Und doch musste er zugeben, dass er sie vermisste. Sich über sie zu ärgern, sie nicht zu mögen, manchmal sogar zu hassen.

Einen Film hatte Leon in seiner Rückschau bis jetzt ausgenommen: Vanessa und Elif im Whirlpool. Er hatte ihn zwar gelöscht, doch dem Hacker sei Dank befand er sich wieder in dem Ordner mit den gesendeten SMS. Er öffnete die Nachricht und startete das Video. Er merkte sofort, dass etwas daran anders war. Es zeigte immer noch das, was er gefilmt hatte. Doch die Perspektive war eine andere. Er erinnerte sich an den Blick, den Vanessa ihm zuwarf. In diesem Video gab es diesen Blick nicht, dafür war mehr von Elif zu sehen. Wie konnte das sein?

Es gab nur eine Möglichkeit: Das war nicht das Video, das er aufgenommen hatte. Vanessas unbekannter Helfer musste ebenfalls da gewesen sein. Natürlich! Sie hatte ja nicht davon ausgehen können, dass Leon die Szene filmen würde. Er war nur rein zufällig vorbeigekommen. Damit sie nicht auf solche Zufälle angewiesen war, hatte sie alles von langer Hand vorbereitet. Nur dass sie die Nacht nicht überleben würde, hatte sie sicher nicht eingeplant.

Einundzwanzig

WEIL LISSY ZU HAUSE die Decke auf den Kopf fiel, schrieb sie Finn an und fragte ihn, ob er Lust hätte, mit ins Schwimmbad zu kommen. Hatte er nicht. Deshalb fuhr sie alleine. Keine gute Idee, wie ihr bereits am Eingang schwante. Nicht nur wegen der Mitschüler, die mit Fingern auf sie zeigten und tuschelten, sondern weil die Menschen in Badekleidung, das ausgelassene Kreischen von der Rutsche, das Planschen, dazu als Soundtrack die wummernde Musik aus verschiedenen Gettoblastern ihr im ersten Moment einen unangenehmen Flashback zum Spring Break verschafften. Sie war kurz davor, gleich wieder umzukehren. Aber dann sagte sie sich, dass es ein Fehler war, davonzulaufen. Sie musste sich solchen Situationen stellen, sonst wurde es nur schlimmer.

Kurz nachdem sie sich einen Platz am hinteren Ende der Liegewiese gesucht hatte, wo kaum jemand war, klingelte ihr Handy. Hauptkommissarin Beitz. »Können wir uns treffen? Ich würde gerne mit Ihnen reden.«

»Klar. Gibt's was Neues?«

»Das erfahren Sie, wenn ich da bin. Bei Ihnen zu Hause? Ihre Eltern wollen sicher dabei sein.«

»Nee, lieber nicht. Kommen Sie ins Schwimmbad.«

»Wie Sie wollen. Dauert aber ein wenig. Ich bin noch auf der Autobahn.«
Lissy legte auf. Worum es wohl ging? Von Leon wusste sie, dass das Blut in Vanessas Bett Schweineblut gewesen war. Seine Spring-Break-Freundin Sylvie hatte es in ihr Bett gekippt. Angeblich ohne sein Wissen. Ob die Kommissarin deshalb mit ihr reden wollte? Ob Leons bombensicheres Alibi wackelte? Ob die beiden gemeinsam etwas gegen Vanessa ausgeheckt hatten, mit einem Ergebnis, das keiner von ihnen gewollt hatte?
Stopp!, rief sie sich selbst zu. Leon war's nicht. Keiner von uns.
Eine knappe Stunde später rief die Kommissarin wieder an. Lissy lief zum Eingang, um sie abzuholen. Sie stand schon da, in Begleitung eines dünnen Kollegen. Eigentlich sieht sie ganz sympathisch aus, fand Lissy. Ungefähr so alt wie ihre Mutter, ein lässiges Shirt, eine weite Jeans und Sandalen. Immerhin lackierte Fußnägel. Niemand, vor dem man sich fürchten musste. Vielleicht war genau das das Gefährliche an ihr.
»Wenn ich gewusst hätte, dass ich heute noch ins Schwimmbad komme, hätte ich Badeklamotten eingepackt«, sagte sie nach der Begrüßung.
Lissy lächelte. »Sie sehen im Badeanzug bestimmt super aus«, schmeichelte sie ihr.
Die Kommissarin winkte ab.
Es gab neben dem Imbiss zwar Tische, doch die waren voll belegt. Deshalb gingen sie zu Lissys Liegeplatz. Lissy merkte, wie sich die Leute nach ihr und ihrer ungewöhnlichen Begleitung umdrehten. War vielleicht doch keine so gute Idee gewesen, sich hier mit der Polizei zu treffen. Katharina Beitz ließ sich auf ihrer Decke nieder, ihr Kollege setzte sich daneben ins Gras.

»Da Sie sich nicht bei uns gemeldet haben, ist Ihnen zu der gewissen Nacht wohl nichts weiter eingefallen, richtig?«, begann sie.
Lissy schüttelte den Kopf. »Nein, nichts.«
»Vielleicht hilft es Ihnen, wenn ich Ihnen erzähle, was wir bisher rekonstruiert haben.«
»Ich hab doch geschlafen …«, wandte Lissy ein.
»Wir fanden in Vanessas Zimmer verschiedene Fingerabdrücke. Die meisten davon konnten wir Ihnen und Ihren Freunden zuordnen. Es gab aber auch Abdrücke, die wir nicht zuordnen konnten. Auch keinem Angestellten des Hotels. Sie müssen nicht automatisch vom Täter stammen. Es gibt nur eine gewisse Wahrscheinlichkeit.« Die Kommissarin hatte ihr Handy aus der Hosentasche gezogen, warf einen Blick darauf und redete dann weiter: »Vanessa starb an dem Genickbruch. Sie war sofort tot. Wir fanden an ihrem Hals Würgemale. Es sieht so aus, als habe jemand versucht, sie zu erwürgen, diesen Versuch aufgegeben, entweder weil Vanessa sich zu sehr gewehrt hat oder weil seine oder ihre Entschlossenheit bröckelte. Danach kam es wohl zu einem heftigen Stoß mit tödlichen Folgen.«
Lissy zog die Beine an und umschloss sie mit beiden Armen. Vanessa war ein Biest, dachte sie, aber so zu sterben hat niemand verdient.
»Eine Frage, die uns beschäftigt, ist die, wann ihre Bettdecke zurückgeschlagen wurde. Hat Vanessa das getan, bevor der Täter kam? Dann muss sie das Blut gesehen haben. Sie dürfte außer sich gewesen sein und hätte wohl versucht, Sie und Ihre Freundin Elif zu wecken, um zu erfahren, was das zu bedeuten hat. Erinnern Sie sich vielleicht, dass jemand Sie oder Ihre Freundin wecken wollte?«

Lissy überlegte und schüttelte den Kopf.
»Wenn der Täter die Decke zurückgeschlagen hat, fragt sich: warum? Herr Brönner hier meint« – sie deutete auf ihren Kollegen –, »der Täter wollte die Tote vielleicht ins Bett legen. Damit man länger denkt, sie schläft nur, sodass er mehr Zeit für Flucht und Verdunkelung gewinnt. Oder auch aus Mitgefühl für sein Opfer. Als Zeichen von Reue. Er will die Tat im wahrsten Sinne des Wortes verdecken. Er schlägt also die Decke zurück und sieht das Blut, erschrickt so heftig, dass er in Panik gerät und aus dem Zimmer rennt. Nun denkt er nicht einmal mehr daran, die Tür zu schließen. Er will nur noch weg.« Katharina Beitz ließ eine kleine Pause, ehe sie hinzufügte: »Dass ich immer *er* gesagt habe, bedeutet nicht, dass es unbedingt ein Mann gewesen sein muss. Es könnte auch eine Frau gewesen sein. Fällt Ihnen was dazu ein?«
Lissy hatte mit einem Schauder zugehört. »Leider nein«, gab sie zurück.
»Denken Sie weiter nach. Und melden Sie sich bei uns. Selbst wenn Sie nur was geträumt haben. Manchmal baut das Unterbewusste echte Wahrnehmungen in Träume ein. Alles kann helfen.«
»Mach ich.«
Die beiden Kriminalbeamten standen auf. »Wir würden gern mit Ihrer Freundin Elif sprechen«, sagte Katharina Beitz, »aber die Eltern erlauben es nicht.«
»Sie ist ziemlich durch den Wind«, bestätigte Lissy.
»Sie dagegen wirken sehr gefasst.«
Lissy schlug die Augen nieder. »Jeder geht anders mit der Sache um.«
»Natürlich. Das sollte kein Vorwurf sein. Auf Wiedersehen.«
Lissy sah den beiden hinterher, bis sie zwischen den Badegästen

verschwunden waren. Erst jetzt merkte sie, wie sehr all die Fragen und Spekulationen sie innerlich aufgewühlt hatten. Als sie endlich ruhiger geworden war, legte sie sich hin und hörte Musik von ihrem Handy. Im Nu fielen ihr die Augen zu. Schon kurze Zeit später schreckte sie wieder hoch. Jemand hatte ihren Namen gerufen. Und den von Elif. Sie schaute sich nach allen Seiten um. Doch da war niemand, den sie kannte.

SIE TRAFEN SICH NICHT IM *ROXY*, sondern an einem Platz, den Leon vorschlug: auf der mit Sträuchern bepflanzten Insel in einem Kreisverkehr. Auf die Schnelle war ihm kein anderer Ort eingefallen, an dem sie unbemerkt blieben und wo es auch keine unerwünschten Lauscher gab. Einer nach dem anderen fand sich ein. Nur Elif kam nicht.

Leon hatte die Sache als Erster erfahren, jemand hatte wohl ein Polizeiauto vor dem Eingang zur Hausmeisterwohnung stehen sehen, und im Nu hatte es geheißen, Konni sei verhaftet worden. Inzwischen gab es bereits Entwarnung. Er war anscheinend nicht verhaftet, sondern bloß befragt worden. Es konnte aber nur um die Sache mit Vanessa gegangen sein.

»Konni war hundertpro Vanessas Helfer im Hintergrund«, sagte Leon zu Finn und Lissy. »Vielleicht ist er auch derjenige, der sie erschlagen hat.«

»Wie kommst du denn darauf?«, fragte Lissy.

»Benutz doch mal deine Phantasie. Konni hat sich bis jetzt von allen ferngehalten. Nur von Vanessa nicht. Er war garantiert in sie verknallt. Ich meine, wer war das nicht? Und das hat sie ausgenutzt. Als sie ihn nicht mehr gebraucht hat, wollte sie ihn fallen lassen, und das hat er sich nicht bieten lassen.«

»Wieso haben sie ihn dann nicht mitgenommen?«, fragte Finn.
»Na ja … vielleicht kann die Polizei es noch nicht beweisen.«
Finn überlegte. »Passen würde es zu ihm. Stille Wasser sind tief, und manchmal ersäuft einer darin.«
Lissy hörte nicht mehr zu, was ihre beiden Freunde sagten, denn ihr gingen andere Gedanken durch den Kopf. Wenn Konni wirklich Vanessas Helfer gewesen war, dann war er vielleicht auch *Bad_Teacher*. Konnte das sein? Da er von Anfang an bei der Theater-AG mitgeholfen hatte, hatte er sicher auch mitgekriegt, wie sehr ihr Steffen gefiel. Außerdem konnte er immer wieder Anspielungen auf Sachen unterbringen, die dort passiert waren, sodass sie ihn für Steffen halten musste. Aber warum hatte er das gemacht? Sollte es nur ein alberner Streich sein? Wie kam er ausgerechnet auf sie? Es gab Leute, die waren richtig gemein zu ihm. Sie hatte ihn einfach nur ignoriert. Wie auch immer, er hatte später vielleicht Vanessa davon erzählt, und sie hatte die Möglichkeit gesehen, sich das zunutze zu machen. Sie musste wissen, ob es so war. Und wenn ja, musste sie verhindern, dass er der Polizei irgendetwas davon erzählte. Sofern er es nicht längst getan hatte.
»Was meinst du dazu, Lissy?«
Sie schreckte aus den Gedanken auf. »Was?«
»Was sollen wir tun?«, fragte Finn. »Zur Polizei gehen und von uns aus alles erzählen, von Vanessas Racheplan und dass wir gelogen haben? Bevor Konni es tut?«
»Wenn überhaupt, hat er es ihnen längst erzählt«, sagte Lissy. »Ich werde zu Konni gehen und ihn einfach fragen. Dann wissen wir, was los ist.«
»Du?«, fragte Finn, und Leon: »Allein?«
»Ist, glaube ich, besser. Ich kenne ihn ein wenig durch die Thea-

ter-AG.« Das war maßlos übertrieben. Sie hatte in Wochen und Monaten höchstens ein paar belanglose Sätze mit ihm gewechselt.

Überrascht von dem Engagement, sahen Finn und Leon sich an. »Okay«, meinte Finn. »Sag uns gleich, wie es gelaufen ist.«

ELIF HIELT ES NICHT MEHR AUS. Von früh bis spät hockte sie in ihrem Zimmer oder in der Wohnung, hörte Musik oder glotzte fern, weil ihr sonst alles verboten war, oder sie versuchte, in einem Buch zu lesen, auf das sie sich eh nicht konzentrieren konnte. Wie lange sollte das so weitergehen? Die ganzen Ferien? Ihr ganzes Leben? Sie hatte es ja verdient. Auch wenn Lissy versucht hatte, es ihr auszureden, so wusste sie doch, was sie getan hatte: Sie hatte Vanessa getötet. Hatte sie, vielleicht nach einem Streit oder einfach nur so, gestoßen, Vanessa war gegen die Kommode gefallen und nicht mehr aufgestanden. Elif hatte keinen Finger gerührt, um ihr zu helfen. War einfach gegangen. So oder so ähnlich musste es gewesen sein, sie erinnerte sich nicht genau. Umso klarer erinnerte sie sich an ihr Motiv: Vanessa war an allem schuld. Deshalb bereute sie ihre Tat nicht.

Sie musste an die frische Luft. Mehmet war nicht zu Hause, um sie rauszuschmuggeln, vermutlich war er mit seinen Kumpels im Schwimmbad, Mädchen aufreißen. Eigentlich brauchte sie ihn nicht mehr. Was hatte sie zu verlieren?

Den ganzen Tag hörte sie schon dieses verdammte Rattern der Nähmaschine. Ihre Mutter verdiente als Änderungsschneiderin ein paar Euro dazu, hauptsächlich arbeitete sie für ein Kaufhaus in der Stadt. Es wäre wohl gar nicht schwer gewesen, sich an ihr vorbei aus der Wohnung zu schleichen, doch wozu noch Heimlichtuereien? Sie ging zu ihr und sagte: »Ich muss raus. Sonst geh ich ein.«

Ihre Mutter setzte schon an, etwas dagegen zu sagen, überlegte es sich dann anders und meinte bloß: »Na gut. In einer Stunde bist du wieder da.«

»Ich sag mal Ja. Stell dich trotzdem nicht drauf ein, ich bin ja die größte Enttäuschung deines Lebens.«

Sie wartete die Antwort nicht ab und verließ die Wohnung.

Unten schnappte sie sich ihr Rad und fuhr einfach drauflos. Der Fahrtwind strich ihr schwer und warm wie eine Hand über die Wangen. Noch nie im Leben war sie so traurig gewesen. So leer. Sie hörte irgendwo eine Turmuhr schlagen. Fünf Uhr. Wenn sie sich beeilte, schaffte sie es rechtzeitig zur Sparkasse, um Benedict an seinem Auto abzupassen. Aber das würde sie nicht tun. Seit sie wusste, dass sie einen Menschen auf dem Gewissen hatte, hatte sie ihn aufgegeben. Es war besser so. Er konnte sich nicht an jemanden wie sie binden. Sie war sein Unglück.

Irgendwann fiel ihr jemand ein, zu dem sie gehen konnte: Leon.

Er war für sie da gewesen, als ihr wildes Leben völlig zu entgleiten drohte. Als sie auf dem besten Weg war, sich zu ruinieren. Ausgerechnet er, von dem alle dachten, dass er sein eigenes Leben nicht in den Griff kriegte. Das stimmte ja auch. Nur wenn es um andere ging, wusste er, was zu tun war. Und er redete nicht nur, er half auch.

Sie fuhr zu ihm. Klingelte. Niemand da. Oder zumindest öffnete niemand. Sie setzte sich an den Bordstein und wartete. Wenn er in einer halben Stunde nicht kam, würde sie nach Hause fahren.

Die halbe Stunde war rum, sie gab noch zehn Minuten drauf, und da sah sie ihn endlich kommen. Er fuhr freihändig auf seinem

Bike die Straße herab, und ihn zu sehen weckte fast so etwas wie Hoffnung in ihr. Doch das verflog rasch. Er hielt neben ihr an. Sie stand nicht einmal auf, schaute nur zu ihm hoch, kniff dabei ein Auge zu wegen des grellen Lichts. Dann sagte sie, ohne vorher nachzudenken: »Ich war's. Ich hab Vanessa getötet. Ich sag alles der Polizei. Begleitest du mich?«

LISSY HATTE DAS *ROXY* als Treffpunkt vorgeschlagen, doch Konni wollte lieber an einen Ort ohne Menschen: die Schule. Sie setzte sich zur verabredeten Zeit auf die Mauer im Schulhof und wartete. Zum Glück hatte sie seine Handynummer noch gehabt. Zu Beginn der Theater-AG hatten alle Teilnehmer ihre Nummern ausgetauscht, es war auch eine WhatsApp-Gruppe eingerichtet worden. Schon komisch, dachte sie jetzt. Sie hatte ihn dort überhaupt nicht wahrgenommen. Der Typ war wie ein Geist.

Noch komischer war, ihm jetzt, da sie so gut wie sicher wusste, dass er *Bad_Teacher* war, gegenüberzutreten. Sie hatte ihm vertrauliche Dinge geschrieben, und seine Antworten waren immer ziemlich klug gewesen. Auch sein Humor hatte ihr gefallen. Alles eine große, fette Lüge.

Als sie ihn am anderen Ende des Schulhofs erblickte, zog sich etwas in ihrem Bauch zusammen. Hatte er was mit seinen Haaren gemacht? Wahrscheinlich bloß gekämmt. Seine Klamotten sahen nicht mehr aus wie aus der Altkleidersammlung von vor zehn Jahren, sondern nur noch wie aus der vom vorletzten Jahr. Fast schon modisch, das Shirt und die Jeans. Hatte er sich etwa für sie gestylt? Im Rahmen seiner Möglichkeiten natürlich. Unter anderen Umständen hätte sie das vielleicht witzig gefunden, aber im Moment hatte sie keinen Nerv dafür.

Konni blieb vor ihr stehen und schob die Hände in die Taschen. Wie immer wirkte er total distanziert, doch er schaffte es kaum, ihr ins Gesicht zu sehen.

»Die Polizei war bei dir«, sagte sie ohne lange Vorrede. »Wegen Vanessa?«

Er nickte.

»Warum sind die zu dir gekommen?«

»Vanessa und ich haben ab und zu telefoniert. Die Polizei hat zwar ihr Handy nicht gefunden, sie haben aber die Verbindungsdaten von ihrem Provider. So sind sie auf meine Nummer gekommen.«

Lissy rutschte von der Mauer. »Jetzt mal Klartext. Was hattest du mit Vanessa zu tun? Was hast du für sie getan?«

»Dass wir einfach nur befreundet waren, kannst du dir nicht vorstellen, oder?«

Lissy sah ihn an und zuckte mit den Schultern. Eigentlich nicht, dachte sie, sagte aber: »Man hat euch nie zusammen gesehen.«

»Du willst Klartext? Okay, reden wir Klartext.« Etwas hatte sich bei ihm verändert. Nur ganz wenig, aber spürbar. Sein Blick war kälter, sein Ton eine Spur schärfer. »Dass ihr Vanessa loswerden wolltet, im Winter, das wusste sie von mir. Ich meine euer Geheimtreffen im *Roxy* damals.«

»Von dir? Woher wusstest du davon?«

Er lächelte. Andere zu überraschen, liebte er. »Erinnerst du dich, dass ich an eurem Tisch war, als du kamst? Ich hab da mein Handy versteckt, und es stand auf Aufnahme. Ich hab für Vanessa eure Handys gehackt, ich hab Finns Video kopiert und Vanessa und Elif im Whirlpool gefilmt und dann beides von Leons Handy aus verschickt. Es war alles Vanessas Plan. Sie hat euch Fallen gestellt, und ihr seid in jede einzelne reingetappt. Sie war toll. Großartig.« Er lächelte zufrieden und kam einen Schritt näher. »Und wenn du eins und eins zusammenzählen kannst, dann hast du auch die Antwort auf die andere Frage, die du stellen wolltest – *L_Bitch*.«

Ihren Nickname aus seinem Mund zu hören, traf sie wie ein Tritt in die Magengrube. Er war es also wirklich.

»Dann war es auch Vanessas Absicht, dass ich sie mit … im Wald überrasche?«, fragte sie, obwohl sie die Antwort kannte.

»Klar. Wenn es dich tröstet: Sie fand nichts an Wegmann. Sie wollte nur dir eins auswischen.«

Sie hätte ihm am liebsten einen Schlag mitten in sein zufrieden grinsendes Gesicht verpasst, doch sie beherrschte sich und fragte so ruhig wie möglich: »Hast du das alles auch der Polizei erzählt?«

»Bin ich bescheuert? Handys hacken ist illegal. Drum hab ich alle Aktionen auch von einem Prepaid-Handy aus gemacht und meine Spuren hinterher verwischt.«

»Warum hast du das überhaupt getan? Hat sie dir Geld gegeben? Oder warst du in sie verknallt?«

Konni schaute zu Boden, zögerte ein paar Sekunden, ehe er sagte: »Sie hat mir leidgetan.«

»Wie bitte?! Das Mädchen, auf das alle Jungs der Schule standen, ja sogar die Lehrer – die hat ausgerechnet dir leidgetan?«

Er antwortete nicht. Stattdessen fragte er: »Was ist in der Nacht passiert? Hat einer von euch sie umgebracht?«

»Nein!«, rief Lissy. »Spinnst du? Elif und ich haben geschlafen, und Leon und Finn waren woanders.«

Konni zuckte mit den Schultern. Er wirkte nicht überzeugt.

»War's das?«, fragte er nur noch und wandte sich auch schon zum Gehen.

»Warte! Eines will ich noch wissen. Diese Sache auf *Finding Friends* zwischen uns … die hat schon vor Vanessa begonnen. Es hatte also nichts mit ihr zu tun, zumindest am Anfang nicht.«

»Und?«

»Warum hast du das getan? Wolltest du mich bloß verarschen? Macht dir so was Spaß? Machst du das mit anderen auch so?«

Konni ließ sich mit der Antwort Zeit. Schließlich sagte er: »Du erinnerst dich bestimmt gar nicht mehr daran, es war vor über einem Jahr. Ihr wart in der Schulcafeteria, du und deine Freunde, habt rumgealbert, ich saß nur zwei Tische weiter. Ich weiß gar nicht, um was es genau ging, wahrscheinlich um Jungs. Du hast nur auf einmal ganz laut gesagt: Was? Der? Da könnte ich ja genauso gut Konni nehmen. Und dann hast du *Uuuuaaaah* gemacht und dich geschüttelt, als wär dir eine Nacktschnecke unter das Shirt gekrabbelt.«

Okay, dachte Lissy, das ist hart. Und er hatte recht: Sie konnte sich wirklich nicht daran erinnern. Sie und die anderen redeten so viel Quatsch, wenn der Tag lang war.

»Tut mir leid«, sagte sie, »ich wusste nicht …«

»Was? Dass ich in der Nähe bin und zuhöre? Wäre es weniger gemein, wenn ich es nicht gehört hätte? So wie die tausend anderen Male, bei denen du wahrscheinlich was Ähnliches gesagt hast?«

»So ist das nicht. Ich war … gedankenlos …«

»Nein, Lissy. Du warst nicht gedankenlos, du bist gefühllos. Und sicher nicht nur zu mir. Ihr alle seid gefühllos. Ihr redet von Freundschaft, aber jeder denkt bloß an sich.«

Damit wandte er sich ab und ließ sie stehen.

HATTE KONNI RECHT? War sie ein gefühlloser Mensch? Wenn sie ihn mit ihrer Bemerkung verletzt hatte, wieso war er nicht einfach zu ihr rübergegangen und hatte sie zur Rede gestellt? So regelte man solche Sachen. Und nicht, indem man Online-Spielchen trieb.

Doch egal, wie Lissy sich vor sich selber rechtfertigte, das Schuldgefühl nagte an ihr.

Ihr Handy klingelte und riss sie aus ihren Gedanken. Es war Leon. Sie war so mit sich selbst beschäftigt gewesen, dass sie ganz vergessen hatte, ihn und Finn anzurufen, um ihnen zu erzählen, wie es gelaufen war.

»Elif war hier«, sagte er sofort, »sie dreht total am Rad. Sie wollte glatt zur Polizei und ein Geständnis ablegen.«

»Was?«

»Sie glaubt, sie hat Vanessa getötet.«

Lissy verschlug es schier die Sprache. »Und … äh … was denkst du?«, konnte sie nur stammeln.

»Das ist natürlich Quatsch! In ihrem Zustand, also, so betrunken, wie sie war, wäre sie an Vanessa gar nicht herangekommen. Und wenn man sie fragt, wie sie es gemacht hat, weiß sie es nicht. Also nichts davon, dass sie sie erst gewürgt hat oder so.«

Lissy hatte den anderen erzählt, was sie von der Kommissarin erfahren hatte. Nur Elif nicht.

»Die Arme«, sagte sie nun.

»Wie ist es bei dir gelaufen? Was hat Konni gesagt?«

»Erzähl ich euch gleich. Kannst du Finn auch dazurufen? Wir treffen uns im *Roxy*.«

Lissy legte auf.

Da sie schon in der Nähe des *Roxy* war, war sie als Erste dort. Sie stellte ihr Rad in den Fahrradständer und fand sogar einen der heiß begehrten Tische draußen auf dem Bürgersteig. Ihre Gedanken waren wieder bei Konni und auch bei Elif. Sie überlegte, ob Konni vielleicht Vanessas Mörder war. Dass er das Video von Vanessa und Elif im Whirlpool gemacht hatte, bewies, dass er beim Spring Break gewesen war. Vielleicht war er Vanessa in jener Nacht in die Unterkunft gefolgt, um den Lohn für seine Dienste einzufordern. Sie hatte sich davor drücken wollen, er war ausgerastet, und da war es passiert.

Die Bedienung kam an den Tisch, Lissy bestellte einen Milchkaffee und Tiramisu. Als sie weg war, fiel ihr Blick auf die andere Straßenseite und blieb dort an etwas hängen, oder besser an jemandem: Steffen Wegmann.

Um wie viel früher er sie bemerkt hatte als sie ihn, wusste sie nicht, doch als sie ihn erkannte, lag sein Blick schon fest auf ihr, ja er klebte regelrecht an ihr. Seit der Begegnung im Kiefernwald hatte sie ihn nicht mehr gesehen. Sie hatte auch nicht mehr an ihn gedacht. Nein, sie hatte schon an ihn gedacht, aber nicht mit dieser sehnsuchtsvollen Liebe wie das ganze Jahr davor, sondern wie an einen Schmerz, den man lieber vermied.

Nun war er wieder da, der Schmerz, und er brachte noch viel mehr mit sich. Lissy fühlte sich wieder wie in dem Kiefernwäldchen, und zwar so intensiv, als wäre sie wirklich dort. Im nächsten Moment war sie nicht mehr dort, sie war im Ferienhaus, lag in ihrem Bett und hörte Stimmen: die einer Frau und die eines Mannes. All das war wieder da, vor ihrem geistigen Auge, und zwar so klar, als geschehe es in diesem Moment. Die Frauenstimme: Die gehörte Vanessa, und die Männerstimme, das war die von Steffen. Sie stand auf, öffnete die Tür einen Spaltbreit, sah ihn. Die beiden stritten. Worum ging es? Sie war zu betrunken, um dem Streitgespräch folgen zu können. Sie wollte es auch gar nicht, legte sich wieder hin, zog sich die Decke über den Kopf. Dann wurde es noch einmal laut, ein Poltern, so als sei jemand gestolpert, danach war es still.

Sie starrte auf die andere Straßenseite hinüber, während ihr Kopf den Gedanken formte: Steffen war in der Ferienwohnung. Er hat Vanessa getötet. Schlagartig brach ihr der Schweiß aus. Es schien, als würde Steffen herüberkommen. Was wollte er von ihr? Was sollte sie sagen? Doch dann hob er bloß die Hand, um sie zu grüßen, und stieg in sein Auto. Sie grüßte mit etwas Verzögerung zurück, er sah es nicht mehr, denn er startete schon den Motor.

Im nächsten Moment wurde ihr klar, warum er nicht zu ihr gegangen war. Finn kam auf seinem Bike herangeschossen, jetzt bimmelte er sogar. In seinem Gepäckträger klemmte ein Badetuch. Offenbar war er schwimmen gewesen. Er lehnte sein Rad an das Halteverbotsschild an der Straße und ließ sich neben Lissy in den Stuhl fallen.

»Wie war's mit Konni?«, fragte er.

»Interessant«, antwortete sie nur.

»Okay … Was ist denn mit dir? Du siehst aus, als hättest du einen Geist gesehen.«

»Das nicht, aber …«

»Was?«

»Ich erinnere mich wieder. An die Nacht, in der Vanessa …«

»Wieso? Ich dachte, du hast geschlafen.«

»Dachte ich auch. Aber nicht nur. Ich hab ihn gesehen. Den Mann, der Vanessa umgebracht hat.«

Zweiundzwanzig

STEFFEN WEGMANN WAR NUR WENIG ÄLTER gewesen als die jungen Leute, die er heute unterrichtete, da hatte er schon klare Vorstellungen davon gehabt, was er einmal im Leben erreichen wollte. Es ging ihm nicht darum, reich und berühmt zu werden, ein ausschweifendes Leben zu führen, die ganze Welt zu bereisen. Nein, er wollte ein guter Mensch werden. Wollte etwas bewirken. Er hatte daran gedacht, als Entwicklungshelfer nach Afrika oder Südamerika zu gehen, sich dann aber für ein Studium entschieden. Der Grund dafür war eine junge Frau namens Lena. Jahrelang hatte er sie ebenso heimlich wie vergeblich geliebt, weil sie mit einem anderen zusammen war. Kurz nach der Abiturprüfung hatte sie sich von ihrem Freund getrennt, und schon auf dem Abiball kamen sie beide zusammen. Von da an träumte Steffen nur noch von einem gemeinsamen Leben mit ihr, von Kindern und einem Häuschen im Grünen. Er entschied sich daher, Lehrer zu werden, um in diesem Beruf jungen Menschen Orientierung zu geben.

Das Leben meinte es gut mit ihm. Er studierte und bekam eine Anstellung, da hatte er Lena längst geheiratet, und das erste Kind war unterwegs. Die Schüler mochten ihn, weil er locker war und nicht so steif wie die anderen Lehrer, er interessierte sich für sie und nahm sie ernst. Er wurde älter, das erste Kind kam zur Welt, ein Haus wurde gebaut, schon bald war Lena ein zweites Mal schwanger. Das Leben veränderte sich, und war das nicht gut und schön?

Was immer gleich blieb, das waren die Schüler. Immer im gleichen Alter, ewig jung, während er älter wurde. Er bemerkte, dass er an manch eine Schülerin auch nach dem Unterricht noch dachte, und nicht nur, wenn er eine Arbeit von ihr korrigierte. Sie bezauberten ihn. Sie belebten ihn. Das Familienleben war zu einem Trott geworden, einer Selbstverständlichkeit, die er zwar liebte, die aber auch etwas Lähmendes mit sich brachte. Niemals, da war er sich sicher, hätte er bei einer seiner Schülerinnen eine Grenze überschritten. Wenn eine sich in ihn verliebte, was immer wieder vorkam, ging er auf Distanz, und umso deutlicher, wenn sie ihm gefiel. Er war ja nicht von einem Mädchen selbst bezaubert oder gar in eines verliebt, es war ihre Jugend, die Sehnsüchte in ihm weckte und ihm dieses Kribbeln im Bauch verschaffte.

Und dann kam Vanessa. Sie war anders. Ihr Charisma überstrahlte alles. Sie war die eine unter einer Million, für die die alten Regeln nicht galten. Erst fühlte er sich sicher, weil es den Anschein hatte, dass sie ihn nicht wollte. Doch dann änderte sich das, er wusste nicht, wieso, aber sie zeigte ihm eindeutig, dass sie Interesse an ihm hatte, und er ließ sich darauf ein. Schuldbewusst zunächst. Er konnte nicht anders (oder glaubte es zumindest), weil das Verlangen so viel stärker war als er. Schon bald genoss er es, etwas Verbotenes zu tun. Es machte ihn stark, selbstbewusst und männlich.

Er hatte sie geliebt, und er hatte sie getötet. Warum hatte er das getan? »Ich muss dich sehen«, hatte sie gesagt und ihn zu dieser

Party an die Ostsee bestellt. Im Wald wollten sie sich treffen. Hätte er nur auf seine innere Stimme gehört, die ihn davor gewarnt hatte. Doch Vanessa wollte es unbedingt. Dann stand plötzlich Lissy vor ihnen. Wo kam sie her? Und Vanessa spielte verrückt. Servierte ihn ab. Erst verschwand er, aber später dachte er, dass er das nicht mit sich machen lassen könne. Vor allem hatte er Angst. Vanessa würde vielleicht schweigen, doch was würde Lissy tun? Verletzte Mädchenherzen konnten zu unüberlegten Handlungen führen, mit weitreichenden Folgen.

Er wusste nicht, wo Vanessa und ihre Freunde in dem Ferienresort untergekommen waren. Also tauchte er ins Partygetümmel ein, in der Hoffnung, Lissy zu finden. Er durfte auf keinen Fall Aufsehen erregen, vor allem weil er damit rechnen musste, dass auch andere Schüler seiner Schule hier waren. Er fand Lissy nicht, dafür sah er Vanessa und folgte ihr zur Unterkunft. Irgendwann würde dort auch Lissy auftauchen, wenn sie nicht schon dort war. Vorher konnte er mit Vanessa reden und auf sie einwirken, dass sie schwieg und Lissy beschwichtigte. Er wusste noch, dass er durch eine offene Terrassentür in das Ferienhaus gelangte. Dort stellte er Vanessa in ihrem Zimmer. Es kam zum Streit. Sie sagte Dinge, die wehtaten. Drohte ihm. Verzweiflung und Zorn vermengten sich zu einem explosiven Gemisch. Es war nur eine Frage der Zeit, bis es hochging. Er packte sie am Hals und würgte sie, bis sie nur noch röchelte. Als ihm klar wurde, was er tat, erschrak er über sich selbst, ließ sie los und stieß sie von sich. Sie strauchelte, fiel und schlug mit dem Genick gegen die Kommode. Leblos lag sie vor ihm. Er erstarrte. Dachte an Lena. Die Kinder. Sein ganzes Leben. Alles zunichte. Er sah ihr Handy auf dem Boden liegen. Hob es auf. Er hatte sich zwar für den Kontakt mit ihr ein anderes Handy angeschafft, das nicht zu ihm zurückverfolgt werden konnte, aber er konnte nicht sicher sein, dass nicht doch etwas auf ihrem Smartphone war, das ihn verriet. Dann wollte er verschwinden. Konnte es nicht. Ihr Anblick ließ ihn nicht los. Man sollte sie nicht so sehen. Er würde sie ins Bett legen. Als er die Decke zurückschlug, sah er plötzlich nur noch Blut. Überall. Der Schrecken darüber war so groß, dass er nur noch rannte.

Am Tag danach fuhr er mit Lena und den Kindern weg. Seine Frau dachte, es sei ein Spontanurlaub, doch es war eine Flucht. Sie führte nicht weit. Wo sollte er schon hin? Man würde ihn überall finden. Lissy würde erzählen, dass sie ihn und Vanessa im Wald gesehen hatte. Dass sie eine Affäre hatten. Alles würde herauskommen. Alles. Am besten stellte er sich. Er war fest entschlossen dazu. Doch er tat es nicht. Er wartete nur. Dass ein Polizeiwagen vorfuhr und Männer in Uniform an der Tür klingelten.

Es fuhr kein Polizeiwagen vor, und es klingelte niemand an der Tür.

Er schöpfte Hoffnung. Vielleicht konnte alles so bleiben, wie es gewesen war, bevor Vanessa aufgetaucht war. Aber spätestens, als er Lissy in dem Café sitzen sah, wurde ihm klar, dass es nie wieder so werden würde. Wie sie ihn angesehen hatte. Wusste sie es?

Irgendwann klingelte sein Handy. Es war Lissy. Er war nicht überrascht. Sie sagte: »Wir sollten reden.«

Er begriff sofort, dass es nicht nur um die Sache im Wald ging, sondern um alles. Er sagte: »Okay. Wo?«

»Sie haben doch mal erzählt, dass Sie eine Datsche an einem Weiher haben. Geht es dort?«

Dreiundzwanzig

ES WAR EIN BISSCHEN WEIT, wenn man mit dem Rad kam, aber dafür sehr ruhig. Idyllisch. Lissy setzte sich ans Ufer, ließ die Füße ins Wasser sinken. Wie angenehm bei dieser Hitze. Hier konnte man es aushalten.

Ein Blick auf die Uhr. Sie war etwas zu früh dran. Kein Problem. Sie zog ihr Shirt hoch und holte das Jagdmesser ihres Vaters heraus, das sie sich (ohne dessen Wissen) ausgeliehen hatte. Der Gurt und die Scheide, in der es steckte, waren von außen kaum zu sehen. In der Hosentasche hatte sie außerdem noch eine Dose Pfefferspray. Sie war bestens gerüstet.

Es dauerte nicht lange, bis sie hinter dem Gestrüpp auf der anderen Seite des Weihers ein Auto hörte. Wenig später sah sie es um die Baumgruppe herumfahren und neben der Datsche anhalten. Sie stand auf. Ihr Herz klopfte voller Erwartung.

Steffen stieg aus und kam zu ihr. Eigentlich wirkte er wie immer. Anscheinend hatte er sich gut im Griff. Oder war er so eiskalt?

»Na?«, sagte er bloß.

»Schön hier«, antwortete sie.

»Es gehört meiner Frau. Sie hat es geerbt. Wir nutzen es viel zu selten. Mit den Kindern ist es immer ein Riesenaufwand, herzukommen.«

Eine Pause entstand.
»Ich hab Sie gesehen, beim Spring Break«, sagte Lissy. »Nicht nur im Wald, sondern auch bei uns im Ferienhaus.«
Er blieb eine lange Weile still, ehe er sagte: »Okay. Und?«
»Lange konnte ich mich nicht daran erinnern. Elif und ich haben uns total betrunken, wir hatten beide einen Filmriss. Erst als ich Sie beim *Roxy* gesehen habe, ist es mir wieder eingefallen.«
Er machte einen Schritt auf sie zu und streckte die Hand nach ihr aus. Sie wich zurück
»Ich weiß nicht, was du denkst, das du gesehen hast, es ist –«
»Das können Sie sich sparen. Ich war eben bei der Polizei.«
Sie konnte in seinen Augen sehen, wie die Hoffnung ihn verließ. Und auch die Worte. Er stand nur da, sah sie betroffen an, seine Hand fiel bleischwer ins Leere. Es befriedigte sie, ihn so zu sehen. Das war die Rache dafür, dass er Vanessa ihr vorgezogen hatte. Doch dann war es genug, und sie fuhr fort: »Ich hab gesagt, ich hätte einen Mann gesehen, Anfang zwanzig, heller Typ, in einem blauen T-Shirt und schwarzen Boxershorts.«
Steffen brauchte ein wenig, bis er begriff, was sie damit sagen wollte. Er hatte an jenem Tag kein blaues T-Shirt getragen, auch keine schwarzen Boxershorts, und schon gar nicht war er Anfang zwanzig. Sie hatte für ihn gelogen. Die Polizei absichtlich in die Irre geführt.
»Okay«, sagte er abwartend.
»Vanessa hat Sie genauso ausgetrickst wie uns alle«, sagte sie. »Es tut mir leid, dass sie tot ist, das wollte keiner. Es war ein Unglück. Aber sie war auch ein Miststück, und sie hatte vor, uns alle fertigzumachen. Wir reden besser nicht mehr über sie.«
Von ihm kam wieder nur ein »Okay«.

»Keiner weiß, dass ich die Polizei belogen hab. Auch meine Freunde nicht.«
Er nickte.
»Zeigen Sie mir, wie es drinnen aussieht?«, fragte sie.
»Klar. Komm.«
Steffen zog den Schlüssel aus der Tasche und führte sie hinein. Sie schaute sich um, und obwohl alles sehr einfach war, gefiel es ihr. Sie sah sich schon mit ihm an dem Tisch sitzen, irgendwas essen, das sie gemeinsam gekocht hatten, oder Kaffee trinken oder ein Glas Wein, und als sie vor dem Bett standen, wurde ihr richtig flau im Magen. Hier wird es vielleicht passieren, dachte sie.
»Was willst du eigentlich von mir, Lissy?«, fragte er. »Was ist der Preis für dein Schweigen? Gute Noten? Die hast du jetzt schon.«
»Es gibt keinen Preis. Ich werde Sie nicht verraten. Egal, was Sie tun. Auch wenn Sie mich fortschicken und nie wiedersehen wollen.«
Er sah sie stumm an, sagte dann: »Was trägst du da unter dem Shirt?«
»Ein Messer. Nur zu Sicherheit. Ich hab auch Pfefferspray.«
Er lachte kurz auf. »Ihr seht zu viele Krimis.«
Wieder verfielen sie in Schweigen.
»Sie wissen, wie ich für Sie empfinde«, sagte Lissy dann.
Er nickte.
»Ich will mit Ihnen zusammen sein, aber nur, wenn Sie mich auch mögen. Nicht aus Angst davor, dass ich Sie verrate. Das ist keine Erpressung. Alles, was ich mir erhoffe, ist eine Chance. So wie Vanessa eine hatte. Die war auch Ihre Schülerin, und Sie haben sie trotzdem nicht abgeblockt.«
»Sie war zumindest schon achtzehn.«
Lissy zuckte mit den Schultern.

»Ich habe eine Frau. Zwei Kinder.«
Er konnte ihr tausend gute Gründe nennen, die dagegensprachen – ihr Herz kannte tausendundeinen dafür.
»Was stellst du dir vor?«
»Wir könnten uns hier ab und zu sehen. Ein bisschen Zeit miteinander verbringen. Oder irgendwohin fahren, wo uns keiner kennt. Wir können über das, was passiert ist, reden. Das können Sie nur mit mir, und es muss doch schrecklich sein, damit zu leben.«
Sein Gesicht verschattete sich für einen Moment, hellte sich dann wieder auf.
»Würdest du jedes Mal mit Messer und Pfefferspray kommen?«
Ein feines Lächeln umspielte ihre Mundwinkel. »Nur die ersten Male.«
»Und wenn ich Nein sage, wäre es trotzdem okay für dich?«
»Sagen Sie denn Nein?«

SIE WAREN WIEDER DIE *BAD BOYS AND LITTLE BITCHES*. Sie verbrachten ganze Tage am See. Frühmorgens radelten sie los und kamen erst am Abend zurück, wenn das Licht wie Honig und die Luft weich wie Samt auf der Haut lag. Sogar Elif war mit von der Partie. Ihre Eltern hatten eingesehen, dass sie sie nicht wie eine Strafgefangene behandeln konnten, und da sie selbst am meisten unter den Folgen ihres Handelns litt, war sie bestraft genug. Dennoch war bei ihr längst nicht alles gut. Sie wusste selbst, dass sie, so, wie sie drauf war, keine echte Bereicherung war für die *Boys and Bitches*. Meistens saß sie nur stumm da und schaute vor sich hin. Aber sie war ein Teil von ihnen, und alles Weitere würde schon werden. Sie konnte Benedict ja nicht ewig nachtrauern.
Leon kümmerte sich am meisten um sie. Und auch um die ande-

ren. Je schneller alles wieder so wurde, wie es einmal gewesen war, desto schneller würde er Vanessa vergessen können. Genau das wollte er. Vanessa und alles, was sie angerichtet hatte, vergessen.
Von allen war Finn am ehesten wieder der Alte. Zumindest nach außen. Er machte wieder seine Witze, komponierte, und wenn einer wegen der Sache mit dem Video glaubte, einen Scherz auf seine Kosten machen zu müssen, gab er entweder Kontra, oder er ignorierte es. Wie es in ihm aussah, wusste niemand. Er ließ sich nicht in die Karten schauen.
Lissy blühte regelrecht auf. Sie war selbstbewusster als je zuvor. Manchmal erinnerte sie den einen oder anderen ihrer Freunde sogar ein wenig an Vanessa. Sie hatte sich offenbar ein paar Dinge von ihr abgeschaut. Finn fand, dass es ihr gut stand. Leon nicht. Aber er schwieg.
So sah man sie öfter nach einem Badetag im *Roxy* sitzen, entweder draußen, wenn ein Tisch für vier frei war, oder drinnen, an ihrem Platz am Fenster, das in diesen heißen Tagen weit geöffnet war, unter einem an der Decke rotierenden Ventilator. Sie tranken kühle Drinks und Shakes und wirkten gut gelaunt. So wie immer. So, wie die Leute sie kannten.
Manchmal sah auch Konni sie dort sitzen. Es ärgerte ihn maßlos. Vanessa war tot, und für die dort ging das Leben einfach weiter. Was es ja auch tat. Dieselben Lügen und Täuschungen wie zuvor. Dieselbe Heuchelei. Dieselbe Falschheit. Das war es auch, was Vanessa getötet hatte.
Konni hatte genug davon. Er wusste noch nicht, was, aber irgendwas würde er tun. Musste er tun.
Das ist nicht das Ende, dachte er. Macht euch auf was gefasst. Jetzt geht die Party erst richtig los.